O CAPÍTULO SECRETO

O CAPÍTULO SECRETO

GENEVIEVE COGMAN

Tradução
Flavia de Lavor

Copyright © 2019, por Genevieve Cogman

Publicado originalmente em 2019 por Pan, um selo da Pan Macmillan, uma divisão da Macmillan Publishers International Limited.

Título original: THE SECRET CHAPTER

Direção editorial: VICTOR GOMES
Coordenação editorial: ALINE GRAÇA
Acompanhamento editorial: LUI NAVARRO E THIAGO BIO
Tradução: FLAVIA DE LAVOR
Preparação: ISADORA PROSPERO
Revisão: JOÃO PEDROSO E LETÍCIA NAKAMURA
Adaptação de capa e diagramação: MARIANA SOUZA
Imagens de capa: © SHUTTERSTOCK

ESTA É UMA OBRA DE FICÇÃO. NOMES, PERSONAGENS, LUGARES, ORGANIZAÇÕES E SITUAÇÕES SÃO PRODUTOS DA IMAGINAÇÃO DO AUTOR OU USADOS COMO FICÇÃO. QUALQUER SEMELHANÇA COM FATOS REAIS É MERA COINCIDÊNCIA.

TODOS OS DIREITOS RESERVADOS. PROIBIDA A REPRODUÇÃO, NO TODO OU EM PARTES, ATRAVÉS DE QUAISQUER MEIOS. OS DIREITOS MORAIS DOS AUTORES FORAM CONTEMPLADOS.

DADOS INTERNACIONAIS DE CATALOGAÇÃO NA PUBLICAÇÃO (CIP)

C676c Cogman, Genevieve
O capítulo secreto / Genevieve Cogman ; Tradução: Flavia de Lavor – São Paulo : Morro Branco, 2023.
376 p. ; 14 x 21 cm.

ISBN: 978-65-86015-90-4

1. Literatura inglesa - Romance. 2. Ficção Young Adult.
I. De Lavor, Flavia. II. Título.
CDD 823

TODOS OS DIREITOS DESTA EDIÇÃO RESERVADOS À:
EDITORA MORRO BRANCO
Alameda Santos, 2223, 7º andar
01419-912 – São Paulo, SP – Brasil
Telefone (11) 3373-8168
www.editoramorrobranco.com.br

Impresso no Brasil
2023

Aos meus padrinhos, Judy, James e Angela.
Obrigada por tudo.

AGRADECIMENTOS

Tinha que haver um roubo em algum momento da história, não é? E há certos clichês que sempre acontecem numa narrativa de assalto, quer os protagonistas estejam tentando fugir com a *Mona Lisa*, os lucros de um cassino ou todo o estoque de ouro de Turim e de Fort Knox...

Agradeço imensamente às minhas editoras, Bella Pagan e Rebecca Brewer. Já disse como admiro vocês? Pois admiro demais. Vocês duas são ótimas em me ajudar a descobrir o que precisa ser feito para melhorar o livro e a como fazer isso.

Agradeço também à minha agente Lucienne Diver por todo o apoio e por estar sempre ao meu lado e ininterruptamente na minha retaguarda. (O que é como trabalhar duro e meter as mãos à obra ao mesmo tempo, mas você entende o que quero dizer.)

Obrigada a todos os meus leitores-betas e às pessoas que forneceram informações para a história: Beth, Jeanne, Phyllis, Anne, Stuart, Crystal e as demais. Sua ajuda faz diferença, e sou muito grata por isso.

Obrigada a todos os meus amigos no trabalho e no lazer, que aguentaram a minha tendência a fazer marginália sobre o enredo em minutas de reuniões e que não fugiram quando passava dez minutos tentando explicar a trama para eles. É bom saber que todos compreendem o significado do tubarão de Tchekhov. (Tal como a arma, mas usado com menos frequência por algum motivo desconhecido.)

Agradeço à cidade de Viena, a qual visitei e adorei. (Eu sei que *A balsa da Medusa* está no Louvre, em Paris — pelo menos neste mundo. Não me matem.) Viena é um lugar lindo e fascinante e não merecia que eu dirigisse uma van por ela. Se houver qualquer erro na minha representação de uma Viena controlada pela CENSURA, a culpa é toda minha.

E obrigada a todos os fãs da Biblioteca por aí. As histórias são importantes — contá-las, compartilhá-las, preservá-las, modificá-las, aprender com elas e escapar com e por meio delas. Aprendemos sobre nós mesmos e o mundo em que vivemos tanto por meio da ficção quanto dos fatos. A empatia, a sensibilidade e a compreensão nunca são desperdiçadas. Todas as bibliotecas são um portal para outros mundos, incluindo o passado — e o futuro.

ATUALIZAÇÃO DA BIBLIOTECA PARA TODOS OS AGENTES — PRIORIDADE MÁXIMA

Finalmente foi acordada uma trégua entre os dragões e os feéricos.

Isso não é uma farsa nem um teste da sua inteligência. Tampouco um exercício para verificar se vocês sabem o que fazer durante uma crise.*

Este tratado formal de paz foi assinado por Sua Majestade Ao Guang (Rei Dragão do Oceano Leste, representando todos os oito reis e rainhas dragões). O signatário do outro lado é a Princesa, uma representante de alto escalão entre os feéricos. Esse tratado exige a não interferência, por parte de cada lado, nos territórios declarados do outro. Exige também a não agressão mútua quando surgirem situações potencialmente delicadas.

(Em outras palavras, mantenham as mãos ao alto e nada de dar início a disputas.)

É uma notícia maravilhosa. Gostaria de lembrar a todos que não estamos aqui a fim de apenas adquirir livros para nossas listas de leitura pessoal. A Biblioteca tem a tarefa de manter o equilíbrio entre a ordem e o caos, entre os dragões e os feéricos, e é encarregada de proteger os mundos alternativos que eles reivindicam e os humanos que vivem neles. A paz

---

* Notamos que a Biblioteca não tem realizado exercícios de alarme de incêndio nos últimos duzentos anos. Isso porque achamos as duas respostas-padrão inúteis. Tais são: "sair correndo aos berros" ou "resignar-se à morte enquanto se agarra aos seus livros preferidos". Os Bibliotecários com sugestões mais úteis devem entrar em contato com Yves por e-mail e anexar uma análise completa de benefícios e riscos.

é um passo positivo — até mesmo uma paz bastante relativa e cuidadosamente definida como esta. Deve reduzir as vítimas humanas durante conflitos maiores. Salvará vidas.

Agora, preciso deixar algo bem claro... Como cossignatários, os Bibliotecários são obrigados a agir de forma neutra. Assim, nós nos comprometemos a ajudar na resolução de divergências e, o mais importante, a não roubar livros de qualquer um que tenha assinado o acordo.** Não podemos correr o risco de violar o tratado que nós mesmos ajudamos a organizar.

Tecnicamente, todos os dragões são súditos dos oito monarcas dragões e, portanto, assinaram o tratado em princípio — o que significa que agora está fora de questão roubarmos de qualquer dragão. Por sorte, nunca fomos pegos fazendo tal coisa e jamais pensaríamos nisso. Se alguém retirar um livro de um lugar que não conste do tratado, mas que acabe sendo do feudo pessoal de um dragão, então — supondo que a pessoa sobreviva — a situação poderá ser negociada e reparações arranjadas pelo representante da Biblioteca para o tratado. No entanto, como os feéricos não têm as mesmas hierarquias rígidas, pode ser muito mais difícil determinar se um deles sobrescreveu ao acordo ou não. Na prática, verifiquem os detalhes primeiro, "adquiram" os livros depois e estejam cientes de que a negociação pode ser uma opção. Mas, por favor, tenham cuidado.

** *Estou ciente de que, se o proprietário não perceber que o livro sumiu, o consentimento não será um problema. Em algumas circunstâncias, posso até me solidarizar, mas a situação política atual é bastante instável. É melhor não abusarmos da sorte.*

O texto completo deste tratado e uma lista de todos os signatários atuais, assim como os mundos que eles consideram ser propriedade pessoal, estão anexados a esta mensagem. Recomenda-se que os leiam e memorizem. Fiquem cientes de que o desconhecimento da situação atual não será uma desculpa, a menos que tenham muita, muita, muita sorte.***
Todas as irregularidades serão analisadas por uma comissão tripartida. O representante dos feéricos ainda não foi nomeado, mas a delegada da Biblioteca é Irene (pseudônimo local: Irene Winters), Bibliotecária Residente no mundo B-395. O representante dos dragões é o príncipe Kai, filho de Sua Majestade Ao Guang.

Bibliotecários, por favor, compreendam que esta pode ser a chance mais significativa que já tivemos de estabilizar os mundos alternativos que visitamos. Não confundamos os meios pelos quais mantemos o equilíbrio entre a ordem e o caos — colecionando livros — com o nosso objetivo principal. Obter um livro para consolidar a paz de um mundo pode violar o tratado de paz global para vários outros. Agora, mais do que nunca, devemos manter nossa neutralidade.

As coisas estão mudando. Vamos ajudá-las a mudar para melhor.

*Coppelia,
Bibliotecária sênior*

*** *Ouvimos dizer que este tipo de repetição vai contra os princípios do bom estilo. Mas a achamos necessária para enfatizar o nosso ponto de vista.*

CAPÍTULO 1

— Sorria e circule por aí — disse Irene com os dentes cerrados, puxando as saias para longe do sangue que respingara perto de seus pés. Ela observou a multidão em cores vivas à sua frente. — Pode parecer uma confusão, mas foi só um duelo para ver quem arrancava sangue primeiro. Ninguém foi morto.

Serviçais em uniformes brancos e pretos imaculados vieram correndo como baratas para limpar o chão e oferecer coquetéis para os curiosos. O auge da moda londrina se misturava com a nata de sua notoriedade, com o auxílio de uma vasta seleção de bebidas e drogas. Os lustres, por mais brilhantes que fossem, mal iluminavam os cantos da sala. Ali, os mais sérios ou depravados dos feéricos presentes fumavam ópio, bebiam absinto ou mesmo discutiam livros recém-lançados.

Em suma, era uma das melhores festas de Lorde Silver de todos os tempos.

— Não é do duelo que estou reclamando, mas da afronta de caligrafia que deu início à briga — murmurou Kai. Ele não tinha saído do lado de Irene a noite toda, e ela estava grata por isso. Não era uma festa para aproveitarem, mas uma na qual precisavam ser vistos. Era um evento político e uma cova de leões. Mesmo ali, porém, Kai mantinha seu senso de estética. — As cores de tinta disponíveis eram completamente inadequadas, ela deveria ter exigido uma caneta de aço e, para ser franco, a coisa toda deveria ter sido adiada até que ambas as partes conseguissem um papel melhor. Não é de admirar que tenham partido para os socos em vez de competir como planejado. Não era possível para nenhum dos dois produzir um trabalho que representasse suas habilidades.

— Sim — disse Silver, posicionando-se atrás deles. — Tenho de admitir que estou envergonhado. Nas *minhas* festas, qualquer coisa que um convidado pedir deve estar disponível na mesma hora. Terei de me abastecer melhor na próxima vez.

— Bem, é a última moda — respondeu Irene, tentando regularizar as batidas do coração. Ela nunca se sentia confortável com alguém se aproximando misteriosamente pelas suas costas. E correr para salvar sua vida seria um desafio com o vestido de seda caríssimo, mas restritivo. — Ouvi dizer que os aficionados ficaram tão obcecados quanto na época da mania por tulipas holandesas. Lembra quando todo mundo *precisava* ter a floração mais recente? E é verdade que houve um roubo de tinta na Harrods?

— Seu amigo detetive deve saber disso melhor do que eu — retrucou Silver. Ele estava uns quinze centímetros atrás de Irene, que estava dolorosamente consciente de sua presença: sua altura, seu calor, a curva de seus lábios...

Os feéricos eram perigosos. Mesmo agora, quando eram tecnicamente aliados.

Ela encarou Silver, com o vestido farfalhando à sua volta.

— Lorde Silver. Quando nos convidou, pensamos que seria um evento menor. Algo mais... — Ela pensou em dizer *íntimo*, mas rejeitou o termo às pressas. — Discreto.

— Não está gostando? — perguntou Silver, entretido. A luz das lâmpadas de éter formava uma aréola em seu cabelo loiro, mas ninguém o classificaria como algo que não um anjo caído. Seus ombros e constituição, assim como as calças excessivamente justas, bastavam para fazer qualquer um pensar em pecado. Além disso, o sorriso persistente nos lábios e o brilho dos olhos sugeriam que ele estava muito mais interessado em perverter os mortais do que em salvá-los. Encaixava-se muito bem no papel de libertino e homem da cidade naquela Inglaterra vitoriana alternativa; como muitos feéricos poderosos, ele era a personificação de certos tipos de história. Embora aquelas a respeito do seu tipo de personagem certamente não fossem para crianças. — Mas você está bebendo o meu champanhe...

— É um champanhe muito bom — admitiu Irene, tentando encontrar algo pelo qual pudesse elogiá-lo de modo sincero. Além disso, não havia bebida não alcoólica à disposição. — Mas, como acabei de dizer, *discreto*. Deve haver umas cem pessoas aqui, no mínimo.

A música do quarteto de cordas acelerou, e um espaço se abriu no meio da pista. Dois convidados, um homem de branco e uma mulher de preto, começaram a dançar tango. Pelo menos dois possíveis duelos e um encontro amoroso foram interrompidos conforme os presentes se viravam para assistir e aplaudir.

— Minha cara ratinha — disse Silver, usando o apelido que sabia que mais irritava Irene —, você sabia muito bem que eu ia exibir você e seu príncipe dragão para a minha espécie hoje à noite. Posso não ter *dito com todas as letras*, mas tenho certeza de que havia ficado *subentendido*. E o seu principezinho não está se opondo a nada disso.

— Estou deixando que ela faça isso por mim — replicou Kai calmamente.

Sob as luzes e sombras dramáticas lançadas pelos lustres bruxuleantes, Kai tinha a beleza perfeita de uma estátua clássica. Seu cabelo era preto com um leve toque de azul. Os olhos eram azul-escuros com uma pitada de fogo. A pele, tão branca como o mármore, transmitia um calor reconfortante ao toque. Desde a recente nomeação como representante dos dragões na nova trégua entre dragões e feéricos, ele passara a se dedicar à política. Ou ao menos a escolher a roupa mais apropriada para eventos políticos. Irene tinha de admitir que o esforço não foi em vão.

— Agradável, além de bonito. O parceiro perfeito. — O sorriso de Silver deixou bem claro que ele queria dizer *tanto dentro quanto fora do quarto*, e Irene sentiu o braço de Kai ficar tenso sob sua mão. — No entanto, se você quiser a minha ajuda em certo assunto, vai continuar na festa por pelo menos mais algumas horas.

Irene sabia muito bem do que ele estava falando. Ela fora nomeada como representante da Biblioteca para a trégua em questão. Seria o contato mútuo para consultas de feéricos e dragões, bem como para novos signatários. Além disso — não foi mencionado, mas era previsível —, também seria a pessoa responsável por resolver quaisquer problemas. Contudo, o representante feérico ainda não tinha sido escolhido. E como Silver estava no comitê de seleção de uma das facções (ou qualquer que fosse o mecanismo que tivessem para escolher um representante), ela queria a ajuda dele.

Irene tomou um gole de champanhe.

— Sei que estamos tentando ajudar um ao outro aqui. Nossa presença aumenta o seu prestígio entre sua própria espécie. Em troca, você poderia influenciar a seleção do representante dos feéricos... escolhendo alguém que não torne nossas vidas um inferno. — Ela sorriu educadamente. — Mas ninguém vai ganhar nada se Kai ou eu formos mortos num duelo em seu território.

— Isso não vai acontecer — afirmou Silver, categórico.

Irene arqueou a sobrancelha.

— Qualquer um que a desafiar nunca mais será convidado para as minhas festas — esclareceu ele. — Agora, se me derem licença, tenho que interromper um tango.

Irene o observou se afastar.

— É um champanhe muito bom mesmo — disse com um suspiro.

— O que Vale disse quando você perguntou se ele viria? — questionou Kai.

Irene não pôde deixar de sorrir.

— Disse que considerava a investigação atual dele quanto ao contrabando de tinta muito mais gratificante do que outra festa inútil dada por Lorde Silver. Ele acha que já fez sua parte pelo tratado de paz entre dragões e feéricos em Paris. E acrescentou que, se comparecesse, seria para revistar os quartos do andar de cima em busca de provas de crimes enquanto os demais estivessem aqui embaixo. E ainda, se ele viesse, Mu Dan também viria, e seria uma dragoa não convidada numa festa de feéricos...

— Não sei por que ela está passando tanto tempo neste mundo — murmurou Kai de modo petulante. — Enquanto juíza investigadora, com certeza tem assuntos mais importantes para resolver em outro lugar. Qualquer outro lugar.

— É porque ela quer recrutar Vale para trabalhar em alguns de seus casos. — Mu Dan ajudara Vale e Irene a capturar um assassino durante a assinatura do tratado de paz em Paris. Desde então, ela vinha fazendo ofertas veladas de emprego a Vale. — Não podemos culpá-la por querer o melhor.

Mas não se preocupe. Ele não vai concordar. — Os dois sempre protegiam o amigo.

Kai assentiu e sugeriu:

— É melhor tentarmos relaxar. Você está irritada porque achou que a festa seria um evento social entre partes neutras. Eu estou menos preocupado porque já sabia que estaríamos entre inimigos.

E lá se foi a trégua, pensou Irene.

— Sou esperançosa — disse ela. — Temos de começar por algum lugar... e quaisquer outros clichês que me venham à cabeça.

De repente, Kai apertou os olhos.

— Conheço aquela mulher. O que será que ela está fazendo aqui?

— Politicagem também, creio eu — considerou Irene. A mulher que se aproximava era uma feérica, a secretária, lacaia e cúmplice de um dos homens mais poderosos de sua espécie. — Que interessante vê-la aqui, Sterrington.

Sterrington sorriu e levantou a taça em saudação.

— Que prazer ver vocês dois. Roubaram algum livro bom nos últimos tempos? — Seu cabelo escuro estava preso num coque baixo atrás da nuca e o vestido de seda cinza-claro era apropriado para o final do período vitoriano daquele mundo alternativo. As luvas escondiam o fato de que a mão direita era em grande parte cibernética.

— Temos vivido de modo sossegado — respondeu Irene. — É tão agradável. Na verdade, até consegui colocar a leitura em dia.

Era um alívio passar algumas semanas longe do perigo para poder fazer coisas banais, tais como mudar de casa, repensar seu relacionamento com Kai e até mesmo aperfeiçoar o estudo de línguas estrangeiras. Adquirir obras de ficção de mundos alternativos para a Biblioteca era sua vocação, e seu trabalho, mas quase nunca algo tranquilo ou fácil.

— Sei. — O sorriso enigmático de Sterrington sugeria incredulidade, como se ela acreditasse que Irene estivesse planejando a queda de reis ou roubos de fortalezas imperiais. — É uma... surpresa e tanto.

— E eu estou surpreso por vê-la aqui — disse Kai. — Pensei que o seu mestre não se dava bem com Lorde Silver.

— Se o Cardeal esperasse até estabelecer boas relações com as pessoas antes de despachar emissários, ele nunca mandaria ninguém — argumentou Sterrington. — Por que não me visitaram em Liechtenstein? Mandei um convite.

Liechtenstein era o principal centro de atividade dos feéricos naquele mundo alternativo. Porém, como tal, era um dos lugares que Irene *menos* tinha vontade de visitar.

— Devo pedir desculpas por isso, mas eu teria ficado... desconfortável. Você sabe que nós, Bibliotecários, não conseguimos suportar um ambiente com alto nível de caos.

— Vocês suportaram Veneza muito bem no ano passado — observou Sterrington.

— Sim — disse Kai. Uma tênue sombra de padrões de escamas surgiu nas maçãs do rosto e nas costas das mãos dele, como a geada numa janela, e um breve brilho de vermelho dragônico cintilou em seus olhos. — Onde fui sequestrado pelos Guantes. Você não estava trabalhando para eles?

— São águas passadas — respondeu Sterrington casualmente. — Pensei que sob o novo tratado de paz seríamos muito mais compreensivos... com coisinhas tão sem importância assim.

Irene passou a taça ainda pela metade para Kai.

— Pode pegar mais champanhe para mim, por favor? — pediu ela rapidamente.

Kai inclinou a cabeça num gesto não muito diferente da saudação de um duelista e partiu para cumprir sua tarefa.

— Parece que causei uma forte impressão — comentou Sterrington. — Não me lembro de ele se ofender com tanta facilidade da última vez que nos encontramos.

Irene procurou uma maneira de mudar de assunto, mas Sterrington encontrou um antes dela.

— Quer um pouco de cocaína? É de origem local.

— Não sabia que você usava cocaína.

— Não uso, exceto em raras ocasiões, mas Lorde Silver acha que sim. Não gosto de decepcioná-lo. — Ela estremeceu ao ouvir um barulho alto que quase abafou o som do tango. — O que é *aquilo*?

— Dançarinos de sabre russos se aquecendo. — Irene exigira dar uma olhada na lista de atrações antes de concordar em comparecer à festa. — Com cães afegãos domesticados.

— Nada de cavalos brancos?

— Ficaram retidos na alfândega.

— Fico feliz em saber que você não está envolvida em nada mais alarmante do que *esse* tipo de caso. — Sterrington fez um gesto elegante que abrangeu toda a cena.

Um sinal de alerta surgiu na mente de Irene.

— Há alguma coisa *mais* alarmante acontecendo, além do nosso tratado mútuo? — perguntou ela suavemente.

— Só o de sempre — respondeu Sterrington com um encolher de ombros. — Mortes, violência, derramamento de sangue, assassinatos, homicídios, roubos. Precisamos marcar uma reunião para discutir tudo. Peça ao seu assistente pessoal para ligar para o meu. Você tem um, não tem? Caso não, posso recomendar uma empresa excelente.

— Ela não alterou o tom de voz, mas seus olhos perscrutaram a multidão conforme prosseguia: — A propósito, espero que Silver tenha examinado a lista de convidados.

— Examinou, sim — confirmou Irene. Ela acompanhou o olhar de Sterrington da forma mais discreta que pôde.

— Mas você conseguiu entrar, então é evidente que seja lá quem estiver verificando os nomes na porta não é tão confiável quanto deveria ser. Algum problema?

— Talvez. Está vendo aquele feérico, o homem de gravata verde?

A gravata em questão tinha um tom particularmente tóxico de esmeralda, do tipo associado a mambas e sapos venenosos. De resto, o homem tinha uma aparência mediana — para as festas de Silver — e estava a cerca de cinco metros de Kai.

— Você o conhece?

— Já ouvi falar dele. Claro que não o conheço pessoalmente...

Irene quase revirou os olhos.

— Vá direto ao assunto.

— O nome dele é Rudolf — explicou Sterrington. — Ele perdeu a mãe em algum negócio durante uma ocupação dragônica no mundo dela. O Cardeal ficou sabendo que ele pretende se vingar publicamente do novo representante dos dragões, que é o motivo da minha presença aqui. Pessoas desesperadas tomam medidas desesperadas, creio eu.

O olhar de Irene percorreu o aposento. Não havia nem sinal de Silver — e a multidão de convidados era tão densa que ela levaria pelo menos cinco minutos para contornar a pista de dança, agora ocupada por casais valsando, antes de chegar até Kai.

— Você precisa me dar a sua *palavra* de que está falando a verdade — pediu ela.

— Os feéricos têm tanto a perder quanto você — retrucou Sterrington. — Por que mais eu me daria ao trabalho de lhe contar isso? Na verdade, acho que você me deve um favor por alertá-la. Consegue detê-lo?

— Não do outro lado do salão. — A Linguagem particular dos Bibliotecários era capaz de fazer várias coisas: ferver champanhe, redirecionar eletricidade, congelar canais e alterar a realidade de modo geral. Mas tinha que ser ouvida.

— O que você vai fazer?

Não "o que *nós* vamos fazer", notou Irene com um suspiro baixinho.

— Vou detê-lo — afirmou, dirigindo-se ao homem mais próximo. — Com licença, gostaria de dançar?

O sujeito arregalou os olhos, surpreso.

— Senhorita — começou ele —, mas que prazer inesperado. E posso apenas...

— Dançar — ordenou Irene, girando-o à força para a pista... na direção de Kai.

— Jamais sonhei em ter a honra de conhecê-la, senhorita — continuou seu parceiro.

Rudolf estava ainda mais perto de Kai agora — e ela viu uma brecha no meio da multidão.

— Você pode me contar mais sobre isso depois.

— Por que não agora?

— Porque vou — ela se desvencilhou delicadamente e girou até o próximo par — mudar de parceiro — concluiu, tirando uma mulher dos braços de outro homem e se aproximando ainda mais de Kai.

— Obrigada. — A nova parceira suspirou, acomodando-se no ombro de Irene. — Sempre quis ser resgatada daquele jeito. Você *viu* onde ele estava colocando as mãos?

Irene baixou os olhos para a cabeça loira que tentava se aninhar contra seu peito. Esse era o problema de trabalhar num mundo de alto nível de caos: tudo tentava se resolver em padrões narrativos. Não tivera a *menor* intenção de salvar uma dama em apuros.

— Não se preocupe — reconfortou ela. — Tudo vai ficar bem logo mais. — Dali a uns trinta segundos, quando alcançasse Kai. Com um último rodopio, chegou à beira da pista de dança e soltou a loira, dando-lhe um tapinha no ombro.

Mas seus olhos estavam fixos em Kai. As mãos dele estavam ocupadas — uma taça de champanhe em cada uma. E Rudolf estava bem atrás dele, com uma das mãos já enfiada no paletó para sacar uma pistola.

Um passo. Dois. Três, e ela agarrou o ombro de Rudolf. Quando os olhos dele se arregalaram de surpresa, Irene desferiu um golpe certeiro na barriga do feérico com toda a força que a raiva e o medo lhe deram.

A arma escorregou da mão do feérico e bateu no chão enquanto ele caía de joelhos. O homem tentou ficar de pé, então Irene levantou a saia e chutou-o no abdômen para garantir que continuasse ali, desejando pela primeira vez ter usado sapatos de bico fino. Ele tombou, ofegante.

Lutar de modo justo só valia para apresentações e competições formais.

Irene ergueu o olhar e se deparou com um círculo cada vez maior de curiosos boquiabertos. Por causa do tratado, ela precisava de uma boa desculpa para o que acabara de fazer — e Sterrington sumira de vista. Pelo menos Kai ainda estava segurando o champanhe. Ela precisava mesmo beber alguma coisa.

A inspiração veio quando um grupo de garçons abriu caminho pelas pessoas aglomeradas vindo em sua direção.

— Ele não está na lista de convidados — explicou, apontando para Rudolf, que não parava de gemer. — Lorde Silver vai preferir lidar com ele... pessoalmente.

— Vou? — perguntou Silver, saindo do meio da multidão e ajeitando a gravata.

Houve um retumbar de tambores quando os dançarinos de sabre cossacos tomaram a pista de dança, dando a Irene a oportunidade de se aproximar e murmurar:

— Sterrington me contou que ele veio aqui para assassinar Kai. Acabaria com a sua festa.

Silver estreitou os olhos, pegou a mão dela e pressionou os lábios na pele de Irene.

— Como sempre disse, você é a minha ratinha *preferida*...

— Com licença — interveio Kai, afastando a mão de Silver, com o que pareceu ser uma torção bastante dolorosa, e colocando uma taça de champanhe na de Irene. — Perdi alguma coisa?

Irene resistiu ao impulso de tocar no local onde os lábios de Silver lhe roçaram a pele. Infelizmente, ele não perdera nada dos seus poderes de sedução.

— Só uma tentativa de assassinato — respondeu ela. — Como você disse, estamos entre inimigos. Vamos sorrir. E circular por aí.

Na carruagem de volta ao alojamento, Irene finalmente conseguiu relaxar. No entanto, mesmo através da lã e da seda contidas na capa, conseguia sentir Kai ao seu lado, tão tenso quanto uma corda de piano.

— Você está pensativo — disse ela.

Kai ficou em silêncio por algum tempo antes de abrir a boca.

— Posso defendê-la contra ameaças racionais — falou ele. — Posso até protegê-la contra os feéricos, e todo mundo sabe como eles são irracionais. Mas como vou mantê-la a salvo de fanáticos?

— Era *você* quem ele queria matar — observou Irene.

— Verdade, mas você se jogou na frente para detê-lo. E como vamos saber se o próximo assassino não virá atrás de você? Algum lunático homicida que jurou vingança contra todos os Bibliotecários porque um de vocês roubou o livro preferido dele?

— Ora, é bem possível. — Irene teve que admitir. — Certas pessoas podem querer se vingar de maneira desproporcional.

— Elas agem de maneira desproporcional justamente para dar um exemplo — rebateu Kai. — *Essa* é a questão.

— E tem sido assim por toda a história. — Ela deu um suspiro. — Tenho certeza de que testemunharíamos a mesma coisa se pudéssemos voltar à aurora dos tempos, ao nascimento dos primeiros feéricos ou dos primeiros dragões...

Kai pareceu agradecido por ser distraído de suas meditações.

— É o tipo de registro histórico que alguém *pode* encontrar na Biblioteca — afirmou ele. — Menos entre as histórias do meu pai. Tecnicamente, ele também deve ter tido pais, é claro, mas esse tipo de coisa se perdeu no passado. Temos a tendência a nos concentrar no futuro.

Irene aguçava os ouvidos quando Kai falava do passado de seu povo, mesmo de forma tão cautelosa. Ele raramente fazia isso.

— Você acha que os monarcas dragões inspiraram a mitologia chinesa? — perguntou ela. — Ou a mitologia em geral? Não pude deixar de notar que os nomes dos reis costumam ser os mesmos das fábulas.

— Mas é claro que sim — respondeu Kai. — Afinal de contas, não existem outros monarcas dragões por aí.

— Mas tendo em vista o futuro em vez do passado... Você tem razão. Temos mesmo um problema. O que vamos fazer em relação aos assassinos? Até porque devemos morar aqui e ficar disponíveis para qualquer pessoa que queira falar conosco.

Irene puxou a capa contra o corpo para se proteger do frio. A primavera estava próxima, mas demorava a chegar, e os nevoeiros de Londres eram úmidos e de gelar os ossos. O estado de espírito da Bibliotecária começou a combinar com o clima.

— Kai — continuou ela —, seria muita infantilidade se eu dissesse que preferiria que estivéssemos adquirindo livros em algum lugar a tentando ser políticos?

Ela o sentiu relaxar, e ele apertou sua mão por baixo das camadas de capa.

— A palavra correta, Irene, é *roubando*.

—Ah, essa é uma questão de *semântica*. "*Eu* adquiro", "*você* pega emprestado", "*ela* rouba", "*eles* invadem e saqueiam"...

A carruagem parou diante do novo alojamento, um benefício adicional do cargo como representantes do tratado. Kai saiu e ajudou Irene a descer antes de pagar o motorista. Ela olhou para as janelas. Podia ver a luz acesa em volta das cortinas da sala de estar.

— Vale deve estar aqui — disse. — Talvez já tenha concluído a investigação, no fim das contas.

Kai se animou e subiu os degraus às pressas. Irene o seguiu mais devagar.

A casa estava silenciosa e escura, exceto por uma única luz no final do corredor, que vazava por baixo da porta da sala de estar. Eram duas da manhã; a governanta já devia ter ido dormir havia muito tempo.

Os acontecimentos da noite passaram pela mente de Irene, e ela colocou a mão, em advertência, no pulso de Kai. A casa tinha um feitiço de proteção contra a invasão de feéricos (o que complicaria as coisas quando eles *arrumassem* um colega de trabalho feérico) e uma gaiola fora colocada ao redor da caixa de correio para impedir que alguém colocasse nela bombas, esferas de gás venenoso ou aranhas peçonhentas gigantes... A não ser que posicionassem um guarda armado 24 horas por dia, seria difícil tornar o local mais seguro. No entanto, Vale tinha a chave. Pela lógica, só poderia ser ele lá dentro.

Ainda assim, alguma coisa deixou Irene insegura. Havia algo... estranho.

Quem quer que estivesse na sala principal também ouviria quando entrassem na casa. Não adiantava tentar se esconder.

Ela abriu a porta da sala de estar e ficou paralisada na soleira. Havia um homem sentado no sofá com vários livros de referência abertos ao seu redor numa bagunça de anotações e rabiscos. Uma mulher, aconchegada na poltrona de espaldar alto em que a própria Irene gostava de

se sentar, estava ocupada fazendo as palavras cruzadas do *The Times*.
— Irene? — perguntou Kai, num tom cortante.
— Kai — disse Irene, com a voz um tanto estrangulada —, por favor, deixe-me apresentar-lhe meus pais.

CAPÍTULO 2

A reação de Kai foi bem mais rápida que a de Irene. *Sem dúvida porque são os meus pais*, refletiu ela amargamente. *Se fosse o pai ou a mãe dele sentados ali, tenho certeza de que Kai ainda estaria paralisado, de boca aberta.* Ele fez uma mesura educada, mas seus olhos brilhavam de curiosidade.

— Ficamos honrados em recebê-los nesta casa — cumprimentou Kai. — Sei que Irene queria muito ver vocês.

— Já faz um tempo, na verdade — disse Irene, mantendo a voz calma, mas sentindo a raiva tão afiada quanto uma agulha. — Vocês nem me avisaram.

Sentiu Kai se retesar ao ouvir seu tom de voz. Ela *estava* contente em vê-los ali, sãos e salvos. Entretanto, um mês antes, os dois foram feitos de reféns e correram perigo de vida, e não houve sequer um murmúrio de comunicação depois disso. Ela enviou e-mails pelo sistema da Biblioteca — até mesmo cartas físicas sempre que pôde.

Será que não significava nada que ela fosse filha deles e que se preocupasse com os dois?

Por outro lado... esse podia ser o problema. Entre a família, havia uma pergunta importante ainda sem resposta. Ela acabara de descobrir que era adotada e não sabia o quanto isso mudava as coisas. A informação com certeza lhe dera muito sobre o que pensar.

Sua mãe se desdobrou da enorme poltrona numa confusão de saia e jornais.

— Este deve ser o príncipe Kai — disse ela. — Já ouvi falar tanto de você! Não por Irene, é claro, ela nunca escreve...

— Escrevi três vezes no mês passado — interrompeu Irene.

— Mas nada a respeito de Kai — replicou sua mãe, abrindo um sorriso. O cabelo estava loiro na última vez que Irene a vira, mas tinha voltado ao grisalho natural e estava preso num coque adequadamente matronal. Ela usava um vestido verde-escuro, uma das cores preferidas de Irene, e os óculos tinham pequenos cristais nas curvas da armação.

Mas havia ruguinhas nos cantos de seus olhos e no pescoço; marcas da idade avançada e do cansaço. Irene se voltou para o pai, que guardava com cuidado os livros que estivera usando. Ele parecia o mesmo de sempre, imutável, com o cabelo raiado como o pelo de um texugo, os ombros largos e os olhos gentis. Mas quando Irene o examinou como se ele fosse um alvo, não como uma filha olhando o pai, viu os mesmos traços nele também. A preocupação se chocou com a raiva e lhe deu um aperto doloroso no peito.

— Kai — chamou ela. — Esta é a minha mãe, cujo nome escolhido é Raziel. E o meu pai, cujo nome escolhido é Liu Xiang. — Não que os nomes tivessem algo a ver com a origem ou o local de nascimento dos dois. Os Bibliotecários eram apropriadores culturais extremos quando se tratava de nomes de que gostassem ou que considerassem tematicamente relevantes. — Caros pais, deixem-me lhes apresentar o príncipe Kai, filho de Ao Guang, Rei Dragão do Oceano Leste.

Ela se perguntou o que fazer em seguida, mas então Kai se ofereceu educadamente para buscar algo para beberem. A porta se fechou atrás dele, deixando os três ali sozinhos.

Irene teve um estalo. Abraçou a mãe, consciente de como se sentia frágil.

— Se você for sumir do mapa desse jeito *de novo* — murmurou ela —, pelo amor de Deus, pelo menos me avise que está bem.

A mãe tinha cheiro de cedro. Sempre foi um dos seus perfumes preferidos. Irene podia até fechar os olhos e imaginar que o tempo não havia se passado — só que agora ela era a mais alta das duas.

— *Eu* também estou aqui — disse o pai com um sorriso.

Irene o abraçou com força.

— Vocês dois estão bem? Fiquei sabendo que foram mantidos reféns numa das cortes dos dragões durante a conferência de paz, para garantir o bom comportamento dos negociadores...

— Foi na corte da Rainha das Terras do Oeste — confirmou o pai. — São pessoas terrivelmente simpáticas, mas ficamos numa casa de campo no equivalente deles ao Texas, sem nem um livro sequer. Ouvimos inúmeros pedidos de desculpa por isso. Foram tirados de lá para não tentarmos usá-los para fugir, sem dúvida. Em vez disso, tivemos de passar a maior parte do tempo vendo filmes.

— Ou fazendo caminhadas ao ar livre — resmungou a mãe. — Detesto caminhadas.

Irene tentou imaginar como seria ficar semanas sem livros e então respirou fundo.

— Temos um ou dois minutos antes que Kai volte, e quero fazer uma pergunta que não desejo que ele ouça.

Sua mãe voltou a se recostar na poltrona, sacudindo o jornal de novo.

— Alguém sabe qual é a definição para quem tira dois números um nos dados, sete letras, última letra O?

Irene estava prestes a dizer *azarado* quando algo a respeito da pergunta lhe ocorreu. O jornal já não era uma distração para a mãe, mas um escudo. Ela estava tentando distrair *a filha*.

— Não temos tempo para perguntas — disse o pai. — Nem para palavras cruzadas. Infelizmente, não viemos para uma reunião de família. Você precisa voltar à Biblioteca. Imediatamente, Irene. Coppelia nos mandou aqui para passar o recado.

Os reflexos bem treinados de Irene fizeram com que ela calculasse como poderia chegar à Biblioteca se partisse no mesmo instante. Mas algo a fez hesitar. Ela tinha tantas perguntas para os dois e estava prestes a perder a oportunidade de fazê-las. *De novo.*

A não ser que perguntasse agora.

— Por que Coppelia mandou *vocês* para me dizer isso? — questionou. — Um Bibliotecário júnior poderia realizar essa tarefa. Ou ela podia ter me enviado uma mensagem física. — A Biblioteca tinha meios de se comunicar com seus agentes; meios reconhecidamente destrutivos, mas Coppelia já os usara para emergências antes.

Sua mãe deu de ombros.

— Nós nos oferecemos para trazer a nova mensagem dela para você. Queríamos ter certeza de que estava sã e salva. E agora sabemos que sim.

Irene sentiu uma pontada de raiva ao ouvir o desdém casual na voz da mãe e estava prestes a vociferar algo adequadamente fulminante e distante em resposta... Mas não, os dois

estavam tentando impedi-la de fazer perguntas pessoais, de se aproximar. De novo.
Ela mordeu o lábio, determinada a manter a calma.
— Preciso fazer uma única pergunta — pediu. — Antes de partir. Enquanto ainda estão aqui. *Sei* que sou adotada. Vocês não teriam feito isso se não me quisessem. É algo que aceito e compreendo. Só gostaria de saber... como. Como aconteceu.
— É tão estranho — disse a mãe depois de uma longa pausa provocada pelo choque. — Você passa trinta anos ensaiando a resposta para uma pergunta, e quando a hora chega...
— ... todas as palavras desaparecem — concluiu o pai.
— Algo simples e direto já serve — retrucou Irene com veemência. — Vocês me escolheram aleatoriamente de um orfanato público local? Ou me encontraram flutuando rio abaixo numa cesta?
— Tentar nos fazer sentir culpados *não* vai funcionar, Ray — disparou a mãe. Doeu, como sempre, ouvir seu apelido de criança dito com raiva. — Quer que eu fale que torci para este dia nunca chegar? Tá bom. É verdade. Eu esperava que você nunca descobrisse. É tão estranho assim?
Irene deu alguns passos pela sala, ouvindo o crepitar da lareira.
— Seria mais fácil se não tivessem me ensinado todos os seus truques — defendeu-se, tentando encontrar as palavras certas para que a entendessem. — Foram vocês que me ensinaram a evitar perguntas, a mudar de assunto. A responder a uma questão com outra. Vocês me ensinaram tudo isso e agora estão tentando fazer o mesmo comigo. Realmente seria mais fácil para todos nós se eu jamais suspeitasse de nada. Mas, por favor, mãe, pai... — Irene sentiu um gosto amargo na

boca e seus olhos começaram a arder com uma vontade infantil de chorar. — Por favor, compreendam que, agora que *já* sei, preciso saber a verdade.

— Precisa mesmo? — perguntou o pai. Era uma dúvida sincera. — Vai fazer alguma diferença se eu lhe contar que... nós a roubamos de um palácio e que você é na verdade uma princesa?

Irene afastou uma imagem de si mesma nos trajes e diadema típicos de uma princesa.

— Não — respondeu ela por fim. — Não, *o que* vocês me contarem não fará a menor diferença. Só gostaria que *quisessem* me contar. Desculpa, isso nem deve fazer sentido.

— Pare de se desculpar — disse a mãe. — Você é uma mulher adulta, Ray. *Irene*. Não precisa pedir desculpas o tempo todo.

— Você se esqueceu de dizer que estamos orgulhosos dela — observou o pai em voz baixa.

— Ah. — A mãe pareceu constrangida. — Minha querida, estamos *tão* orgulhosos de tudo que você fez e queremos que saiba disso antes de partirmos. Você *sabe* disso, não é?

— Hum, obrigada — agradeceu Irene. Era algo que *sempre* quisera ouvir deles, mas, agora que a mãe finalmente lhe disse, não conseguiu pensar numa resposta melhor. — Fico feliz em saber. Mas vocês ainda não responderam à minha pergunta.

O pai fez menção de falar, mas ficou em silêncio quando Kai abriu a porta.

— Perdão — disse ele —, mas posso falar com Irene por um segundo?

— Claro que sim — respondeu o pai, acenando para que ela seguisse em direção à porta. — Não vamos a lugar algum, embora Irene devesse...

Irene conteve a vontade de pedir a Kai que os deixasse a sós por um momento. Em vez disso, juntou-se a ele no corredor, fechando a porta atrás de si.

Havia um brilho de raiva em seus olhos azul-escuros, o lampejo vermelho de um dragão.

— Mais alguém entrou nesta casa — disse ele. — Nossos quartos foram revistados.

— Ah, que inferno — lamentou Irene. Ela se deu conta do que devia ter acontecido e ficou corada. — Só para saber: foi uma busca bem-feita ou a pessoa só revirou o lugar de qualquer jeito?

— A segunda opção — respondeu Kai. Ele franziu a testa.

— Mas deixaram os *meus* pertences em paz.

— Foram os meus pais — admitiu Irene, envergonhada e irritada.

— Eles revistaram o seu *quarto*? *Por quê*?

— Não deve ter sido muito a fundo — replicou Irene, tentando tranquilizá-lo. — Eles só queriam saber o que ando fazendo.

Kai olhou para ela. Abriu a boca, fechou-a sem dizer nada, depois tentou outra vez.

— Irene, nunca falamos muito sobre os seus pais. Há alguma coisa que você queira me contar?

Irene teve vontade de encontrar um cantinho para se refugiar.

— É uma relação complicada. Nós nos damos bem, mas... — Mas agora ela tinha de voltar à Biblioteca às pressas, justamente quando eles estavam prestes a responder às suas perguntas sobre a adoção. Por que é que tudo tinha de acontecer ao mesmo tempo?

— Você raramente os vê!

— Sim, e é por isso que nos damos bem. — Como os pais queriam saber tudo o que Irene fazia e ela não lhes queria

35

contar, os dois começaram a revistar o quarto dela na sua ausência. Exceto seus cômodos na Biblioteca, é claro. Ficavam trancados. Eram só *dela*.

Não é nenhuma surpresa que a filha de dois espiões tenha problemas com confiar nas pessoas, pensou Irene ironicamente.

— Eles fazem isso porque se preocupam comigo — concluiu. — Mas não revistam a fundo... Olha, sei que está parecendo cada vez mais esquisito. Talvez a nossa relação tenha alguns problemas. Todas as famílias têm. Eu não fico perguntando o que acontece na sua, fico?

Ela o viu se encolher com a réplica e ficou maldosamente satisfeita por um instante.

— Fui chamada à Biblioteca — prosseguiu, tentando amenizar o sentimento ruim. — Mas... preciso perguntar algo urgente aos meus pais antes de partir. Podemos continuar esta conversa depois?

A porta foi aberta antes que Kai conseguisse responder — ou discordar — e o pai se encostou no batente.

— Algum problema?

— Só estávamos falando sobre o conhaque — respondeu Irene antes que Kai pudesse interromper.

— Não temos tempo para beber conhaque — afirmou o pai. — Agradecemos a oferta, mas você precisa partir logo, por isso vamos deixá-la em paz.

Irene não podia deixar que os pais fugissem dela.

— Tenho que falar com eles — repetiu ela. — E peço desculpas por se intrometerem desse jeito. Já que *eles* não vão pedir.

— Acho que precisamos ter uma conversa séria sobre certas coisas — disse Kai em voz baixa. — Assim que seus pais forem embora.

Irene retornou à sala de estar e fechou a porta atrás de si com um baque.

— Coloquei um feitiço de proteção neste lugar — disse ela. — Achei que estava a salvo dos inimigos. Só *não* esperava ter de defender a minha privacidade de outros Bibliotecários.

— Se você está dormindo com um príncipe dragão, não temos como não ficar preocupados — justificou o pai de forma branda. Como sempre, sua calma superficial era suave e firme. Uma equipe olímpica de patinação no gelo poderia usá-la no lugar do rinque. — Acho que qualquer pai ficaria preocupado com isso.

Irene sentiu o rubor subir à face novamente, mas desta vez era tanto de raiva quanto de constrangimento.

— E se Kai mencionar ao pai que Bibliotecários mexeram nos pertences dele? E aí?

— Não tocamos nas coisas dele — retrucou a mãe, que estava vestindo o casaco e fechando os botõezinhos dourados. — Irene, você é tão comunicativa quanto o granito debaixo de uma geleira. Desde o ano passado, enfrentou feéricos, reis dragões e o próprio Alberich. Não ficou preocupada conosco? Tente entender que *nós* ficamos preocupados com *você*.

— Mas *eu* jamais mexeria nas suas coisas! — retorquiu Irene.

— Mexeria, sim, se tivesse a oportunidade — afirmou a mãe.

Irene até gostaria de negar, mas... se fosse a única maneira de se certificar de que os pais estivessem a salvo, não hesitaria nem por um segundo. E se tivesse de escolher entre a segurança deles e a própria ética, a ética perderia feio. Eram disfuncionais, mas não deixavam de ser uma

família. Ainda que ela precisasse saber mais sobre suas origens.
— Antes de me abandonarem, por favor, respondam à minha pergunta. Como foi que vocês me adotaram?
Foi o pai quem respondeu, de modo lento e relutante.
— Outros Bibliotecários sabiam que queríamos uma criança, mas que não podíamos tê-la. Não havia nenhum problema médico...
Alberich já dissera a Irene que era impossível que dois Bibliotecários tivessem um filho, mas ela não ia deixar que eles mudassem de assunto outra vez. Por isso, apenas assentiu com a cabeça, incitando-o a continuar.
— Outra Bibliotecária ficou grávida. Não por culpa nem escolha dela... mas não sabemos todos os detalhes, não perguntamos. Ela ia ter um filho que não queria, então nos ofereceu a criança. Simples assim.
— Quem era a Bibliotecária? — perguntou Irene, e deu um passo à frente, apertando as mãos no encosto de uma cadeira. — Quem era?
— Ninguém que você conheça — respondeu a mãe com a voz rouca. — E ouvi dizer que ela já morreu.
Irene sentiu um choque distante quando os fatos foram expostos. A raiva, mais do que o pesar, tomou conta dela ao ver que perdera a última ligação com sua "ascendência verdadeira", se é que podia chamá-la assim... Se nunca conhecera a mãe biológica, como poderia sentir uma dor genuína pela morte dela? No entanto, deveria sentir *alguma coisa* por ela, não?
Ela nem sabia se os pais estavam falando a verdade.
— Só isso? — perguntou por fim.
— O que você *queria* ouvir? — retorquiu a mãe. — Uma história mais romântica? Todo mundo tentou dar seu melhor. Você nos culpa por isso? Fomos pais tão ruins assim?

— Não — respondeu Irene, sem hesitar. — Não, vocês não foram pais ruins. Jamais. — Talvez fosse mentira; ninguém ali era perfeito. Mas era o que ela queria dizer, aquilo em que queria acreditar. Afinal de contas, eles eram apenas humanos.

A mãe abaixou a cabeça lentamente.

— Quer dizer que você nos perdoa?

De novo, as palavras vieram sem pensar duas vezes.

— Não há nada a perdoar. Vocês são meus pais. É só isso que importa.

— Você precisa ir, Coppelia está esperando — disse o pai, pegando o chapéu. Ele parou para dar um abraço em Irene, mas pareceu mais formal do que o primeiro, como se a conversa tivesse traçado uma linha invisível separando-os. Teria sido o passado como espiões que os deixara tão emocionalmente indisponíveis? E será que ela corria o risco de repetir os mesmos erros? — Os assuntos urgentes da Biblioteca não vão desaparecer só porque você tem problemas pessoais, Irene. Já deveria saber disso. É melhor conversarmos depois...

Fugindo para a guerra como um covarde! A frase veio à cabeça de Irene do nada, a relíquia de algum filme havia muito esquecido, mas ela se conteve.

— Com certeza — concordou. — É melhor *mesmo*.

Sua mãe olhou para eles.

— Entre em contato depois que tiver tempo para refletir sobre tudo isso, Irene. Sabe como nos encontrar.

— Quando vocês tiverem algum tempo livre — retrucou Irene, sem conseguir impedir que o sarcasmo transparecesse na voz. Ela tentou se lembrar de que eles tinham se oferecido para vê-la e verificar se estava segura, mas era difícil.

— Se você queria ter mais tempo livre, então não deveria ter se tornado uma Bibliotecária — revidou a mãe.

— Que seja — resmungou Irene, sentindo sua adolescência avançar sobre si como uma onda imensa. Com os ombros curvados numa postura defensiva, ela trocou um breve abraço com a mãe antes de abrir a porta a contragosto. — Mas... tomem cuidado.

— Você também, minha querida Ray — disse a mãe com vivacidade, saltitando para o corredor e dirigindo-se sem o menor remorso até a porta da frente.

— Ah, perdi alguma coisa? — perguntou Kai.

— Tudo. — Irene suspirou, contendo a vontade de explodir. — Kai, não vou ser uma boa companhia no momento e preciso ir. Volto assim que puder.

Por um instante, ele pareceu prestes a protestar, mas em vez disso a abraçou.

— Estarei aqui quando voltar — garantiu.

CAPÍTULO 3

Como de costume, a Biblioteca estava assombrada pelo murmúrio de Bibliotecários notívagos que se dedicavam ao trabalho. A infinidade de livros que pairava sobre Irene se elevava acima dela até que o teto se perdesse na escuridão. Alguns Bibliotecários estavam classificando volumes do alto das escadas de aço que atravessavam as prateleiras como uma filigrana complicada. Irene podia ouvir seus sapatos batendo contra o metal e o baque ocasional dos livros sendo tirados das prateleiras. O som era estranhamente reconfortante.

Ela caminhou às pressas ao longo da passarela sob as fileiras de estantes, ciente da passagem do tempo. Em geral Irene esperaria que Coppelia emitisse um pedido de transferência, o que lhe permitiria percorrer a Biblioteca quase no mesmo instante até o escritório da outra Bibliotecária. Ainda mais no caso de um chamado *supostamente* urgente. Mas, pelo jeito, este não era tão urgente assim a ponto de justificar o gasto de energia; então, em vez disso, ela teve de seguir o próprio caminho. Às três — não, quatro horas em ponto — da manhã. *Além disso*, o escritório de Coppelia mudara para um local bem no meio da Biblioteca, o que implicava numa caminhada mais longa.

A única vantagem foi que Irene teve tempo de se acalmar depois de encontrar os pais, assim como uma oportunidade de refletir sobre a tentativa de assassinato contra Kai. Os dois precisavam desesperadamente de uma contraparte dos feéricos na comissão do tratado, alguém que pudesse mantê-los sob controle — se é que fosse possível.

Ela virou à esquerda e se apressou por um túnel. Ali, as paredes estavam forradas de livros escritos em russo, dois exemplares empilhados por vez, com os títulos dourados brilhando enquanto as lâmpadas no teto se balançavam sob um vento imperceptível. Irene os observou como observaria qualquer livro próximo — *Prisoners of Asteroid*, *A Planet for Tyrants*, *Alisa Selezneva and her Lens*[1] —, mas sua cabeça estava em outro lugar.

Quanto mais tempo os comitês dos feéricos passassem tentando encontrar o candidato politicamente mais adequado, mais colocariam o tratado em risco — deixando Irene e Kai vulneráveis a ameaças de feéricos rebeldes. Já tinha se passado um mês. Enquanto representante da Biblioteca, era seu *dever* dedurar os comitês hesitantes aos seus líderes. Se o Cardeal e a Princesa, entre outros, quisessem que o tratado durasse, então precisavam fazer a parte *deles*.

Além disso, ela salvara a festa de Lorde Silver, o que significava que ele também lhe devia um favor...

Irene virou à direita três vezes, subiu um lance de degraus tão alto e estreito que parecia até uma escada de mão e passou por um par de portas giratórias que se moviam rapidamente. Por fim, chegou ao escritório de Coppelia.

---

[1] Respectivamente, *Prisioneiros do asteroide*, *Um planeta para tiranos* e *Alisa Selezneva e suas lentes*, em tradução livre. Livros da série infantojuvenil de ficção científica do escritor russo Kir Bulychev. [N. T.]

A rigor, não havia nem dia nem noite na Biblioteca. Apesar de as janelas de algumas salas terem vista para o mundo lá fora, não existia lógica para a hora do dia além das vidraças. Às vezes, um Bibliotecário poderia passar de uma sala para outra e descobrir que a vista mudara de uma montanha tempestuosa para uma paisagem ensolarada. Ou então via uma paisagem urbana sob o céu noturno nublado e uma lua agourenta.

Contudo, devido à necessidade de se *comunicarem* entre si, muitos dos moradores da Biblioteca acordavam e dormiam em horários parecidos. Embora pudessem ficar acordados a noite toda pesquisando — como os Bibliotecários pelos quais ela acabara de passar —, estudando ou apenas lendo, isso não os eximia do trabalho do dia seguinte.

Somente os Bibliotecários seniores podiam definir o próprio horário. Ou dormir durante o dia. Portanto, mesmo sendo "madrugada" na Biblioteca, Coppelia, a mentora de Irene, ainda estava acordada. Ela vestia um dos seus roupões pesados de veludo azul preferidos, como uma freira particularmente elegante que iria se arrepender dos pecados só muito mais tarde, e um par de lenços enrolados em volta do pescoço. Sua mesa, excepcionalmente, estava quase vazia.

Ali, no escritório de Coppelia, Irene podia finalmente relaxar. A noite do lado de fora da janela (pois a sala tinha vista para uma cidade em meio à escuridão) estava tranquila e silenciosa. Um candeeiro de mesa ardia entre as duas, iluminando a superfície polida da mão de madeira de Coppelia e destacando o brilho das estátuas douradas nas paredes.

— Meus pais me disseram que era urgente — comentou Irene, quebrando o silêncio. — Embora eu suponha que haja graus de urgência, já que você não autorizou um transporte rápido.

Coppelia tossiu e tomou um gole de uma caneca fumegante. Irene não conseguiu identificar a bebida, mas notou que tinha um cheiro desagradável de ervas.

— Exato — confirmou ela. — Temos uma ou duas semanas antes que o mundo ameaçado entre numa fase verdadeiramente perigosa. Mas não sabemos ao certo quanto tempo resta... nem quanto tempo você levará para obter o livro necessário a fim de estabilizá-lo.

— É uma simples missão de recuperação? — *Recuperação* era uma palavra bem mais simpática do que *roubo*. Alguns dos trabalhos de Irene até estavam dentro dos limites da lei, mas não eram muitos, ela tinha de admitir.

Coppelia demorou tanto para responder que todos os alarmes mentais de Irene dispararam.

— É um pouco diferente das suas tarefas de costume. De certa forma, vamos tirar vantagem da atmosfera política atual.

— Fugir do assunto não me deixa mais entusiasmada.

— É um comportamento comum dos humanos. Assim como respeitar os mais velhos — replicou Coppelia, incisiva.

Irene refletiu sobre as palavras de sua tutora e disse com cautela:

— Peço desculpas se estou um pouco sensível no momento. Acabei de falar com meus pais e... bem, você sabe que temos alguns problemas.

— Muito bem, desculpas aceitas — disse Coppelia. — Agora, onde é que estávamos mesmo? Ah, sim, a nova tarefa. Você vai sair à procura de uma cópia do texto egípcio *O conto do náufrago*. É uma obra do Império Médio, o que a data em algum momento entre 2000 e 1700 a.C. aproximadamente. Conhece?

— O título até que não me é estranho. Acho que meu pai deve ter mencionado em algum momento, dada a área de es-

pecialização dele. — Seu pai era um dos especialistas em hieróglifos e textos egípcios da Biblioteca, mas a própria Irene nunca se interessou muito pela língua ou literatura do país.
— Tem certeza de que sou a pessoa mais indicada para esse trabalho?
— Em termos de especialização acadêmica, não — respondeu Coppelia. — Mas em termos práticos, sim. Há certas complicações...
Mas é claro.
— Prossiga, por favor.
— A versão que procuramos é de Gama-017 — continuou Coppelia.
Irene se endireitou na cadeira.
— É onde eu estudei!
— Sim, naquele colégio interno suíço com especialização em idiomas. Você já me falou de lá um monte de vezes. Por razões que ainda não conseguimos confirmar, eles tiveram uma oscilação extrema em direção ao caos na semana passada. Precisamos urgentemente de uma cópia desse livro para reestabilizar o mundo.
— Pelo jeito, o meu passado está voltando para me assombrar — observou Irene secamente, pensando na visita dos pais. — Foi por *esta* razão prática que você me deu a missão? Porque conheço o mundo por experiência própria? Presumo que ainda não haja um Bibliotecário Residente lá.
Afinal de contas, não havia quando ela estivera no internato; nunca houve Bibliotecários Residentes *suficientes*. Para falar a verdade — e a ideia não era nada reconfortante —, não havia Bibliotecários suficientes e ponto-final. Ela fora avisada disso por alguém de quem passara a desconfiar, mas Coppelia tinha confirmado a informação depois. De fato, *estavam* em bastante desvantagem numérica. E não podiam

deixar que ninguém soubesse disso. Se os feéricos ou os dragões suspeitassem que a Biblioteca estava vulnerável... Bem, a paz era ótima, mas vizinhos fracos eram um convite à pressão política. Ou coisa pior.

— Não — respondeu Coppelia. Ela tossiu de novo e bebeu mais um pouco de chá. — Não foi por isso que você foi escolhida. Essa cópia específica de *O conto do náufrago* que estamos procurando é incrivelmente rara, por isso é tão vital em termos da capacidade de estabilizar o mundo. Há um capítulo na versão de Gama-017 que não existe nas edições de qualquer um dos outros mundos. Todas as cópias dessa versão se perderam, exceto por essa única, que saiu daquele mundo. É bem possível que, com tempo e esforço, possamos localizar outra cópia em Gama-017, mas não temos tempo para isso agora. A melhor projeção é que, dentro de dez dias, o mundo entrará na fase conglomerativa de caos... e ficará irreversivelmente preso nesse estado.

Lampejos de memórias passaram pela cabeça de Irene como as páginas de um livro. Pessoas que conheceu quando era criança e depois adolescente — professores, amigos e até inimigos — e lugares de que se lembrava. Os mundos engolidos pelo caos viravam locais onde as histórias se tornavam realidade. Mas os seres humanos que viviam em tais mundos também poderiam virar bonecos que seguiam o desenrolar dessas histórias. Suas personalidades não passavam de máscaras que mudavam de acordo com os caprichos dos feéricos que os governavam.

Ela *não* ia deixar que isso acontecesse com pessoas que conhecia e com quem se importava.

— Bem, você nitidamente vê uma alternativa ao caos eterno — comentou Irene, com a voz vivaz e quase alegre. — Então, o que aconteceu com a cópia que saiu do mundo?

— Você quase sempre tem uma atitude positiva — disse Coppelia. — Tente continuar assim. Ficamos sabendo de um colecionador específico que possui esse livro, que o adquiriu de Gama-017 de algum jeito. De acordo com a nova ordem mundial de paz, acordos e tudo o mais, nós... a Biblioteca, no caso... lhe damos a autorização para negociar com *ele*.

Irene considerou as implicações daquilo.

— É evidente que não se trata de alguém que vive em Gama-017 — refletiu ela —, ou você não teria dito que o livro se "perdeu" naquele mundo. Você mencionou o tratado, portanto deve ser um entusiasta dragão ou feérico. E deve achar *possível* negociar com ele, ou nem perderíamos tempo tentando. Qual é a pegadinha?

— O feérico em questão é um excêntrico. Todos os feéricos poderosos são, naturalmente, mas este é ainda mais do que o normal.

Irene assentiu. Quanto mais poderoso um feérico era, mais se deixava levar por clichês e estereótipos narrativos. Isso lhes dava habilidades imprevisíveis — um sedutor tornava-se quase irresistível, um manipulador era capaz de convencer qualquer um de qualquer coisa, um atirador conseguia acertar tiros impossíveis. Mas também prejudicava sua percepção da realidade, exceto por meio do próprio arquétipo específico. O truque, como ela aprendera com a experiência, era descobrir *qual* era o arquétipo e usá-lo contra eles.

— Eu o conheço?

— Você já deve ter ouvido falar dele, mas não pelos canais da Biblioteca. Seu nome é sr. Nemo.

Irene vasculhou a memória, mas não encontrou nada.

— Não conheço, não — disse ela. — Mas qualquer feérico que saia por aí chamando a si mesmo de Nemo deve ser enigmático e reservado. Mesmo que não possua um submarino.

— Exato. Com certeza. — Coppelia tornou a encher a caneca com o samovar que estava num canto da mesa. — De qualquer modo, esse tal de sr. Nemo é um... colecionador. Um bilionário. O tipo de pessoa que possui uma ilha no Caribe e a enche de tesouros obtidos ilegalmente. Que distribui muito dinheiro para que os governos esqueçam que ele existe e apaguem sua ficha criminal. Só que não há antecedentes criminais porque o sr. Nemo não existe, e qualquer um que procure por provas, que também não existem, vai acabar virando comida de peixe. Ele prefere piranhas, segundo me disseram, ou tubarões. Depende do clima.

— Interessante. Entendo como esse tipo de personalidade pode funcionar dentro de um determinado mundo, se estiver conectada ao crime organizado. Mas, se ele é um feérico, como isso se traduz em influência entre sua própria espécie?

— Ele é um intermediário — explicou Coppelia. — É o termo corrente, não é? Ele coloca a pessoa A em contato com a pessoa B e recebe uma comissão de ambas no processo. Não é um manipulador como o Cardeal. — Com cautela, ela ignorou a careta de Irene. — Porém, como se costuma dizer, ele *conhece muita gente*. Além disso, coleciona coisas. E pessoas também. E tem evitado alianças com muito cuidado há vários séculos.

— E, entre outros itens, obteve o livro — acrescentou Irene. — Como foi que descobrimos isso?

— Minha cara Irene, há dois tipos de colecionador. O primeiro fica satisfeito simplesmente por possuir um objeto precioso e não se importa se o restante do mundo fica sabendo ou não. Já o outro... *precisa* se gabar de suas posses. Para essa gente, metade do prazer vem de ver que seus conhecidos estão roendo as tripas de inveja. Eles não conseguem se conter, mesmo que isso aumente o risco de serem roubados.

— E imagino que sejamos o público ideal — supôs Irene.
— Quer dizer que ele se gabou para algum Bibliotecário?
— Não exatamente. — Coppelia abriu uma gaveta da escrivaninha, os dedos de madeira batendo contra o puxador, e tirou dali um grosso panfleto. — Ele nos enviou um catálogo de parte de sua coleção.
— Ah — soltou Irene com admiração, estendendo a mão para o panfleto, cheia de esperança.
Coppelia bateu com o nó dos dedos no panfleto fechado.
— Tenha calma. Sei que já é tarde da noite para você, mas pense bem primeiro.
Irene afastou a mão, refletindo sobre o que Coppelia dissera.
— Será que ele *quer* ter a coleção roubada por algum motivo? Ou é só uma isca conveniente para os Bibliotecários, um anzol com uma rede na ponta? — Ela franziu a testa. — Ou uma lista de compras voltada especificamente para nós? Porque ele deseja *tanto* ter a Biblioteca no seu caderninho de contatos... e está disposto a esperar até que não consigamos encontrar um texto em particular sem ser procurando-o?
— Talvez a segunda opção, mas está mais para a terceira — respondeu Coppelia. — Por isso não informamos aos Bibliotecários juniores sobre essa coleção. Eles poderiam começar a ter *ideias*.
— Mas já negociamos com ele antes?
— Algumas vezes — admitiu Coppelia. — A um nível hierárquico sênior e com uma contrapartida bastante específica. Nada de negociações abertas. Concluímos que, se *nunca* fizéssemos qualquer acordo com o sr. Nemo, ele perceberia que nos tinha nas mãos quando enfim o procurássemos. É melhor que ache que faz parte de nossos muitos recursos em vez de ser uma opção de emergência, com os preços que estão associados a isso.

— Certo — disse Irene, pensativa. — Portanto, o primeiro ponto da lista de coisas a não mencionar é o quanto queremos *O conto do náufrago*. Até onde o sr. Nemo sabe, é só mais um item da nossa lista de compras habitual.

— Isso mesmo. E o segundo ponto da lista é nunca fazer promessas não *específicas*. Nossas negociações sempre consistem num livro, ou obra de arte, em troca de outro livro. Ou, muito raramente, de um serviço, especificado e definido por condições fixas. *Não* deixe que ele a convença a fazer nada além disso. — Coppelia entrelaçou as mãos; em cima do panfleto, Irene notou com pesar. — Tendo em conta sua nova posição como representante do tratado, o sr. Nemo pode até pensar que nosso contato é uma maneira de lhe apresentá-la.

— O que exatamente *posso* prometer a ele? — perguntou Irene. — E se ele quiser um livro em particular e só tivermos um exemplar aqui?

— Essa é a parte boa — disse Coppelia alegremente. — Para os fins da Biblioteca, só precisamos da *história* que está nos livros. Não do texto original. Se o sr. Nemo quiser algum item da nossa coleção, podemos guardar uma cópia e lhe dar o original.

— Não podemos oferecer um acordo mais econômico, para recebermos apenas uma cópia do manuscrito — sugeriu Irene — enquanto ele fica com o original?

— Se ele aceitar, vá em frente — respondeu Coppelia. — Mas acredito que não aceitará. Ele vai querer se aproveitar ao máximo disso.

— Era o que eu temia. Droga. — Irene resignou-se às árduas negociações. — Nesse caso, basta me dizer onde o encontro.

— O mundo é o Alfa-92 e a data local é a década de 1980. O ponto de entrada da Biblioteca para esse mundo fica em

Roma, de modo que você terá que viajar um pouco para chegar à casa dele. Covil. Ilha particular no Caribe. Você decide do que chamar. Fiz um documento com as informações e uma carta de apresentação para você. As de sempre.

As palavras "ilha particular no Caribe" ecoaram na cabeça de Irene. Era sem dúvida uma missão muito importante, vital para a sobrevivência de um mundo que ela amava e essencial para a Biblioteca... mas também era uma desculpa para fugir de Londres durante o inverno. Um inverno frio, cortante e úmido.

Outra ideia veio à sua mente.

— Alfa-92 tem um alto nível de caos? Será que teria algum problema se Kai também fosse? Você sabe que ele vai querer. Além disso, tornaria mais plausível essa história de "apresentação diplomática".

— Tem praticamente o mesmo nível de caos que o mundo de Vale. E Kai... — Coppelia franziu a testa. — Sei que não preciso alertá-la, mas certifique-se de que *ele* também não assine nenhum acordo. Tenho certeza de que o sr. Nemo adoraria enredá-lo em sua teia.

— Que jeito mais dramático de falar — observou Irene.

Coppelia riu, uma gargalhada ofegante que se transformou em tosse. Ela bebeu mais um pouco da infusão, franzindo os lábios numa careta.

— Este negócio é repulsivo.

— Você está bem? — perguntou Irene. Ela sabia por experiência própria que Coppelia não gostava de ser lembrada de sua idade ou fragilidade, mas a velha Bibliotecária nunca tossira tanto assim.

— Ainda não me recuperei do inverno em Paris — explicou Coppelia, com a voz trêmula. — Toda aquela maldita neve. Mas não se preocupe comigo, Irene. A gente demora mais para se recuperar depois que envelhece. Não vou a lugar nenhum. Você, por outro lado, está de partida para o Caribe. — Ela deslizou uma pasta pela mesa até Irene. — Mais alguma pergunta?

— Se sabemos que ele tem o texto, não podemos simplesmente roubá-lo? — perguntou Irene sem rodeios.

— Em teoria, sim. Já na prática, talvez não. A segurança dele é muito boa. E se você tentasse roubá-lo e falhasse, ele aumentaria o preço.

— É justo. Tenho uma última pergunta: ele assinou o tratado?

— Acho que sequer o legitimou — respondeu Coppelia. — O sr. Nemo está numa posição bastante interessante. Se concordar em cumprir o tratado, algumas de suas ações ficarão restritas, mas, caso não o reconheça, ficará vulnerável a ataques de ambos os lados... Tenha cautela. Seja diplomática. Tente não arruinar as coisas.

— Sua confiança em mim é um consolo e tanto — murmurou Irene. Mas sabia que aquilo era o mais próximo que Coppelia chegaria de expressar preocupação. — Serei o mais ágil que puder. Continue bebendo o seu chá.

E se ela tivesse *muita* sorte, talvez Kai ficaria tão intrigado com a missão que se esqueceria dos pais dela — e da *conversa* que pedira que tivessem. Então, Irene poderia dormir um pouco. O dia seguinte seria bastante movimentado.

CAPÍTULO 4

Kai quase pulava de entusiasmo sob a tênue luz da manhã que penetrava pelo nevoeiro. Ele reagira às notícias de Irene sobre o mundo no qual estudara com simpatia genuína. Porém, estava nitidamente entusiasmado com a perspectiva de realizar negociações de alto nível — e com a possibilidade de demonstrar ao pai o quanto era eficiente em sua nova posição. (A tentativa de Irene de salientar que não se tratava de uma missão relativa ao tratado foi completamente ignorada.)

Além disso, uma ilha particular no Caribe era um atrativo e tanto. Juntando a isso o fato de que os dois se afastariam das tentativas de assassinato e das maquinações de Lorde Silver por uma ou duas semanas, Irene quase podia partilhar do bom humor. As inúmeras xícaras de café ajudaram. Ela voltara de madrugada e teve de contar as novidades a Kai antes de ir dormir.

E ainda havia coisas bem mais interessantes para os dois fazerem além de dormir.

— Não sei bem qual seria o traje mais adequado para esta temporada no Caribe — refletiu Kai conforme saíam do táxi em frente à Embaixada de Liechtenstein. Irene partilhara suas ideias sobre o representante dos feéricos para o tratado com ele, que concordou em deixá-la resolver isso com Lorde Silver. — Você deve se vestir de acordo com a nova função de representante da Biblioteca, é claro.

— Podemos comprar alguma coisa em Roma quando formos reservar as passagens de avião — disse Irene. Uma parte dela se rebelava contra a ideia de perder um tempo valioso em compras. Porém, se aparecesse na porta do sr. Nemo parecendo apressada e desesperada, o preço do livro seria altíssimo. Até os humanos sabiam como tirar vantagem de clientes que não tinham outra opção.

Foram detidos na entrada da embaixada por Johnson, o criado pessoal de Silver. Como de costume, ele parecia um exemplo perfeito de monotonia, quase agressivamente insípido em comparação com a extravagância de seu mestre, e muito bom na arte de se fundir com os arredores.

— Como posso ajudá-los? — perguntou ele. Seu tom de voz era tão neutro que poderia ser usado para uma definição de dicionário: *primeira pessoa do singular, desinteressado.*

— Viemos falar com Lorde Silver — respondeu Irene, com uma tentativa de sorriso movida a café. — E não, não temos hora marcada. Peço desculpas por vir de manhã cedo...

Johnson hesitou.

— Se puder aguardar um momento, madame. — Ele voltou para dentro do prédio, fechando a porta na cara dos dois.

— Não entendo como o atual estado de trégua implica nos deixarem esperando na porta — murmurou Kai.

— Talvez dependa do que for jogado na nossa cabeça das janelas lá de cima — especulou Irene. — Óleo fervente significaria hostilidade total, uma garrafa de champanhe seria o convite para uma festa e um bule de chá apenas indicaria uma irritação sem grandes consequências.

De repente, a porta se abriu e os dois foram escoltados de modo relutante pela soleira.

O interior da embaixada estava cheio dos destroços da festa da noite anterior. Havia copos e pratos sujos por todo o salão, panfletos imorais espalhados pelo assoalho e meias-calças penduradas nos abajures. Uma gravata solitária fora pregada na parede com um salto agulha cravejado de pedras preciosas e via-se o que sobrou de um jogo de cartas salpicado de vinho e sangue.

Ao passarem pela escadaria principal, Kai franziu a testa.

— Silver não está no quarto?

— Não no momento — respondeu Johnson. — Gostaria de vê-lo no quarto dele, senhor?

Kai abriu a boca para dizer algo que talvez chamuscaria até as paredes, então olhou para Irene de soslaio e respondeu simplesmente:

— Detestaria imaginar que tiramos o pobre coitado da cama por causa de algo tão insignificante quanto uma visita nossa.

— Para a sua sorte, principezinho, ainda não fui para a cama.

A sala em que entraram estava banhada pela fraca luz do sol matinal, fazendo com que os móveis e o papel de parede parecessem ainda mais caros e de mau gosto do que o normal. Silver continuava usando o traje da festa, esparramado numa poltrona, com a gravata desfeita e o colarinho aberto. O paletó jazia desconsolado num canto e a camisa estava manchada de batom — pelo menos era o que Irene esperava que fosse. Ele segurava um copo cheio de uma mistura esverdeada que não deveria ser chá de ervas.

Do outro lado da mesa de carteado, Sterrington estava empertigada como uma boneca de madeira, ainda vestida e enluvada de forma imaculada. Sobre a mesa, havia um jogo de cartas em andamento. Os dois jogadores tinham virado as cartas para baixo.

— Jogos de azar, presumo — disse Kai num tom cheio de repreensão, e arqueou a sobrancelha, tal como Irene vira o pai dele fazer certa vez. — Creio que não deveria ficar tão surpreso. O que está em jogo?

— As almas dos homens — respondeu Silver jovialmente, tomando um gole do copo. — Aceita uma bebida?

— Ainda é cedo para mim — respondeu Irene —, e não queremos atrapalhar o jogo. Vim tratar de negócios. Ah, e para avisá-lo que Kai e eu não estaremos em Londres nos próximos dias.

— Você não pode se afastar assim! — protestou Silver. — E se for necessária aqui?

— Não fui necessária até agora — salientou Irene. — E vocês, feéricos, ainda precisam escolher alguém para representá-los. É desse negócio que vim tratar.

Silver franziu o cenho.

— Minha cara ratinha, você acha que sou um homem de negócios qualquer?

— Você é o embaixador de Liechtenstein. Comanda uma das maiores redes de espionagem de Londres. Dá festas que mobilizam metade da polícia da cidade. Tudo isso o mantém muito ocupado.

— É verdade, mas são as ocupações de um *cavalheiro* — desdenhou Silver.

— Ah. Quer dizer que você se isenta de qualquer responsabilidade pela escolha de um representante dos feéricos para o tratado?

Sterrington se retesou como um cão de caça à vista da presa, e Silver baixou o copo com um *tlim* abrupto.

— Não, eu não diria isso. De forma alguma. Por que a pressão repentina, srta. Winters?

A mudança de tratamento era um sinal bem-vindo de que ele estava levando-a a sério.

— Todos nós sabemos que Rudolf pretendia assassinar Kai ontem à noite. Kai ficou vulnerável não só porque estava presente na festa, mas porque é o representante dos dragões. Mais cedo ou mais tarde, alguém tentará fazer isso de novo e talvez seja melhor de pontaria do que Rudolf. Sem um representante nomeado pelos feéricos na comissão do tratado, qualquer feérico pode achar que está livre para tomar medidas contra Kai...

— Ou contra você — acrescentou Kai.

— Também, embora eu espere que não existam tantos feéricos assim que não gostem de Bibliotecários sem motivo algum.

— Você ficaria surpresa — comentou Sterrington desnecessariamente.

Irene tentou não olhar para o teto e rezar por forças de forma muito óbvia.

— Olha, precisamos ter um representante dos feéricos para o tratado o mais rápido possível. E não só para o nosso bem. Vocês dois têm um forte interesse no sucesso do tratado. Gostaria de salientar de modo incisivo que, se algo acontecer comigo ou com Kai pelas mãos de um feérico, as coisas vão pegar *fogo*. E *vocês* serão responsabilizados. Compreendo que ainda haja dúvidas sobre quem nomear. — Em parte devido ao fato de que Silver não queria o cargo para si mesmo, mas também não estava disposto a entregá-lo a mais ninguém. — Quando voltarmos, espero que *já* tenham tomado uma decisão. Não queremos mais incidentes nas suas festas, Lorde Silver.

— Continuo não gostando nem um pouco de vocês sumirem desse jeito — disse Sterrington, traindo o próprio interesse. — E se houver uma emergência?

Irene deu de ombros.

— Vamos torcer para que não ocorra uma. Além disso, aceitei este cargo em paralelo às minhas funções de Bibliotecária. O dever me chama.

— E quanto ao príncipe Kai? — indagou Sterrington.

— Vou apenas acompanhá-la — respondeu Kai friamente.

— Algum problema?

— Não é muito conveniente.

— Sua conveniência pouco me diz respeito.

Irene olhou Kai de soslaio. Ela lhe pedira para ser firme, mas justo, e ele já estava entrando no território da grosseria deliberada. Foi então que lembrou que Sterrington havia *trabalhado* para os sequestradores de Kai, por isso mudou logo de assunto.

— Acho que nada de urgente vá acontecer na nossa ausência. Você acha?

— Claro que não — respondeu Sterrington. Mas seus olhos estavam sombrios e pensativos, e Irene ficou imaginando se ela tivera outros motivos para ir àquela Londres além de deter Rudolf.

— Suponho que não queira nos contar para onde vai, minha cara Irene. Ou por qual motivo — interveio Silver.

— Não quero mesmo. São assuntos da Biblioteca. — Irene abriu um sorriso largo para Silver. — E já que cumprimos com nossas obrigações, vamos embora, Kai?

— Com prazer — respondeu ele.

— Talvez tenhamos boas notícias para lhe dar na sua volta — anunciou Silver atrás dela. — Nossas discussões têm sido das mais *interessantes*...

O comentário quase fez Irene desistir do plano de forçar Silver a escolher o representante dos feéricos. Deixar aqueles dois juntos era como deixar gatos encarregados pela cozinha enquanto o cozinheiro saísse para fazer as compras.

Mas a missão não podia mais esperar. Eles tinham que pegar um avião. Vários aviões.

— Quarenta e dois? — O funcionário da alfândega olhou Irene de cima a baixo.

— As pessoas sempre me dizem que pareço ser mais nova — respondeu Irene, com um sorriso prestativo. A Biblioteca fornecera um par de passaportes falsos para aquele mundo; infelizmente, a idade no documento da mulher era muito superior aos trinta e poucos anos de Irene.

O agente não pareceu muito satisfeito, mas havia uma fila impaciente ficando cada vez mais barulhenta. Com um suspiro, ele carimbou o passaporte de Irene e acenou para que se dirigisse à alfândega.

Kai seguiu ao seu lado. A multidão que se movimentava pelo aeroporto de Miami era tão densa que abafava o burburinho de uma conversa casual.

— É tão bom esticar as pernas — comentou ele.

— Aproveite enquanto puder — disse Irene com melancolia. Eles se juntaram à multidão ao redor da esteira de bagagem, num empurra-empurra de ombreiras e casacos de linho, cabelos com musse e meias até o tornozelo. — Creio que temos mais viagens pela frente. A rota fornecida pela

Biblioteca acaba aqui, e o sr. Nemo se recusou a dar mais informações sobre seu paradeiro.

— O que demonstra um nível ridículo de paranoia. — Kai tirou a mala de Irene da esteira sem o menor esforço, seguida de sua própria. — Se ele é tão poderoso quanto a reputação sugere, por que esse tal de sr. Nemo é tão reservado assim?

Irene refletiu sobre isso conforme se dirigiam a uma cabine telefônica — a última instrução que Coppelia lhe dera. A conexão da Biblioteca para aquele mundo, Alfa-92, se fazia por meio da Biblioteca do Vaticano, o que significava que tiveram de passar por Roma. Viajar pela Biblioteca era uma maravilha, mas só havia uma saída fixa para cada mundo.

— Talvez isso ajude a estabelecer a reputação de Nemo. Se fosse fácil encontrá-lo, ele seria menos procurado. É o que acontece com as roupas de grife. É a mística que conta, mesmo que seja possível comprar uma boa imitação por um décimo do preço.

— Bem, ele é um feérico — falou Kai. — Não olhe assim para mim, Irene. Eu *vou* controlar a língua na presença de Nemo. Mas, se ele já tiver agentes de olho em nós, é melhor desistirmos logo.

Os dois chegaram à cabine.

— Fique de guarda, por favor — pediu ela, colocando uma fileira de moedas na parte de cima do telefone. A ligação poderia demorar.

Discou um número — que havia memorizado da lista de instruções na pasta da Biblioteca — e o telefonema foi atendido após um único toque.

— Quem é? — perguntou uma voz.

— Alguém à procura de um item valioso — respondeu Irene.

— Pode me fornecer alguma identificação?

— Falo em nome da minha organização, e nossa senha é: "Eu poderia viver recluso numa casca de noz e me considerar rei do espaço infinito... se não tivesse pesadelos". — Ela se perguntou quem teria escolhido a citação de *Hamlet*: a Biblioteca ou o sr. Nemo?

Houve uma pausa, seguida do som de teclas e murmúrios. Irene inseriu mais moedas no aparelho. Por fim, a voz disse:

— E qual é o seu nome?

— Irene. Mais conhecida como Irene Winters.

Mais murmúrios.

— E o item que deseja?

— Prefiro não discutir isso numa linha aberta.

— Muito bem — respondeu a voz, sem parecer esperar que ela entrasse em detalhes. — Onde você está no momento?

— Aeroporto de Miami, com outra pessoa.

— Outro Bibliotecário?

— Não. Um dragão. O príncipe Kai, filho de Ao Guang, Rei do Oceano Leste.

Outra pausa.

— *Muito* bom. Aguarde, por favor.

Irene colocou mais dinheiro no aparelho enquanto esperava.

— Como vão as coisas? — murmurou Kai por cima do ombro. Ele estava observando o fluxo e refluxo da multidão no aeroporto, vestido de modo casual com sua nova jaqueta de grife e calças de linho. Infelizmente, não havia celulares e laptops baratos nos anos 1980 daquele mundo; mas pelo menos tinha Armani.

— Acho que bem — informou Irene. — Até agora.

A voz voltou a falar.

— Você tem papel e caneta?

Irene reprimiu um suspiro de alívio e apoiou o bloco de notas contra a parede.

— Tenho, sim.

— Pegue o próximo avião disponível para Paradise Island, nas Bahamas. É o voo das dez e meia da Paradise Island Airlines. Dois lugares foram reservados para você no nome de Rosencrantz e Guildenstern. Quando chegar, vá ao balcão de translado à direita da entrada e diga que precisa de transporte para a Casa Dourada. Você vai ter que se identificar outra vez; quando perguntarem por que está lá, diga que veio para a pesca de tubarões. Depois, o transporte a levará até o destino final. Anotou tudo?

Irene repetiu as instruções.

— Nos veremos em breve, srta. Winters.

A linha ficou muda.

Irene pendurou o fone no gancho e se virou para Kai.

— Estamos nas mãos de profissionais — disse secamente.

— Tomara que possamos confiar neles.

Já era tarde da noite quando o pequeno avião desceu em direção a Paradise Island. Irene olhou pela janela, mas ficou desapontada ao ver um cassino e um resort bem-iluminados, mas bastante comuns, em vez de algo mais amazônico. As pontes cruzavam o oceano lá embaixo, ligando Paradise Island a Nassau, uma fileira de luzes pairando como joias sobre as águas escuras. Ao seu lado, no assento do corredor, Kai examinava cuidadosamente um folheto turístico.

Os dois levaram poucos minutos no avião para identificar meia dúzia de homens e mulheres que portavam armas, feéricos inconfundíveis ou apenas suspeitos comuns. Será que eram outros visitantes do sr. Nemo? Ou iam participar de alguma convenção? Havia uma mulher de véu preto, casaco de pele e unhas pontudas, pintadas com esmalte cintilante. Um homem usava um traje formal de jantar e sua única bagagem era um baralho de cartas que distribuía e embaralhava de forma irritantemente repetitiva sobre a mesa suspensa. Uma pessoa idosa na primeira classe com o corpo envolto em casacos era tão mirrada que era impossível identificar seu gênero. Mas ela bebia conhaque como se a Lei Seca fosse ser restabelecida no dia seguinte.

As conversas morreram assim que o avião começou a descer. Mas isso não diminuiu a sensação de perigo na aeronave — uma ansiedade intensa fazia com que alguns indivíduos ficassem de olho nos companheiros de viagem. Talvez soubessem de algo que Irene não sabia e estivessem planejando contramedidas para quando alguma coisa — qualquer coisa — acontecesse. Ela e Kai não escaparam da inspeção geral em busca de ameaças; na verdade, talvez fossem as pessoas mais perigosas ali.

Em retrospecto, Irene se deu conta de que podia ter cometido um erro. Embora ela mesma não tivesse nenhuma característica peculiar, Kai era nitidamente um dragão para qualquer um que soubesse o que procurar. Suas feições eram mais delicadas que o normal, captando a perfeição de um desenho a tinta ou de uma estátua de mármore que ganhara vida. Se fosse possível olhar para o rosto de um ser humano e ver o espírito por trás de seus olhos como a chama de uma vela, então, em comparação, um dragão seria uma luz elétrica ou um incêndio violento. E isso em forma humana. Se alguém a bordo do avião tivesse alguma desavença com os dragões, Kai poderia se tornar um alvo.

No entanto, quando os pneus da aeronave bateram na pista, Irene percebeu que precisava se concentrar na missão.

Ela só tinha nove dias. Talvez não fosse suficiente. Ao sair do avião, teve certeza de que subestimara o perigo de seus companheiros de viagem. Os passageiros se entreolharam como lobos à espera de um momento de fraqueza. O ar estava ameno e uma música distante ecoava pelo campo de pouso, mas a tensão sibilava no ar, intensificando-se a cada momento.

Algo muito ruim está prestes a acontecer, pensou ela, *e eu não faço ideia do que é. Vai ser tão constrangedor se acabarmos levando um tiro por causa do drama de outra pessoa...*

Um homem que ela identificara como membro da Yakuza — por causa das tatuagens nos pulsos, da silhueta do revólver sob o paletó e da conversa em japonês que mantinha com sua parceira — acenou educadamente para Irene passar na frente. Ela sorriu para ele e a companheira (que camuflava uma catana numa bolsa de tacos de golfe que parecia inocente), passou pela alfândega e adentrou o saguão de entrada.

Àquela hora da noite, não havia muita gente por perto, mas quem *estava* ali parecia... à espreita. Não havia palavra mais adequada. Eles estavam sentados nos bancos, folheando livros ou vendo a hora nos relógios de pulso, mas toda sua atenção se voltou para os recém-chegados.

Com uma pontada de alívio, Irene percebeu que os observadores não estavam de olho apenas nela e em Kai — mas em todos os recém-chegados. Era como se soubessem que havia alguém suspeito no voo, mas não sua identidade. Nesse caso, seria o momento errado para entrar em pânico e sair correndo dali.

Ela chamou a atenção de Kai e fez o possível para dizer *aja normalmente* com o olhar enquanto puxava a mala para o balcão de translado à direita da entrada.

A jovem sentada ali largou a revista e ergueu os olhos.

— Posso ajudá-la? — perguntou, entediada.
— Acho que sim — respondeu Irene. Ela manteve a voz num tom baixo, esperando não ser ouvida. — Preciso de transporte para a Casa Dourada para duas pessoas.

Porém, suas precauções foram em vão. Assim que as instruções do sr. Nemo saíram de sua boca, ela ouviu alguém dizer atrás de si:

— Para três.

Irene se virou e se deparou com o cano de um revólver.

CAPÍTULO 5

Irene tentou se concentrar no rosto do homem que segurava o revólver em vez de na arma em si. Para ser justa, nesse tipo de situação era difícil tirar os olhos do círculo escuro do cano. O homem não estivera no avião com eles. Um cigarro pendia do canto da sua boca. E, embora usasse roupas caras — jaqueta de seda, calças de linho, um Rolex reluzindo bastante no pulso —, os óculos escuros eram baratos e cafonas.

No entanto, o revólver era o mais importante.

— O que foi que você disse? — perguntou ela, tentando (em vão) parecer inocente.

— Eu. Vocês. Rumo à Casa Dourada — respondeu o homem. O cigarro sacudia conforme ele falava. — E se mais alguém tiver alguma ideia de jerico sobre vir junto...

De repente, houve o baque de um tiro abafado por silenciador. Irene não sabia de onde o som viera, mas o homem armado tombou para a frente e seu revólver bateu no chão. Ela recuou com cuidado quando o sangue começou a se espalhar, saindo do corpo caído.

Por um instante, o saguão ficou em silêncio absoluto.

Em seguida, homens vestidos de preto desceram aos berros do teto, pendurados em cordas desenroladas. Suas lâminas reluziram quando eles as desembainharam no meio da queda.

Uma saraivada de tiros ecoou pelo saguão à medida que turistas de aparência inocente, um após o outro, sacavam revólveres e pistolas automáticas, atirando nos ninjas e entre si. Outros desembainharam lâminas — espadas, adagas e até, diante dos olhos desnorteados de Irene, um laço de fio metálico. Eles se retiraram para os cantos a fim de se defender ou aproveitaram a situação para apunhalar potenciais adversários pelas costas. As pouquíssimas pessoas que realmente eram turistas inocentes correram aos berros em direção à saída.

Kai pegou Irene nos braços, saltou sobre o balcão de informações e pousou atrás dele. Irene se viu lado a lado com a balconista. Havia espaço suficiente para os três se protegerem apenas se ficassem espremidos ali.

Irene agarrou o braço da garota e indagou:

— O que *diabos* está acontecendo?

A jovem revirou os olhos como se aquela fosse a pergunta mais idiota que já ouvira desde *A água é molhada?*, seguida de perto por *O fogo é quente?*.

— Nem me pergunte, senhorita. Eu só faço as reservas de viagem.

Tá bom. E está demonstrando uma falta de pânico espantosa. Se não trabalha diretamente para o sr. Nemo, então conhece alguém que trabalha. Irene se lembrou das instruções.

— Precisamos de um transporte para a Casa Dourada, como eu estava dizendo. Viemos para a pesca de tubarões. Nossos nomes são Rosencrantz e Guildenstern. — Ela estremeceu e se abaixou mais ainda quando uma submetralhadora abriu uma fileira de buracos na parede acima deles. — Precisa de algo mais?

— Já está ótimo — respondeu a garota alegremente. Ela estava vestida com o uniforme-padrão de uma agente de viagem, mas seus brincos e colar, pelo que Irene desconfiava, eram de ouro maciço com pérolas verdadeiras. O tipo de joia que custava muito mais do que o salário de uma balconista. *Não há a menor dúvida de que ela está na folha de pagamentos de outra pessoa.* — Você precisa voltar para a pista, procurar o pequeno hidroavião com uma faixa verde lá no final e falar com o piloto. Ele vai perguntar...

Suas palavras foram abafadas por um segundo em razão de um grito furioso.

— Turistas — murmurou a garota. — Ele vai perguntar para onde quer ir, você responde *Dinamarca*, depois embarca e faz o que ele pedir. Entendeu? E este bando aqui não vai matá-la. Não antes de a torturar para obter essas instruções, é claro.

— Isso é ridículo — vociferou Kai.

Irene concordava, mas achou melhor se queixar mais tarde.

— Entendi — respondeu. — Você vai ficar bem?

— Que gentileza sua perguntar, mas não se preocupe. Tem um alçapão aqui embaixo. — A garota bateu no chão com o sapato. — Esse tipo de coisa acontece o tempo todo, embora eu tenha que admitir que está pior do que de costume. Boa sorte para pegar o avião!

O alçapão se abriu com um clique e a garota deslizou por ele como uma enguia, sumindo na escuridão lá embaixo. A porta se fechou atrás dela antes que Irene pudesse fazer algo além de pensar que seria uma boa ideia segui-la. Ficou imaginando o que aquele bando queria com o sr. Nemo e se ela queria mesmo encontrá-lo.

Mas tudo o que disse foi:

— Então, você tem alguma ideia de como podemos passar por essa confusão?
— Que tal usar a Linguagem?
Irene fez uma careta. Embora a Linguagem pudesse alterar a realidade, nem sempre era a ferramenta de trabalho ideal.
— Não posso dizer para nos ignorarem; é gente demais. Derrubar o teto também acabaria nos atingindo. Eu poderia dizer ao chão para segurar os pés deles, mas muitos têm armas e não precisam se mover para atirar.
Ela deu uma olhada rápida ao redor do balcão: a briga geral se dissolvera em rinhas individuais. Os participantes mais fracos, e muitos dos ninjas, fugiram do local ou morreram. Na verdade, já era um progresso. Pessoas concentradas num oponente específico tinham menos probabilidade de ver Irene e Kai tentando escapar.
— Se seguirmos pela parede dos fundos e ficarmos atrás dos balcões de check-in, chegaremos a menos de vinte metros da alfândega. Já reparou na completa e estranha ausência de seguranças?
— Já. E você reparou como a tinta está fresca nas paredes? E que está encobrindo os buracos de bala?
— *Agora* reparei — respondeu Irene. — Deve ser um ponto de passagem habitual para quem visita o sr. Nemo. Mas será que é normal haver uma multidão de oportunistas? O que eles querem?
Kai deu uma tossida.
— Sabe, Irene, geralmente é *você* quem *me* diz para entrar em ação em vez de ficar tecendo teorias... Além disso, é melhor sairmos daqui antes que o nível de caos aumente mais.
Havia de fato uma sensação distinta de caos no ar, como a tensão antes de uma tempestade. E se Irene podia percebê-

-la, Kai — enquanto dragão, uma criatura da ordem — devia senti-la com bem mais intensidade. Ela olhou para cima para checar as vigas, mas não havia mais ninjas ali — ou, pelo menos, nenhum que conseguisse ver. Afinal de contas, eram ninjas.

— Vamos lá, então — disse ela. — Deixe as malas aqui, são só roupas mesmo. No três: um, dois, três...

Os dois dispararam pela lateral, correndo de cabeça baixa. Irene apanhou sua pasta, deixando Kai com as mãos livres. Ela não tinha dúvidas de quem se dava melhor no combate corpo a corpo.

O balcão de check-in seguinte fora abandonado por seu ocupante, mas o contorno no chão de um alçapão semelhante indicava para onde ele tinha ido. Uma faca cortou o ar por cima deles, cravando-se na parede.

— Merda — balbuciou Kai. — Fomos vistos.

— Desde que ninguém grite: "Detenham-nos, eles estão fugindo..." — comentou Irene antes de perceber como era algo idiota de dizer. Mais um motivo para amaldiçoar os poderes dos feéricos: quando se estava perto deles, era muito fácil se deixar levar por padrões estereotipados.

— Detenham-nos! — guinchou uma voz feminina, seguindo a deixa. — Eles estão fugindo!

Um dos ninjas sobreviventes voou sobre o balcão, segurando facas cintilantes idênticas. Kai se endireitou e, com uma fluidez adquirida de uma vida inteira de treinamento em artes marciais, agarrou o tornozelo do homem e o arremessou contra a parede. Enquanto o ninja deslizava até o chão num emaranhado de membros vestidos de preto, os dois saíram em disparada.

— Madame! — Um loiro baixinho com um bigode finamente encerado se jogou no caminho de Irene. — Bezerrinha azul,[2] preste atenção! Preciso da sua ajuda para adquirir uma estátua original de São Cirilo...

Irene bateu na cara dele com a pasta e continuou correndo.

Mas alguma coisa — alguém — veio zunindo da esquerda num turbilhão de lenços de seda e unhas cintilantes. Kai se precipitou na frente dela e interceptou um golpe direcionado ao pescoço de Irene. Era a mulher do avião, mas agora havia sangue escorrendo de suas unhas, que tinham um brilho oleoso com toda a aparência de veneno.

A mulher se esquivou e partiu para cima de Kai, que se defendeu, dando um passo para trás.

— Vá em frente — disse ele por cima do ombro.

Irene nem discutiu, apenas voltou a correr, dando a volta em dois lutadores ocupados em chutar um ao outro contra os balcões ali perto.

O saguão estava tomado por gritos — e tiros ecoavam das vigas.

Um atirador deslizou pelo chão, disparando contra o outro lado do saguão. Irene levantou a saia e pulou por cima dele, antes de se esquivar de um homem corpulento e barbudo com mãos parecidas com um presunto. Ele perdera a camisa nos últimos noventa segundos e os pelos do peito estavam manchados de sangue e óleo. *Será que eu me importo? Não. Não quero nem saber.*

Ela estava quase chegando à esteira das bagagens quando derrapou até parar. Duas mulheres de sobretudo de couro escolheram a área para um duelo pessoal. Suas armas — uma catana e uma pesada espada larga — estavam desembainhadas

---

[2] Referência ao conto folclórico estadunidense sobre o lenhador Paul Bunyan e seu boi azul gigante, Babe. [N. T.]

e elas se entreolhavam com a calma de duas guerreiras à espera do momento certo para atacar.

E estavam *no caminho de Irene.*

Outra arma cutucou as costas dela. Se as coisas continuassem assim, sua jaqueta acabaria cheia de vincos.

— Ei, senhorita — rosnou uma voz masculina num sotaque pesado de gângster do Brooklyn —, o que acha de facilitar as coisas e me contar como encontrar o sr. Nemo? Ou terei que ser desagradável?

O pânico ajudou Irene a se concentrar.

— **Você percebe que a mulher que sabe como encontrar o sr. Nemo está indo para lá!** — disse ela, apontando para o meio das duas duelistas.

A Linguagem tomou conta das percepções dele, alterando-as. Bufando, empurrou Irene para o lado e avançou na direção das mulheres. Os ombros sob o paletó mal-ajustado eram tão fortes quanto seu sotaque, e a pistola em sua mão era um objeto bastante real prestes a disparar balas bastante reais. As duas deram um passo para trás quando ele passou por elas. Irene saiu correndo, seguindo o rastro do bandido. Assim que passou pelas duelistas, colocou os dedos nos lábios e deu um assobio *alto*. Viu Kai voltar a cabeça para ela — o parceiro sabia que estava na hora de segui-la.

A área de bagagens agora estava vazia, exceto pelo homem que entrara antes dela. As esteiras giravam sem parar, levando as malas de um lado para o outro numa busca interminável por seus donos. O barulho do combate vindo do saguão de entrada forneceu um impulso de energia a Irene, que se dirigiu à porta oposta.

— Pare bem onde está!

As palavras por si só não a teriam feito parar, mas a bala que passou por ela, sim. Irene botou as mãos para cima e se virou, dando de cara com o bandido que avançava em sua direção. Ele era um exemplo tão perfeito do gênero Capanga, espécie Gângster Estadunidense dos Anos 1930, que só podia ser um feérico. O cabelo penteado para trás com gel, o paletó de abotoamento duplo, o chapéu de feltro, os sapatos de bico fino engraxados... e, claro, a arma na mão.

— Não vejo mais ninguém aqui que saiba de alguma coisa a não ser você, senhorita — afirmou ele. — Então me diga logo para quem você trabalha. Para o Cardeal? O Rei do Graal? O Orixá? O Xogum? Ou é para outra pessoa?

O efeito da Linguagem ainda não passara. Ainda bem. Assim que percebesse que ela podia afetar sua mente só de falar com ele — bem, era aí que as pessoas começavam a ficar nervosas. E, portanto, perigosas. Infelizmente, a Linguagem não era capaz de deter uma bala no meio do ar.

— Gente poderosa — disse ela com cuidado. — Se acha que trabalho para alguém assim, então seria melhor não se meter no meu caminho.

— Certo, certo. — Ele bocejou, exibindo dentes de ouro. Mas seus olhos frios permaneceram fixos nela. — Vamos fazer um trato. Você está com aquele cara, não é? Quer dizer que viajam em dupla. Largue-o e me leve no lugar. Assim nós dois encontramos o sr. Nemo e saímos por cima.

— Ele não é o tipo de cara que gosta de receber um "não" — falou Irene, recuando na direção das esteiras de bagagem em movimento.

— Nem eu, querida — retrucou o bandido, e deu um passo para perto dela. — Veja só, fiz uma boa proposta a você. Vou ter que começar a atirar em partes não essenciais do seu corpo ou devo ir atrás do seu amigo?

Ele parecia bastante confiante, mas havia uma pontada de urgência em suas palavras. Era só uma questão de tempo até que outra pessoa a encontrasse e fizesse a própria proposta.

Ela abriu a boca como se estivesse prestes a concordar, mas então engasgou, olhando por cima do ombro dele.

Era um dos truques mais velhos do mundo, mas se tornara um clichê porque costumava dar certo. Ele se virou para trás, empunhando a arma.

E Irene se encolheu para se proteger atrás da esteira.

— **Bagagens, atinjam aquele homem!** — gritou na Linguagem.

Não conseguia ver nada de cabeça baixa, mas os ruídos eram descritivos o suficiente. Quando o silêncio voltou e ela levantou a cabeça, havia um único pé calçado saindo de baixo de um monte de malas.

Por sorte, sua pasta, que também sofrera os efeitos da Linguagem, estava quase no topo da pilha. Tirou-a dali com um puxão e se virou ao ouvir o som de passos. Kai entrou derrapando pela porta mais ao longe.

— Por aqui! — berrou ela.

Foi então que viu as pessoas alguns passos atrás dele.

Havia portas duplas entre a área de bagagem e o corredor de saída. O tipo de portas de metal pesado reservadas para situações de emergência e ativadas por computador, e não por algo tão simples quanto a mão de alguém. Naquele momento, estavam abertas e fixas no lugar.

Irene cerrou os dentes. A situação estava prestes a mudar.

Ela se preparou e ordenou:

— **Portas de metal entre a área de bagagem e o corredor de saída, fechem-se e fiquem trancadas!**

Foi extenuante — mais difícil do que mudar a percepção de uma só pessoa ou jogar malas em cima de alguém. O barulho do metal polido ecoou por toda a sala conforme as portas se esforçavam para sair daquela posição, rangendo contra o chão. Elas se fecharam com força logo atrás de Kai, protegendo-o de uma fuzilada de golpes e tiros.

Kai enxugou um fio de sangue da testa. Ele perdera a jaqueta em algum momento da briga.

— Você está bem? — perguntou ele.

— Vou ficar — respondeu Irene, tentando ignorar a dor de cabeça emergente. Na verdade, aquele fora um uso mínimo da Linguagem. Devia ser o alto nível de caos que começava a afetá-la. — Infelizmente, deixei bem claro que a Biblioteca está envolvida. Vamos torcer para que isso não se volte contra nós.

Na pista, havia uma fileira de aviões — mas apenas um possuía uma faixa verde. A brisa fresca que vinha do mar era uma dádiva depois do ar abafado do interior do aeroporto, e a dor de cabeça de Irene começou a diminuir. Eles correram até o avião, gritando para o piloto; a janela da cabine se abriu e um rosto com barba por fazer apareceu ali.

— O que você quer, meu amor? — O sotaque era londrino, deslocado no meio do Caribe.

— Uma carona. Para dois passageiros! — Um barulho súbito veio do prédio, sugerindo que as portas tinham sido arrombadas e que a multidão estava prestes a chegar. Irene acrescentou: — O mais rápido possível!

— Para onde?

— Dinamarca!

— Espere só um minutinho, meu amor, já volto a falar com você.

— Não sei se temos um minuto — disse Irene, pulando de um pé para o outro.

Uma escotilha se abriu na lateral do avião e uma escada de corda se desenrolou para fora.

— Por aqui — chamou outro homem com barba por fazer, olhando para eles. — Subam depressa.

Irene aprendera a subir em escadas de corda nas aulas de ginástica da escola — as outras garotas sempre reclamavam, mas ela considerava uma habilidade útil de sobrevivência. Kai subiu logo atrás, e o segundo membro da tripulação puxou a escada, fechando a escotilha. Algumas balas ricochetearam no exterior do avião.

— É melhor colocar o cinto — recomendou o sujeito, apontando para uma fileira de assentos.

Irene se sentou numa das cadeiras com um suspiro de alívio e apertou o cinto de segurança. Embora o hidroavião parecesse velho, com a carga presa nas paredes e no chão da área de passageiros, os assentos em si eram surpreendentemente modernos — deviam ser uma adição posterior. Ela espiou pela janela, sem saber ao certo se queria ver o que estava acontecendo.

— Venha aqui, Jake — gritou o primeiro homem da cabine.

Os berros do lado de fora diminuíram, abafados pelo barulho das hélices conforme o avião levantava voo e subia pelos ares.

Kai se recostou na cadeira, ignorando o cinto de segurança.

— Ufa — suspirou ele. — Ainda bem que *aquilo* já passou.

Irene foi obrigada a concordar.

— Embora seja deprimente pensar que ser perseguida num aeroporto por uma turba de gângsteres, ninjas e especialistas em armas variadas possa ser classificado como um procedimento operacional padrão. Revela muito a natureza do trabalho de campo da Biblioteca. Ou o tipo de trabalho de campo que *nós* sempre recebemos.

— Era um bando bastante heterogêneo. — Kai franziu a testa. — Aquela mulher das unhas envenenadas... não, ela não me arranhou, não se preocupe... ela era muito boa. Mas alguns deles eram combatentes *péssimos*. O que será que reuniu todos num só lugar?

O pequeno avião vibrava com o barulho das hélices e do vento lá fora, produzindo um efeito estranhamente sonífero, e Irene se pegou bocejando.

— Acho que *todos* queriam encontrar o sr. Nemo — sugeriu ela.

— Mas por que ao mesmo tempo? Será que ele costuma ser tão requisitado assim? — Kai também bocejou, alongando-se e depois relaxando o corpo. — Não posso deixar de imaginar... Meu tio Ao Shun às vezes conduzia entrevistas de emprego daquele jeito, a fim de diminuir os candidatos...

A voz dele começou a ficar mais baixa até sumir. A área de passageiros ficara mais escura. Irene não conseguia manter os olhos abertos.

— Kai? — chamou com a fala arrastada, a voz soando estranha aos próprios ouvidos.

Ela foi levada pela escuridão; o sono a engoliu como o oceano.

CAPÍTULO 6

Ao acordar, Irene se viu deitada como uma efígie numa igreja, com as mãos cruzadas sobre o peito. Mas a maciez sob seu corpo vinha de uma cama confortável, não de um túmulo frio, e ela podia ouvir a respiração de outra pessoa.

Por um momento, manteve os olhos fechados para não alertar ninguém de que tinha acordado. A outra pessoa dormia ou meditava, a julgar pela lentidão com que respirava. E estava bem ao seu lado — provavelmente na mesma cama. Havia um som de fundo no quarto; o sussurro de um ar-condicionado. Seus sapatos tinham sumido e ela estava descalça.

Certo. Pelo visto, ela fora drogada no avião. Kai também, talvez. E agora estavam em outro lugar. Um lugar com um ar condicionado muito bom.

Precisava de mais informações do que poderia obter de olhos fechados. A raiva latente afastou o medo mais imediato. Se tivessem sido sequestrados e mantidos presos em troca de resgate ou para tráfico humano, ela daria motivos dramáticos e muito válidos para explicar por que aquela era uma péssima ideia.

Irene se sentou, afundando na maciez da cama, e olhou em volta. Kai dormia pesado ao seu lado. Estava tão tranquilo que poderia muito bem estar a milhares de quilômetros de distância, na corte do pai, sem nada com que se preocupar até que serviçais apressados trouxessem o chá da manhã. Era uma cama de casal — uma suposição interessante de quem os colocara ali — e a colcha, de seda. O quarto era luxuoso, com pinturas abstratas penduradas nas paredes, tapetes de aparência cara espalhados pelo chão e janelas francesas voltadas para o mar aberto. Janelas francesas *fechadas*. Também havia duas portas secundárias. Uma delas estava entreaberta e levava a um banheiro, ao passo que a outra parecia ser... mais interessante. E provavelmente estava trancada. Uma imensa tela de televisão cobria quase dois metros da parede, mas no momento não estava ligada, e não se encontrava qualquer controle por perto, remoto ou não.

Irene se deu conta de que a dobra do cotovelo direito doía. Arregaçou a manga da jaqueta e, como suspeitava, encontrou a fraca marca vermelha de uma agulha hipodérmica. Fazia sentido. Drogá-los com gás enquanto estavam sentados no avião e depois administrar um sedativo mais específico assim que ficassem inconscientes.

Ela estendeu a mão e sacudiu Kai pelo ombro.

— Já está na hora de acordar, Kai.

Nenhuma reação.

Sacudiu com mais força.

— Kai, acorde. Fomos sequestrados.

Ele balbuciou alguma coisa, com as pálpebras se abrindo por um segundo antes de voltarem ao cochilo.

— Kai! Houve uma revolução no palácio e os camponeses estão atacando!

Kai deu um suspiro profundo e por fim abriu os olhos direito.

— Mate todos em praça pública — murmurou, nitidamente ainda meio adormecido.

— Que vergonha — criticou uma voz masculina. — Devo-lhes minhas desculpas. Não sabíamos qual era a dosagem adequada para um dragão.

Irene se voltou para a voz e seu coração desacelerou quando percebeu que vinha da televisão, a qual se ligara silenciosamente. Ao seu lado, Kai sacudiu a cabeça para tentar se livrar do restinho de sono, com os olhos já clareando.

O homem na tela estava sentado diante de um painel de vidro que dava para um enorme aquário interno, ou para o próprio mar. Um cardume de peixes vermelhos e prateados passou atrás dele, nadando tão rápido quanto pássaros — mas sem distrair o sujeito sentado na cadeira. Ele era corpulento, com uma papada, e seus olhinhos penetrantes a observavam atentamente. Vestia um terno de linho branco e um chapéu-panamá inclinado sobre a cabeça calva. Havia um copo e uma garrafa de uísque sobre uma mesinha ao seu lado. Irene suspeitou que ele deveria ser tão poderoso que conseguia se apresentar em várias formas diferentes, como alguns feéricos eram capazes de fazer, mas todos exibiam os mesmos traços de excesso de indulgência pessoal e de riqueza. Talvez jamais conheceria o rosto verdadeiro dele — apenas a imagem que a cultura popular associava a manipuladores e trapaceiros.

— Sr. Nemo, presumo eu — disse ela de forma neutra.

— E eu conheço a identidade de vocês, é claro. Espero que perdoe esta comunicação por videoconferência, Vossa Alteza. Não desejo encontrá-lo pessoalmente.

— Ah, não tenho nada contra você — falou Kai friamente —, a não ser pela maneira como nos drogou e sequestrou.

— É verdade. Devo me explicar. — O sr. Nemo pegou um lenço de seda vermelho e enxugou a testa. — Minha situação no momento é um tanto complicada. Por favor, acreditem em mim quando lhes digo que não tenho a *menor* intenção de tê-los como inimigos... nem vocês nem as organizações que representam. Na verdade, espero que considerem a rapidez com que organizei sua visita como um sinal da minha boa vontade.

Irene adoraria saber se aquele discurso era sincero ou o tipo de conversa fiada que acompanhava pechinchas imperdíveis e objetos à venda na carroceria de um caminhão, sem garantias.

— Por que não deseja encontrar Kai pessoalmente? — questionou ela em vez disso.

Os cubos de gelo tilintaram no copo do sr. Nemo quando ele o apanhou.

— Srta. Winters, não gosto que as pessoas consigam me encontrar. Aposto que você sabe tão bem quanto eu que os dragões podem localizar pessoas com que já se encontraram antes. Prefiro não conceder essa habilidade a ele. Será que isso é aceitável?

Irene olhou de relance para Kai.

— É? — perguntou. Ela *tinha* de arrancar o livro do sr. Nemo. Mas, se Kai não pudesse tolerar tais condições, então teria de fazer isso sem a ajuda dele.

Kai ficou quieto. Por um segundo, Irene pensou que ele fosse dizer que não, mas então o parceiro deu de ombros.

— Embora eu prefira encontrar as pessoas cara a cara, sua cautela é compreensível. Por enquanto, aceito suas condições. Mas ainda estou esperando uma explicação para nossa situação.

Kai havia incorporado sua personalidade política e cortês, e Irene sentiu uma pontada de orgulho por ele conseguir tratar um feérico com tanta educação. Claro que devia estar sonhando em jogar o sr. Nemo no mar de uma altura de milhares de metros, mas isso era de se esperar. Ela mesma estava pensando em algo do tipo também.

— Que tal falarmos sobre o motivo de sua visita primeiro? — sugeriu o sr. Nemo. — Posso até dar um descontinho pelo inconveniente que causaram.

Kai apontou para Irene.

— A srta. Winters é a negociadora aqui. Sou só um acompanhante.

Irene tentou manter-se inexpressiva.

— A Biblioteca está interessada em adquirir um livro em particular, e vim para dar início às negociações. — Ela sabia que não deveria dar a entender que o pedido era urgente. Mesmo que fosse. Se o sr. Nemo percebesse como a conjuntura era desesperadora e até onde ela iria para colocar as mãos naquele livro, cobraria um preço inconcebivelmente elevado. E ela teria de pagar. Havia certas pessoas, certos lugares, que Irene se *recusava* a perder para o caos.

Os olhos do sr. Nemo brilharam, o único sinal de animação na cara rotunda.

— Fico sempre feliz em atender a um pedido da Biblioteca. O que vocês procuram?

— *O conto do náufrago*, um texto egípcio do Império Médio — revelou Irene. — Do mundo que classificamos como Gama-017. Consta do seu catálogo.

— Só um instante. — O sr. Nemo se virou para a esquerda e um jovem discreto deu um passo à frente, oferecendo-lhe um panfleto semelhante ao que Coppelia mostrara a Irene.

O sr. Nemo folheou as páginas, franzindo ligeiramente o cenho antes de repuxar a boca num sorriso. Não era um sorriso encorajador — bem, não para alguém que esperasse fazer um bom negócio. Era o tipo de expressão que acompanharia bem os versos: "E dá as boas-vindas aos peixinhos/ Com mandíbulas gentilmente sorridentes".[3]

— Ah — exclamou ele. — Esse texto! Posso parabenizá-los pelo excelente gosto?

— Você é muito gentil — respondeu Irene com cautela. Até o momento, ainda não tinham ultrapassado os limites habituais de uma negociação. Na verdade, tudo parecia agradavelmente familiar. Ela disse a si mesma para tomar cuidado. — Já o leu?

— Receio que não. Não tenho tempo para essas coisas. Acho muito mais interessante negociar um valor por elas.

Irene não pôde deixar de julgá-lo por causa do desdém pelos livros que tanto amava, mas lembrou a si mesma que ele era um feérico e que seu arquétipo de intermediário moldava seus gostos e hobbies pessoais — assim como o restante de sua vida. Por que aquele homem se importaria com uma única história, mesmo que fosse uma sem igual?

— Embora eu não queira parecer rude, essa história de sequestro e drogas *afetou* o meu cronograma. Podemos discutir logo o preço?

— Creio que uma Bibliotecária renomada e respeitada como você deve dispor de muitos recursos — sugeriu o sr. Nemo. — Adoraria assinar um contrato para serviços futuros

---

[3] Do poema "O crocodilo", presente no segundo capítulo do livro *Alice no País das Maravilhas*, de Lewis Carroll. [N. T.]

ou assistência de sua parte, a serem especificados numa data posterior...

— Parece tentador — mentiu Irene —, mas recebi instruções claras para me envolver somente em acordos definidos: um objeto em troca de outro ou de um serviço específico. Na verdade, fui informada de que todas as negociações anteriores da Biblioteca foram firmadas com base nisso.

O sr. Nemo deu uma gargalhada.

— Ah, você não pode me culpar por tentar.

— Não esperaria nada menos de um homem de negócios como o senhor — elogiou Irene.

— Espero que compreenda que não posso lhe dar uma resposta imediata — continuou o sr. Nemo. — Tenho de considerar o que a Biblioteca poderia me dar em troca.

— Tudo bem — consentiu Irene, escondendo a decepção. Aquilo jamais se resolveria em dois minutos de conversa, lembrou a si mesma. Mas estava tão perto...

— É claro que não vou pedir que fique trancada nessa suíte enquanto revejo minha coleção em busca de possíveis lacunas. Poderia levar algumas horas — disse o sr. Nemo, amigavelmente. — Dê um passeio! Visite meus aquários! — Ele apontou para a parede de vidro atrás de si, onde um polvo agitava os tentáculos compridos, como um sinal de trânsito sinuoso. — Faça um lanche! Meus serviçais terão o maior prazer em arranjar qualquer comida ou bebida que desejar. Ou então dê um mergulho! Tenho piscinas internas excelentes. Sei que você precisou deixar a bagagem no aeroporto, portanto fique à vontade para usar as roupas que disponibilizei. Não exigirei qualquer retribuição da sua parte. Encare tudo isso como uma forma de compensar o inconveniente de mais cedo.

— Falando nisso, você disse que iria explicá-lo.

— Vou dar um jantarzinho hoje à noite — esclareceu o sr. Nemo. — Para poucas pessoas. Infelizmente, a notícia se espalhou e um monte de gente quer entrar de penetra... Você sabe como são essas coisas. Temos problemas parecidos nesse aspecto. Muitos tentariam obter acesso à Biblioteca se achassem que teriam alguma chance de êxito. — Seu olhar se voltou para Kai, embora ele tivesse o tato de não dizer: "Até mesmo dragões". — Meus preparativos habituais para os convidados foram um tanto comprometidos, por isso estou sendo obrigado a tomar mais precauções do que o normal.

— Entendo. — Irene tinha certeza de que havia algo além disso, mas o sr. Nemo não parecia disposto a partilhar. — Ah, mais uma coisa...

— Pois não?

— Espero que esta suíte que você arrumou para nós não esteja sendo vigiada. — Ela acenou para as paredes e para os microfones muito possivelmente ocultos atrás delas. — Não gostaria de destruir sua propriedade ao insistir no nosso direito à privacidade.

O sr. Nemo franziu os lábios.

— Imagine como eu me sentiria se você tivesse um enfarte e não conseguisse pedir ajuda. Toda supervisão serve exclusivamente para o *benefício* dos meus convidados. Se quiserem ter uma conversa particular, há muitos lugares na minha ilha para isso.

Irene reprimiu a imagem de golfinhos com microfones, nadando perto de vidraças de aquários para captar conversas.

— Receio que isso não seja negociável — exigiu ela. — A alternativa é usar minhas habilidades para destruir o seu sistema de vigilância. Aonde quer que eu vá.

— Ah, muito bem. — Ele deu um suspiro. — Você tem a minha palavra de que a suíte que está ocupando *não* será vigiada. Reservo-me o direito de me comunicar abertamente com você enquanto estiver aí, como estamos fazendo agora.

Irene sabia que as promessas dos feéricos eram compulsórias, que ele se ateria ao texto da promessa e não ao seu espírito. O que significava ser bem provável que todo o restante da ilha fosse vigiado. Melhor do que nada.

— Agradeço sua generosidade.

— Excelente. Espero ter uma resposta para você em breve. Talvez até antes do jantar.

— Não creio que vá demorar tanto assim... — começou Irene. Foi então que se deu conta, com uma incerteza gélida, que não sabia que horas eram nem por quanto tempo ficaram desacordados. Só sabia que o sol brilhava lá fora. Ela olhou para o relógio de pulso; eram três e meia da tarde. Tinham perdido a maior parte do dia.

— Ah, eu costumo jantar cedo — explicou o sr. Nemo. — Mais alguma pergunta? E *Vossa Alteza*, deseja algo de mim, príncipe Kai?

— Não — respondeu Kai, no tom de voz mais frio e austero que Irene já o ouvira usar.

— Certo. Muito bem. E você, srta. Winters?

— Aposto que vou me lembrar de meia dúzia de pedidos assim que terminarmos esta conversa — admitiu Irene —, mas não consigo pensar em nada agora.

— Ótimo. Há um telefone ao lado da cama, caso precisem pedir alguma coisa no quarto. Vejo vocês mais tarde.

Ele ergueu o copo em saudação, e a tela ficou escura.

— Bem. — Irene respirou fundo. — Aqui dentro deve ser o único lugar em toda a ilha onde podemos conversar à vontade. Você faz alguma ideia de onde estamos?

— Só um momento. — Um padrão cintilante de escamas surgiu na pele de Kai, como imagens fractais, e logo em seguida se dissipou. Por um segundo, Irene achou que podia sentir o cheiro do mar dentro do quarto, mesmo com o ar-condicionado ligado e as janelas fechadas. — Continuamos nas mesmas águas de ontem. No mesmo arquipélago, creio eu, cercado pelo mesmo oceano que banha as ilhas. Fora isso... não sei. Sinto muito.

Irene deu de ombros.

— Valeu a tentativa. Não se preocupe. Acho que não faz muita diferença não sabermos onde estamos.

Kai arqueou as sobrancelhas.

— Isso é motivo para não se preocupar?

— Não estou dizendo que nossa situação seja muito *boa*. — Irene tirou as pernas da cama e se levantou, testando o equilíbrio. — Afinal de contas, estamos no território de um poderoso feérico, não sabemos exatamente onde, perdemos nossa bagagem, qualquer coisa que dissermos fora deste quarto provavelmente será ouvida... e temos um prazo apertado.

Kai voltou a se deitar, cruzando os braços atrás da cabeça.

— Adoro quando você fica otimista e fatalista ao mesmo tempo — comentou. — Então quais são os pontos positivos?

— Bem, o nível de caos deste lugar não é *muito* alto, ou eu já teria sentido e você estaria reclamando. — Ela esperou pela anuência de Kai antes de continuar. — E sejamos honestos na análise das ameaças: apesar de estarmos presos numa gaiola de ouro, *podemos* fugir dela. Pela varanda lá fora ou talvez pelas praias da ilha... imagino que você possa assumir a forma de dragão e dar o fora daqui.

— Eu teria que ir para bem longe do centro da ilha — disse Kai, pensativo. — Aqui, bem no meio, não sei se conseguiria assumir a forma de dragão da melhor maneira. O nível de caos pode até não ser *muito* alto... mas ainda é bastante caótico.

— Talvez o sr. Nemo não saiba disso — observou Irene.

Avaliar a situação a ajudava a se acalmar. O estômago estava revirado de ansiedade — sentia que era urgente se apossar logo do livro ou o mundo onde estudara não poderia mais ser salvo —, embora o bom senso lhe dissesse que ainda tinha pelo menos uma semana. O sr. Nemo jamais entregaria o livro de primeira. Ainda assim, ela não gostava de ficar à mercê de ninguém, muito menos de um homem capaz de negociar pessoas e promessas com a mesma frequência com que negociava objetos inanimados.

— Além disso, ele está interessado no que temos a oferecer em troca, o que pode nos manter em segurança — acrescentou. — E sabe que estamos sob a proteção da Biblioteca.

— Bem, ao menos que *você* está — interveio Kai. — Sou só um acompanhante.

— Mas agora você é uma figura política — retrucou Irene, tentando retomar o argumento que vinha apresentando. — Meu acompanhante oficial. E...

— E?

— Quer apostar que os dragões já fizeram negócios com ele antes?

— Levando em consideração os protocolos que ele pôs em prática para não se encontrar comigo, diria que é quase certo — murmurou Kai num tom mais resignado do que ofendido.

Irene assentiu.

— Bom argumento. É como diz o antigo provérbio: "Depois de levar uma machadada na cabeça, é um prazer ser espancado com um taco de madeira".

— Creio que não foi Confúcio quem disse isso.
— Não, para falar a verdade, acho que foi um tal de Kai Lung. Agora, levanta daí. Vamos tomar um banho e dar um passeio.

* * *

Os corredores fora do quarto estavam vazios. Não havia ninguém por perto, nem sequer um grão de poeira. Havia câmeras de vigilância discretas e algumas telas de televisão instaladas na parede. Fora isso, os dois estavam sozinhos num labirinto que combinava a decoração de um *hotel de luxo* com a de um *esconderijo secreto de um vilão misterioso*. O lugar não parecia deserto ou asséptico, mas Irene se sentia como uma formiga andando por ali, prisioneira no viveiro de alguém.

Havia escadas para cima e para baixo. Portas de vidro — fechadas e impenetráveis — com vista para as praias lá fora. E um monte de aquários. Depois de uma hora vagando sem conseguir se orientar, Irene passou a considerar os peixes uma distração bem-vinda, mesmo que não fossem um ponto de referência muito útil.

Ao chegarem ao último par de janelas francesas trancadas, também com vista para a praia, ela se voltou para Kai.

— Por que será que não podemos ir lá fora? Para que você não possa identificar nossa localização?

— Sem a menor dúvida — concordou Kai, olhando para o mar lá fora com os olhos cheios de nostalgia. — Não há nada igual à água limpa. Em Veneza, a água estava poluída pelo caos. No mundo de Vale, por... poluentes. Mas aposto que aqui deve ser bem melhor. O sr. Nemo não poderia contaminar o oceano inteiro. Eu despertaria de um sono de mil anos só para sentir a água tocando na minha pele.

— Quem me dera poder apreciar a água como você. — Não havia aviões no céu nem barcos no mar: até onde Irene sabia, ela e o parceiro poderiam estar em qualquer lugar do Caribe, em qualquer mundo. Mas era diferente para um dragão, ainda mais um cujo elemento era a água e que era capaz de fazê-la obedecer à sua vontade. — Ainda assim, fico feliz que haja algo que você possa desfrutar. Estou me sentindo meio culpada por tê-lo trazido para cá.

Ele a olhou de soslaio.

— Pensei que tivéssemos concordado que estamos em posição de igualdade. Você não me mandou acompanhá-la.

— Não — concordou Irene —, mas você só está aqui por minha causa. — Aquilo não seria "novidade" para qualquer um que soubesse quem eles eram, mas os dois olharam imediatamente ao redor à procura de câmeras escondidas.

— Vamos falar de algo que não seja sigiloso — sugeriu Kai. Um cardume passou por um aquário no final do corredor, com as longas barbatanas drapeadas como fogos de artifício em tons de laranja e azul. Eles se aproximaram para ver melhor. — Como eram seus tempos de escola?

Irene conteve a irritação inicial. Era tão injusto. Ela nunca — bem, quase nunca — perguntava sobre o passado *dele*. Sobre seu pai. Sobre o motivo de ter ido morar com o tio. Sobre sua misteriosa mãe "plebeia". Sobre qualquer coisa particularmente pessoal — a menos que não houvesse outra escolha.

— Precisamos mesmo falar disso? — questionou secamente.

— Pensei que uma amizade devesse ser estabelecida com base na sinceridade — afirmou Kai, um tanto melancólico.

— Pode até ser — admitiu Irene —, mas não necessariamente com transparência absoluta.

Ele deu de ombros.

— Presumi que fosse só... uma escola.

Irene refletiu por um momento sobre o sigilo da pergunta, tendo em vista sua missão de salvar aquele mundo. Afinal, tudo que diziam poderia ser ouvido. Além disso, ela nunca discutira aquele capítulo de sua vida nem com os outros Bibliotecários. Os peixes atrás da vidraça nadavam em círculos, e ela ficou imaginando se eles tinham consciência de que estavam presos num tanque de vidro ou se acreditavam que sempre haveria paredes e que a vida era daquele jeito.

— Vou tentar ser sincera com você, Kai.

Sobre algumas coisas, pelo menos, pensou ela.

— O problema é que os meus pais são... eram ótimos Bibliotecários, o que significa que eram excelentes espiões e ladrões, e me criaram para ser assim também. Eles precisavam ter o controle absoluto das informações por causa do treinamento. Tinham a necessidade de saber tudo que se passava à sua volta, para o caso de ser uma ameaça. Estavam sempre alertas, observando, estudando ou trabalhando, porque era da *natureza* deles. E tinham certeza absoluta de que tudo que faziam era por um bom motivo; e que tal motivo justificava qualquer coisa.

Kai permaneceu em silêncio, prestando atenção, mas estava claro que ele compreendia que Irene estava descrevendo seus piores defeitos. Não podia botar toda a culpa nos pais por ser tão cuidadosa e paranoica — mesmo que tivesse aprendido isso com eles.

Irene engoliu em seco.

— Quando eles me mandaram para o colégio interno, fiquei furiosa a princípio. Eu não estava à altura deles! Tive uma série de sentimentos complicados que não me tornaram uma menina muito agradável. Mas a escola foi boa para mim. Viver em tempo integral com pessoas que não eram Bibliotecárias, que não se deleitavam com o sigilo nem se sentiam obrigadas a controlar tudo ao seu redor... Aquilo me fez aprender certas coisas que não constavam no código de conduta da Biblioteca.

Ela se lembrou de algo que Melusine lhe dissera, um detalhe de seu histórico escolar: "Você foi educada num colégio interno porque seus pais tinham muitos problemas com o seu comportamento". Será que a convivência juntos fora tão difícil para seus pais quanto para Irene?

— Enfim, agora você já sabe. — Ela se forçou a olhá-lo. — Aquela escola me deu algo de que eu precisava desesperadamente. E é por isso... — *É por isso que farei qualquer coisa para salvá-la* — que às vezes tenho dificuldade de falar a respeito.

Antes que Kai pudesse responder, os dois ouviram alguém chamá-los mais adiante no corredor. Irene podia jurar que não havia nenhuma porta ali antes. Uma mulher de biquíni floral acenou para eles.

— Convidados de honra! O sr. Nemo solicita sua presença para tomar drinques e jantar.

CAPÍTULO 7

A guia os conduziu por uma nova rota através do labirinto de passagens. Irene não sabia ao certo se deveria atribuir a dificuldade em percorrê-lo à magia feérica, à secreta troca nos bastidores de painéis ou ao fato de que os corredores sinuosos eram todos parecidos. A mulher caminhava descalça, com o biquíni florido e o cabelo ondulado contrastando com as futurísticas paredes de metal escuro e o piso polido.

Irene e Kai tiveram tempo de trocar de roupa primeiro: a guia, ainda não identificada, deixara claro que se tratava de um desejo do sr. Nemo. Irene estava disposta a atender ao pedido, mas ficou menos entusiasmada quando descobriu que todos os trajes de noite no guarda-roupa — até mesmo o macacão frente-única da Versace — eram decotados e mostravam a marca da Biblioteca nos ombros. Embora estivesse ciente de que o sr. Nemo sabia quem e o que ela era, ainda assim se sentiu desconfortavelmente exposta.

O que deve ser parte do processo, refletiu. *Agora, o que posso fazer para deixar o sr. Nemo desestabilizado também?*

Vozes ecoavam da sala adiante, indistintas, mas claramente múltiplas. Irene franziu a testa e levantou a mão para deter Kai. A guia deu alguns passos, percebeu que não estava mais sendo seguida e olhou para trás.

— Não sabia que haveria tanta gente no jantar — disse Irene baixinho. Uma série de possibilidades desagradáveis veio à sua mente, sendo a primeira e mais importante que ela e Kai poderiam ser objetos de venda ou leilão.

— O sr. Nemo vai explicar tudo — esclareceu a mulher. A expressão dela era cuidadosamente neutra, mas havia um lampejo de medo em seus olhos. De Irene e Kai? Ou do que o sr. Nemo lhe faria se os dois não aparecessem?

— Kai? — consultou Irene.

Ele a conhecia tão bem que não teve dificuldade em entender a pergunta.

— Acho que é um risco aceitável — respondeu.

— Muito bem. — Irene se voltou para a guia. — Podemos continuar.

Uma tensão visível se formou nos ombros da mulher conforme ela seguia em frente. Irene aproveitou o momento para se perguntar: *Quando foi que me tornei uma ameaça, em vez de ser vista como uma lacaia ou uma maria-ninguém? Será que as coisas mudaram tanto assim?*

Mas ali estava ela, a representante da Biblioteca para o novo tratado de paz, negociando com um poderoso feérico em nome da organização — e acompanhada de um príncipe dragão. A resposta que lhe veio à cabeça foi: *É, mudaram, sim.*

A porta diante deles se abriu, e ela e Kai entraram.

A primeira coisa que chamou sua atenção foi a imensa parede de vidro que compunha um dos lados da sala. Estavam abaixo do nível do mar, e a enorme janela tinha vista para as profundezas do oceano, uma paisagem iluminada por algas marinhas e peixes que nadavam de um lado para outro. A vista parecia gigante em relação à meia dúzia de pessoas sentadas ao redor de uma mesa oval, embalando suas taças.

Na cabeceira da mesa, havia uma grande televisão, novamente exibindo o sr. Nemo, com a mesma aparência da conversa prévia com Irene. Era como se a câmera só houvesse se afastado por um segundo, embora o encontro anterior tivesse ocorrido horas antes.

— Nossos últimos convidados — anunciou ele. — Bem-vindos à nossa festinha. Que tal começar com as apresentações?

— Seria bom. — A mulher que falou baixou a taça de martíni. Seu longo cabelo loiro caía em ondas soltas sobre os ombros com o tipo de elegância casual que exigia uma coincidência milagrosa ou uma equipe de cabeleireiros experientes. Ela usava um traje de gala, assim como Irene, e o vestido sob medida era de uma seda azul que combinava com seus olhos. De alguma forma, ela conseguia manter um ar de garota comum. Não tentava parecer glamorosa, mas também se saía muito bem nesse quesito. — Pensei que esta reunião fosse bem mais... exclusiva.

— Ora, até parece que o sr. Nemo nos mostrou a lista de convidados. — O homem que falou estava na outra ponta da mesa. Seu terno para o jantar era um indicativo de riqueza, mas dava para ver a silhueta de um coldre de ombro sob o paletó. Uma velha cicatriz costurava a linha de seu maxilar, pálida como o marfim contra a pele negra. A luz artificial refletia no anel de ouro em sua mão direita e nas cartas dispostas à frente dele sobre a mesa. — Além disso, temos duas cadeiras vazias aqui. Não é mesmo?

— Tanto faz. — A mulher robusta sentada ao seu lado não vestia traje de gala. Uma jaqueta jeans desbotada tornava seus ombros volumosos ainda mais largos, e a camiseta e as calças de brim estavam gastas e manchadas. Ela tinha o rosto bronzeado e algumas mechas do cabelo castanho-escuro desbotadas pelo sol até ficarem quase do mesmo tom da pele. Alguém havia quebrado seu nariz, parecido com um machado, em algum momento remoto. Ela se recostou na cadeira, mexendo na taça. — Podemos continuar *logo* com isso? Não vim aqui para ficar de conversa fiada. Se você tem um trabalho para mim, então me dê os detalhes. Caso contrário, vou dar o fora agora mesmo.

— Fomos reunidos aqui para formar uma equipe, com toda a certeza — disse o homenzarrão à frente dela. O terno mal cabia nele. Seu cabelo loiro fora cortado à escovinha e as enormes mãos maltratadas pareciam capazes de estrangular um buldogue. Ele embalava uma minúscula taça de coquetel entre os dedos. Irene suspeitou que, de pé, tivesse mais de dois metros de altura; sentado, fazia com que todos os outros à mesa parecessem ligeiramente desproporcionais. Seu sotaque era russo ou do leste europeu; ela não sabia ao certo, especialmente considerando a maneira que pronunciava as frases como se estivesse sendo cobrado por palavra. — E dadas as diferentes habilidades em torno desta mesa, não tenho a menor dúvida de que receberemos uma enorme quantia de dinheiro para roubar... *alguma coisa*. A composição da equipe fica a critério do chefe.

— Estou com Ernst, vamos logo ao que interessa — disse a quinta pessoa. Embora estivesse sentado a uma mesa no centro de uma sala bem-iluminada, de alguma forma, ele dava a impressão de estar curvado num canto escuro. Suas mãos eram manicuradas e bem-cuidadas, com dedos longos e precisos. Mas era difícil ver o rosto dele, escondido sob o cabelo castanho-escuro. Mesmo assim, Irene viu traços comuns e sem distinção e um terno preto que parecia absorver a luz.

Ele se sentara ao lado do homem com as cartas de baralho, e havia algo em sua linguagem corporal que a fez pensar que os dois já se conheciam.

— Não vamos ouvir o sexto membro da nossa reunião fazer algum comentário? — perguntou o sr. Nemo.

Todos se voltaram para a sexta pessoa à mesa. Irene sentiu Kai se retesar ao seu lado. Aquela mulher não era uma feérica como os demais. Era uma dragoa. Tinha pele clara, olhos escuros e cabelo tão preto que passava para outra gama da escuridão até assumir o tom azulado da meia-noite. Era muito comprido e liso, com algumas mechas enroladas em volta da cabeça e outras caindo no chão ao lado da cadeira. Suas roupas eram bastante simples, um colete e calças de seda branca. Havia uma algema prateada prendendo seu pulso direito ao braço da cadeira. Assim como Kai — e todos os dragões que Irene já conhecera —, ela possuía um aspecto flamejante, uma força magnética que forçava o observador a reconsiderar o que era a beleza.

— Sem comentários — respondeu a dragoa, categórica.

— Faça logo sua proposta para que eu possa decidir se aceito ou não.

Uma luz se acendeu no fundo da mente de Irene. *Esta situação é muito familiar, e não só por ser um clichê narrativo e eu estar no covil particular de um feérico. Com certeza há algo sendo planejado aqui...*

Ela afastou a ideia para mais tarde e decidiu tomar a iniciativa.

— Meu nome é Winters, Irene Winters — anunciou, avançando pela sala. — Trabalho para a Biblioteca e também não faço a menor ideia do que está acontecendo, mas espero que nosso anfitrião explique em breve.

Kai puxou uma cadeira para que Irene se sentasse.

— Meu nome é Kai — disse, ocupando o último lugar vago. — Tenho a honra de ser o filho legítimo de Sua Majestade Ao Guang, Rei do Oceano Leste. E estou disposto a respeitar nossa recente trégua, assim como a srta. Winters. Mesmo que isso signifique que deva me sentar à mesa com *tal pessoa*. — Ele encarou a dragoa, e os dois se entreolharam friamente.

— Ora, ora — disse o sr. Nemo, rindo —, parece que teremos alguns problemas com nossa futura colaboração.

— Colaboração? — perguntou a loira elegante. — Você realmente está sugerindo que eu trabalhe com esta gente?

— Vamos apostar de quem ela está falando — propôs o jogador. — Um para um se forem os dragões, três para um se for a Bibliotecária, cinco para um se for qualquer outra pessoa.

— Nadia é o nome da dama que acabou de expressar suas dúvidas — retomou o sr. Nemo. — Seguindo a ordem da mesa e respeitando os pseudônimos preferidos de cada um, temos Ernst, príncipe Kai, srta. Irene Winters, Tina, Jerome, Felix e...

— Indigo — cortou a dragoa. — É o único nome pelo qual atenderei vindo das pessoas sentadas ao redor desta mesa.

Kai bufou com desdém.

— Pelo menos, você tem *algum* vestígio de comportamento digno.

— Como se alguém com um pai como o *seu* pudesse falar alguma coisa — vociferou Indigo. — Eu lhe daria mais valor se você se gabasse de ser filho da sua mãe.

Kai ficou absolutamente imóvel, com um brilho vermelho de raiva nos olhos.

— Não me provoque, senhora — ameaçou ele. — Nada na trégua me proíbe de lidar adequadamente com outros *dragões*.

— Talvez não — disse o sr. Nemo alegremente —, mas, como meus convidados, espero que se abstenham de atacar uns aos outros. Na verdade, devo insistir nisso. Qualquer hostilidade ou tentativa de... hum, exercer uma influência indevida me fará retirar seus acordos de salvo-conduto. Estamos entendidos?

O silêncio mortal ao redor da mesa não era exatamente um sinal de que haviam concordado, mas não se poderia esperar outra coisa. O sr. Nemo bateu palmas e a porta voltou a se abrir. Serviçais entraram na sala empurrando carrinhos de comida.

— Vamos jantar! — anunciou. — Espero que ninguém tenha alergias.

— Só a venenos — comentou Irene. Ela adoraria segurar a mão de Kai para tranquilizá-lo, mas seria uma demonstração evidente de fraqueza. E gostaria mais ainda de ficar a sós com ele para descobrir quem era "Indigo" e o que estava acontecendo ali, mas teria que esperar até mais tarde. Nesse ínterim, se as coisas piorassem, seria obrigada a dar um chute nele por baixo da mesa.

Nadia baixou a taça e empurrou a cadeira para trás.

— Ah, *por favor*, pessoal — disse ela. — Vamos mesmo continuar com essa farsa? Não estou reclamando do sr. Nemo, um grande homem, é o que sempre digo, mas como é que se pode esperar que trabalhemos com *eles*? — Ela fez um gesto que abrangeu Kai, Irene e Indigo. Com uma contração do ombro, sua linguagem corporal passou de *queixosa* a *moderada*. — Creio que devemos insistir para que os não participantes saiam da sala antes que a discussão prossiga. Será que queremos mesmo que não feéricos escutem nossa conversa particular? Até que ponto podemos confiar neles?

A marca da Biblioteca latejou nos ombros de Irene como se tivesse sido recém-aplicada a ferro quente, e ela franziu a testa, deixando transparecer o aborrecimento.

— Sairemos da sala se o sr. Nemo assim o desejar — disse secamente. — Afinal de contas, viemos aqui para *vê-lo*. Não faço a mínima ideia de quem *você* seja. — Negou-se a mencionar que dois dias antes também não fazia ideia de quem o sr. Nemo era. Por que estragar uma frase tão boa?

O corpulento Ernst grunhiu e se remexeu na cadeira como se fosse uma montanha preparando uma avalanche.

— Duas belas senhoritas dando palestra. Só que nenhuma das duas é a chefe. Portanto, não me levem a mal se eu não prestar atenção.

Nadia olhou ao redor da sala em busca de apoio. Como não recebeu nenhum, ela se pôs de pé.

— Muito bem. Vou dar o fora daqui e, se o restante de vocês tiver algum juízo, venha comigo. Estarei disposta a discutir a proposta assim que você se livrar dos forasteiros.

— Por favor, vá com o homem junto à porta — disse o sr. Nemo da televisão com calma. — Ele vai acompanhá-la até o quarto.

A porta se fechou com um baque atrás de Nadia e seu guia. Na sala agora silenciosa, os garçons serviram tigelas de sopa clara e vinho para Irene e Kai.

Jerome — o homem do anel de ouro e das cartas de baralho — experimentou a sopa primeiro, ganhando de Irene um prêmio imaginário pela bravura.

— Deliciosa — disse ele educadamente. — É de mariscos?

— Vôngoles — respondeu o sr. Nemo. — Gosto dos frutos do mar daqui.

— Dizem por aí que você comeu carne de rena quando visitou a Rússia — confidenciou Ernst. Ele quebrou uma tor-

rada, derrubando migalhas na mesa. — Mas insistiu para que fosse assada na brasa. Então, quando um homem tentou traí--lo, seus serviçais enfiaram o carvão quente goela abaixo nele.
— Mas que exagero — refutou o sr. Nemo. — Não foi nada disso.

Kai relanceou para Irene, que percebeu que ele estava se contendo para não pedir mais detalhes.

— As histórias têm uma tendência a se espalhar — disse ela. A sopa era extremamente saborosa. — Aposto que todos ao redor desta mesa já ouviram algumas sobre si mesmos.

Felix deu uma risadinha, mas havia um lampejo de algo desagradável em seus olhos — uma mistura de desconfiança e antipatia que Irene achava que não fizera nada para merecer.

— Você sabe como são essas coisas... Não é nenhuma surpresa para uma Bibliotecária.

Era verdade que feéricos poderosos acumulavam histórias sobre si mesmos como os poleiros de aves marinhas acumulavam fezes. Ajudava-os a sustentar seus arquétipos. Como queria que conhecesse melhor aquelas pessoas. Assim teria como saber o que esperar — ou temer.

— Não duvido que vocês sejam damas e cavalheiros importantes. Só não sei o que esta reunião tem a ver conosco.

— Temos uma conhecida feérica em comum — comentou Jerome. — Você se lembra de Lily?

— Conheci uma Lily especialista em armas — respondeu Irene. Ela se lembrava muito bem da mulher. Lily era uma pistoleira, uma atiradora experiente e, muito provavelmente, uma assassina de aluguel. — Mas não diria que a conhecia bem. É uma colega sua? Ou, perdoe a pergunta, uma inimiga?

— Ela foi contratada para trabalhar como minha guarda--costas certa vez — explicou Jerome. Todos os presentes ficaram em silêncio para ouvir. — Deixou um rastro de cadáveres até que as pessoas começassem a levá-la a sério. Impressionante. Aposto que você sabe como são essas coisas.

— Eu *sei* — concordou Kai. — É uma *péssima* ideia não levar Irene a sério.

— Prefiro lidar com uma situação sem causar tantos danos assim — retrucou Irene com firmeza.

— Que ambição digna — interrompeu o sr. Nemo. — Agora, vocês se incomodariam de olhar para cá?

A tela se dividiu em duas imagens separadas verticalmente. *Uma tecnologia avançada para este lugar, nesta época*, observou Irene. *E é só isso o que vimos até agora.* À esquerda da tela, o sr. Nemo continuava placidamente sentado; à direita, a câmera mostrava um atendente bronzeado de bermuda florida que conduzia Nadia por um dos corredores intercambiáveis.

— Vai demorar muito para chegar ao meu quarto? — indagou Nadia. — Espero que o sr. Nemo não ache que pode me cansar me fazendo andar em círculos até eu voltar para lá. Sou uma profissional. Não trabalho com dragões... com pessoas daquela *laia*.

— Na verdade, Nadia — disse o sr. Nemo, e ela voltou a cabeça para o local de onde vinha a imagem ao ouvir a voz dele —, você se lembra de que seu salvo-conduto aqui dependia de não iniciar nenhuma hostilidade? Nem tentar exercer alguma "influência" sobre mim ou meus outros convidados?

A câmera focou em Nadia, permitindo que os espectadores vissem seus olhos se arregalarem e a cor sumir de seu rosto conforme ela realizava algum cálculo íntimo e chegava a uma conclusão indesejada. A mulher engoliu em seco.

— Mas é claro. Talvez eu tenha sido um tanto precipitada — respondeu, sorrindo em direção à câmera e concentrando toda a atenção nela. Seu cabelo dourado parecia brilhar como se ela fosse iluminada por uma luz interior, e Nadia se posicionou num eixo mexendo do ombro direito ao quadril esquerdo, colocando-se na pose mais atraente possível. — Estou certa de que podemos chegar a um acordo satisfatório para os dois lados...

Atrás dela, no fundo da imagem, o guia se afastava de fininho pelo corredor.

— Já é a segunda vez que você tenta usar sua influência — desaprovou o sr. Nemo com pesar. — Receio que, em vez de trabalhar como minha agente, você terá de servir de exemplo.

De repente, painéis se abriram no chão sob os pés de Nadia. Não foi como num desenho animado, em que a vítima fica suspensa no ar por um segundo antes de cair. Ela despencou como uma pedra, e os painéis voltaram a se fechar, abafando seu berro.

— Gostaria que voltassem a atenção dos senhores para a parede de vidro do outro lado da sala — sugeriu o sr. Nemo.

Todos os presentes viraram a cabeça ao mesmo tempo como se tivessem sido hipnotizados. O corpo de Nadia rodopiava pela água iluminada, debatendo-se em câmera lenta. Sangue escorria de feridas superficiais em suas mãos e pernas — sob a forte luz subaquática, era preto em vez de escarlate.

Silhuetas sombrias começaram a rondar a feérica, atraídas pelo sangue. Nadia abriu a boca na tentativa de gritar, expelindo bolhas silenciosas conforme tubarões se aproximavam.

Irene fez questão de virar a cabeça, grata por não ser possível ouvir a carnificina. Aquilo não se tratava de um boato exagerado sobre um chefe de crime misterioso. Era verdade; estava realmente acontecendo. Embora não tivesse motivo para gostar de Nadia, e tivesse todos os motivos para preservar a própria segurança, ela se recusava a assistir à mulher ser morta como se não passasse de uma encenação.

— Você já se fez entender — afirmou ao sr. Nemo. — É isso que considera ser um exemplo útil?

— Não — respondeu o feérico de modo afável. — Considero ser um exemplo *evitável*. Espero de verdade que possamos resolver nossas diferenças *sem* recorrer à violência.

Irene olhou ao redor da mesa. Kai e Indigo exibiam a mesma expressão fria de desdém; ela até conseguia imaginar o comentário de Kai: "O que é que você esperava de um feérico?". Embora houvesse um tratado de paz, certas atitudes não mudariam tão cedo. E ela tinha de admitir que dar alguém de comer aos tubarões para validar uma argumentação era *típico* dos feéricos. Supondo que tal feérico estivesse desempenhando um arquétipo de senhor do crime. Os demais se entreolhavam, pensativos. Só Ernst terminava a sopa tranquilamente, parecendo sugerir que, se estivesse na posição de Nadia, teria socado os tubarões.

Os serviçais começaram a servir um novo prato em silêncio. Era composto de fatias de carne escura crua que Irene não conseguiu identificar, vários molhos, marinadas e tigelas de arroz branco. As taças ficaram cheias outra vez. Irene nem tinha tocado na dela ainda.

— Obrigado a todos por serem tão pacientes — retomou o sr. Nemo. — Agora, serei breve. Há um objeto específico que desejo. Posso lhes dizer com detalhes *onde* se encontra e *do que* se trata, assim como fornecer assistência nos preparativos, mas o roubo em si requer o trabalho de... especialistas. Todos vocês são renomados em seus respectivos campos de atuação. Alguns foram contratados especificamente para este trabalho, ao passo que outros são profissionais inesperados, mas muito bem-vindos.

— Ladrões profissionais? — Irene não podia negar que o trabalho de Bibliotecária muitas vezes envolvia a aquisição de livros sem a permissão do proprietário, mas preferia que isso não fosse declarado de forma tão descarada. Mesmo que fosse verdade.

— Apenas profissionais — falou o sr. Nemo de modo tranquilizador. — E não falamos mais disso, que tal? Agora, antes de mais nada, a recompensa. Sei que todos vocês querem algo de mim. Mesmo que seja simplesmente a liberdade. — Ele olhou de relance para Indigo, que pegava arroz com a mão não algemada à cadeira. — Podem confiar em mim quando afirmo que posso e vou lhes dar o que quiserem. Se me trouxerem o objeto que desejo, seguro e intacto, dentro da próxima semana, darei a cada um a recompensa que escolherem. Deve ser um item da minha coleção ou uma ação que eu possa realizar na mesma hora, e vou fornecê-lo sem hesitação, demora ou trapaça.

A sala ficou em silêncio. Ernst baixou o garfo cheio de carne.

— Palavra de honra?

— Palavra de honra — confirmou o sr. Nemo.

Embora a promessa de um feérico só se ativesse de forma compulsória ao texto e não ao espírito, Irene não conseguiu encontrar nenhuma falha evidente no que o sr. Nemo acabara de dizer. Pelos rostos distraídos dos outros à mesa, suspeitou que também estivessem chegando à mesma conclusão.

— Você vai nos deixar ir embora daqui em segurança com o item ou itens escolhidos, sem demora nem perigo? — perguntou Jerome casualmente.

— Sim, quando quiserem, sem demora nem perigo — declarou o sr. Nemo. — Então, temos um acordo?

Houve acenos de concordância por toda a mesa — até mesmo de Indigo —, exceto de Irene e Kai.

— Ah — exclamou o sr. Nemo —, será que nossos dois convidados inesperados têm alguma dúvida que gostariam de esclarecer?

Irene se voltou para Kai e recebeu em resposta um olhar que dizia: "Você fala primeiro".

— Sua proposta nos deixou intrigados — respondeu ela.

— Mas o príncipe Kai e eu estamos comprometidos com o recente tratado de paz. Para ser franca, se você planeja roubar alguém que assinou o tratado, isso está fora de questão e é melhor sairmos desta sala agora mesmo.

Ela sentiu o estômago embrulhar de nervosismo. Coppelia lhe dissera que qualquer negociação com o sr. Nemo deveria consistir em trocas específicas, e não em promessas abertas. Mas aquele trabalho não seria algo aberto — ela só teria que obter um objeto para o sr. Nemo, o que tecnicamente se encontrava dentro dos limites de sua autoridade. Era a oportunidade perfeita para conseguir *O conto do náufrago*. Se Irene dissesse não e se recusasse a participar do roubo, será que perderia o livro, condenando um mundo que a ajudara a se tornar quem ela era?

Mas o sr. Nemo sabia da trégua e das obrigações deles, então quem sabe aquele trabalho não as infringiria.

À medida que os segundos passavam, ela só podia esperar que estivesse certa.

O sr. Nemo tomou um gole de uísque.

— O objeto que procuro está num mundo que *não* foi reivindicado como território nos documentos do tratado nem pelos dragões nem pelos feéricos... e nem pela Biblioteca, agora que parei para pensar a respeito. Da mesma forma, o objeto em si não foi declarado propriedade pessoal de nenhum dragão, feérico ou Bibliotecário. É tudo que posso dizer, mas acredito que isso significa que vocês estão livres para trabalhar para mim. E não vou contar a ninguém quem adquiriu o objeto em meu nome. Isso vai constar do acordo.

Era bom demais para ser verdade. Mas também parecia... viável.

Irene olhou de volta para Kai, que deu um leve aceno de cabeça.

Em seguida, ela se virou para a tela da televisão.

— Acho que temos um acordo.

CAPÍTULO 8

— Maravilha — disse o sr. Nemo calorosamente. — É ótimo saber que podemos nos dar bem. Sempre considerei o ganho individual como um motivador bem mais eficaz do que o preconceito racial ou a moralidade pessoal. Agora já sei qual é o seu preço, srta. Winters, assim como o de todos nesta mesa... exceto pelo do príncipe Kai. Terei todo o prazer em discutir isso com ele mais tarde.

Kai deu um muxoxo distraído. Mordiscou um pedaço de carne e franziu a testa.

— Isto é carne de tubarão?

De repente, Irene sentiu o gosto de bile na boca. Ela largou o próprio garfo, sem conseguir parar de olhar para a enorme janela de vidro. A memória reproduziu a imagem do corpo trêmulo de Nadia, gritando em silêncio conforme os tubarões se aproximavam.

— Sim, o fígado de um grande tubarão-branco — respondeu o sr. Nemo. — É uma iguaria. Você sabia que as baleias assassinas têm o hábito de deixar os grandes tubarões-brancos inconscientes, arrancar seus fígados com a boca e deixá-los se afogarem? É um ataque tão dirigido e específico. É o que mais admiro numa orca.

— Não sabia que havia baleias-assassinas no Caribe — comentou Irene, atrevida. A diplomacia lhe dizia que era melhor terminar aquela refeição logo para não correr o risco de insultar seu anfitrião. O bom senso lhe dizia que, se não comesse agora, acabaria se arrependendo mais tarde. Mas a especulação, impossível de silenciar, sussurrava lá no fundo de sua mente. Ela já sabia que o sr. Nemo gostava de dar pessoas de comer aos tubarões. Mesmo que aquele tubarão em particular, no prato, não tivesse comido Nadia, não havia como provar que não tinha comido outras pessoas.

Você consegue, encorajou a si mesma. *Já comeu coisa bem pior. E em pior companhia.*

Ajudaria mais se ela conseguisse lembrar *quando* exatamente.

— Então, qual é o objeto que você procura e onde se encontra? — perguntou Felix, surpreendendo a todos ao entrar na conversa.

— É um quadro — respondeu o sr. Nemo. — Foi concebido pelo pintor francês Théodore Géricault, no ano de 1819 do mundo em questão, e é intitulado *A balsa da Medusa*.

O silêncio recaiu sobre a mesa. Irene observou distraidamente que Ernst, Kai e Indigo voltaram a comer o fígado de tubarão, que Jerome estava seguindo sua própria tática de enterrá-lo sob o arroz e que Felix ainda não comera sequer um pedaço.

— Vocês já *ouviram falar* desse quadro, não? — perguntou o sr. Nemo por fim. — É razoavelmente famoso.

— É um quadro imenso e superestimado do início do Romantismo — comentou Indigo. — Não creio que valha a pena tanto trabalho para ver as diferentes tonalidades de tinta num pedaço de tela de duzentos anos de idade. Ainda mais quando é possível obter os mesmos padrões de cor e sombreado numa imagem de computador...

— O original é o original! — retorquiu Kai, irritado com a crítica artística, ao passo que insultos pessoais o deixariam indiferente. — Como é que você pode comparar uma mera cópia produzida por uma máquina com as pinceladas de um pintor?

— Bem, o que *eu* quero é o original — interrompeu o sr. Nemo. — Para ser mais específico, quero a tela simplesmente. Podem deixar a moldura para trás, mas só se for necessário.

— Onde o quadro está agora? — perguntou Kai.

— Pelos nossos padrões, o mundo é o quarto da reticulação e o sétimo em resposta, com marcação dupla — respondeu o sr. Nemo. — Tina conhece bem esse mundo e vai organizar o transporte. Para ser mais específico, o quadro está no Museu Kunsthistorisches de Viena. De acordo com os dossiês de vocês, sei que a maioria aqui sabe falar alemão.

— Em geral, ele é reconhecido como um dos maiores museus de Viena, se não o maior de *todos* — disse Irene, pensativa. — De que época estamos falando?

— Início do século XXI, quando há uma Europa mais ou menos unificada — respondeu o sr. Nemo. — Posso continuar?

— Perdão — murmurou Irene, voltando para o arroz. Precisava lembrar que não era uma missão típica da Biblioteca... e que não estava no comando daquela equipe.

Por outro lado, ela se perguntou, *quem* estaria, então?

O sr. Nemo tomou mais um gole de uísque antes de continuar, e Irene se surpreendeu com a resistência do sujeito.

— Contratei uma agente local para providenciar dinheiro, acomodações, documentos e tudo o mais que possam precisar. Serão entregues assim que chegarem.

— Algum equipamento técnico? — questionou Indigo. — Se quiser que eu faça o meu trabalho direito, vou precisar de computadores e ferramentas adequados.

— Ela foi instruída a obter tecnologia local de ponta. Tudo o que se poderia desejar. Agora você está trabalhando para *mim*, Indigo, lembre-se disso. — O tom de voz que o sr. Nemo usava com ela era paternal, mas havia uma nota cruel sob a superfície amistosa. Irene ficou imaginando o que teria acontecido entre os dois para provocar tal reação. — Não precisa mais se preocupar com certas coisas.

Indigo ficou visivelmente irritada, mas se forçou a assentir, e Irene eliminou outro provável papel na equipe. Pelo visto, Indigo estava encarregada da tecnologia e dos sistemas de computador. Interessante. Kai passara um bom tempo num mundo com alto nível de tecnologia e tinha experiência na área. Mas nem todos os dragões se envolviam — ou se entusiasmavam — com esse tipo de coisa. Ernst era obviamente a força bruta. (Seria óbvio demais?) Tina estava encarregada do transporte. Mas o que Jerome e Felix deveriam fazer? E Irene?

— Você vai querer relatórios? — perguntou Jerome.

O sr. Nemo sacudiu a cabeça.

— Vocês são especialistas em seus campos de atuação. Pretendo ficar sentado confortavelmente aqui até voltarem com o quadro. Além disso, mensageiros demais podem... chamar atenção.

Algo que vinha intrigando-a voltou à mente de Irene.

— Sr. Nemo — começou —, quando Kai e eu pousamos no aeroporto em Paradise Island, havia um bando dos seus... fãs lá.

— Fãs, querida?

— Entusiastas armados, que transformaram o lugar numa zona de guerra. Estavam desesperados para encontrá-lo. No momento que descobriram que Kai e eu vínhamos visitá-lo, eles *nos* atacaram. Por isso, tenho que perguntar: esse trabalho é secreto mesmo? O interesse público na sua pessoa vai ser um problema?

O sr. Nemo inclinou-se para perto da própria tela de modo confidente. O rosto dele estava molhado de suor e vermelho de calor, mas nada disso o fazia parecer vulnerável. Algumas metáforas passaram pela cabeça de Irene: um sapo venenoso agachado no covil, um imenso dragão encolhido em seu refúgio sagrado, um polvo estendendo os tentáculos.

— Srta. Winters, garanto-lhe que ninguém sabe nada acerca *do que* procuro. No entanto, durante o recrutamento, foi divulgado que eu estava em busca de pessoas com habilidades muito específicas. Você viu o resultado.

— Verdade — disse Jerome, largando os palitinhos com que comia. — Você acabou com uma multidão batendo à sua porta, atrás do trabalho e da recompensa. Será que não mostrou as cartas cedo demais?

— Eles jamais vão me encontrar. Mas, se conseguirem, receberão mais do que esperavam. — Irene não gostou nem um pouco do sorriso do sr. Nemo conforme ele juntava as palmas das mãos. — Hora de passarmos para o próximo prato. Espero que todos gostem de sashimi de baiacu.

A lua deixava um rastro prateado na superfície do mar. Kai estava de pé junto às janelas fechadas, sentindo a pulsação das marés e o movimento do oceano. Aquilo lhe era familiar em qualquer mundo e lugar, fazia parte dele assim como o sangue em suas veias. Poderia sempre invocar as águas para se proteger — e a Irene também.

Ela dormia, mas tinha o sono agitado. Kai sabia o quanto estava preocupada com o mundo onde crescera.

Porém, como era ele quem estava acordado, começou a se preocupar por ela. Ficou imaginando se era uma das coisas que ninguém comentava a respeito dos relacionamentos — ou, pelo menos, do tipo que ia além de uma única noite de prazer ou de um caso breve, mas apaixonado.

Um ano antes, não conhecia Irene. Não sabia que poderia existir alguém — além dos outros dragões — disposto a arriscar a vida por ele.

Irene fora verdadeira e sincera ao dizer: "Sou responsável pela sua pessoa, você está sob a minha proteção". A princípio, ele precisara se esforçar para não dar uma gargalhada — afinal, como uma humana poderia ter esse tipo de relacionamento com um dragão? Mas então se dera conta de que ela estava falando sério. E provara isso várias e várias vezes. Vale também era humano, além de um amigo leal. Havia até alguns feéricos que talvez não fossem completamente inúteis.

Kai refletiu melancolicamente que seria um alívio se livrar dessas ideias — que desafiavam sua educação tradicional na corte. No entanto, se quisesse ganhar o respeito do pai, teria que ser um adulto em vez de ficar preso numa jaula dos próprios preconceitos. Parecia injusto que uma resolução tão virtuosa e nobre fosse tão difícil de cumprir.

A luz piscou no quarto; Kai se virou e viu que a televisão se ligara sozinha. O sr. Nemo estava empoleirado na mesma cadeira de antes, com os olhos mortiços fixos nele. A janela de vidro ao fundo exibia um polvo estendendo os tentáculos no fundo do oceano, gracioso em seus movimentos delicados. Na cama, Irene dormia tranquila, enfim em paz.

O sr. Nemo levou o dedo aos lábios e apontou para a porta da suíte. Um nítido convite para uma conversa particular. Após um segundo de hesitação, Kai aceitou o desafio e saiu sorrateiramente do quarto.

Uma tela piscou na parede oposta, revelando mais uma imagem do sr. Nemo. Era como se o homem rastejasse atrás das paredes de seu covil, passando de tela em tela para acompanhar os convidados.

— Espero não estar sendo inconveniente, príncipe Kai — disse ele.

— De forma alguma — respondeu Kai com cautela.

A luz da luminária de mesa do sr. Nemo produzia sombras profundas em seu rosto, destacando o crânio sob a pele.

— Não se preocupe, não pretendo falar sobre a srta. Winters ou sobre a nova trégua. Ainda não me subscrevi formalmente, embora possa enxergar as possibilidades. Mas já é tarde, e eu falei que poderíamos... conversar. Você tem alguma pergunta?

Kai considerara dezenas de perguntas, mas, sob o olhar mortiço do sr. Nemo naquele momento, só conseguiu pensar em uma.

— Você deixou claro que o trabalho é urgente, mas insistiu para que passássemos a noite aqui em vez de começarmos imediatamente. Por quê?

— Por causa da natureza do transporte que Tina está organizando. Ela será a motorista de vocês.

— Por que não deixou tudo pronto para o início da noite?

— Eu não tinha certeza se todos concordariam com o trabalho: talvez precisasse trazer outra pessoa e não poderia deixar o transporte à espera. Tentar manter Tina parada num só lugar já é uma proeza e tanto. Foi uma questão de logística, príncipe Kai. — Por algum motivo, a resposta não fora convincente, mas o sr. Nemo nem pestanejou. Ele se inclinou para a frente na cadeira, desenlaçando os dedos.

— Você não tem mais nenhuma pergunta?

— Hã?
— Em relação à dragoa que também é minha... hóspede? Imaginei que gostaria de esclarecer as coisas enquanto estamos a sós.

Kai sentiu o calor da raiva no abdômen, o formigamento das garras nascentes na ponta dos dedos. Mas se controlou.

— Aquela mulher não é da minha conta.
— É mesmo? Pensei que a princesa Qing Qing fosse...

Kai o interrompeu com um único gesto de fúria:

— Não se refira àquela mulher pelo nome de batismo! Ela desobedeceu aos pais e rompeu com a família. Não é digna do nome que lhe foi dado.

— Minha nossa. — O sr. Nemo voltou a rir, sacudindo o corpo inteiro de divertimento mórbido. — Devo lhe pedir desculpas. Já sabia que aquela dama... vamos chamá-la de Indigo... estava brigada com a família, mas não pensei que fosse tão ruim assim. Parece ser algo criminoso.

— E é — disse Kai secamente. — Além disso, ela fugiu das consequências de suas ações.

Ele não chegara a conhecer Qing Qing, mas vira fotos dela no palácio do pai, antes de serem guardadas. Ela havia envergonhado os pais — o pai de Kai e a mãe dela, a Rainha das Terras do Leste — ao tentar organizar uma rebelião contra seu reinado. Agora, ninguém mais mencionava seu nome.

O sr. Nemo assentiu com a cabeça, compreensivo.

— Imagino que a família dela queira tê-la de volta sob seu controle. Ela pode ser uma ameaça a eles...

Kai não tinha a menor intenção de discutir os problemas de sua família com aquele feérico. Por isso, deu de ombros.

O sr. Nemo riu do silêncio teimoso dele.

— Não esqueça que, se você ajudar nesta aquisição, vou lhe dever um favor. Talvez seja um grande favor a você... e à sua família. Um favor pelo qual já terão pagado.

Kai sentiu o calor da raiva outra vez e seus olhos faiscaram com um brilho vermelho.

— Não precisamos dos seus serviços.

— Então, pense em si mesmo — recomendou o sr. Nemo, encarando o olhar furioso de Kai através da câmera. — Seu pai não ficaria satisfeito se você levasse Indigo de volta aos cuidados dele? Posso ajudá-lo com isso.

A proposta pairou no ar como a sombra de uma onda que se aproximava: ainda não totalmente presente, mas impossível de voltar atrás.

— Antes de mais nada, o que é que ela está fazendo aqui? — perguntou Kai, esperando ouvir alguma resposta que lhe permitisse dizer *não*.

Ou será que queria um motivo para dizer *sim*?

— A dama foi capturada por um poderoso feérico — respondeu o sr. Nemo. — Como eu conhecia os talentos dela, os talentos tecnológicos, quero dizer, tomei medidas para obter sua custódia. Assegurei a ela que, se fizer o que pedi, lhe concederei sua liberdade. De mim, pelo menos. Da família... bem, aí já é outra questão.

Kai mordeu o lábio e sentiu o gosto de sangue. Não conseguiria aceitar uma proposta daquelas vinda de um feérico. Era impensável. Devia haver algum truque. Só podia. Por fim, comentou:

— Já concordei em cooperar com o roubo. Essa negociação noturna...

A prudência interrompeu sua fala antes que ele pudesse dizer um *não* definitivo. E se houvesse um jeito de aceitar? Se recusasse a proposta agora, será que o sr. Nemo jogaria isso na cara dele depois? Era tão errado assim fazer uma negociação dessas se todos tinham a ganhar com ela?

— Sem pressa — respondeu o sr. Nemo. Ele repuxou os lábios num sorriso que exibia os dentes afiados até a gengiva.
— Pode me dar a resposta assim que voltar.

CAPÍTULO 9

Irene já vira masmorras, teatros ensanguentados, campos de batalha e incêndios — mas agora tinha verdadeiramente passado pelo inferno.

E foi dentro de um micro-ônibus com quatro feéricos e dois dragões.

Não chegava ao ponto de ela descer para a autoestrada e se jogar em frente ao tráfego, mas quase.

Eles haviam saído da ilha do sr. Nemo num jatinho particular, com Tina de piloto. Em seguida, foram transferidos para o micro-ônibus e Tina assumira o volante. Como Irene suspeitava, seus talentos residiam no transporte e no movimento: ela conseguia passar de um mundo para outro sem a menor dificuldade enquanto viajava, como alguns feéricos eram capazes de fazer.

Só que a maioria dos feéricos não conseguia transportar várias pessoas consigo. Mas Tina, pelo visto, conseguia cuidar de meia dúzia de passageiros, incluindo dragões, sem grandes problemas. Eles começaram a viagem nos Estados Unidos. Agora, já estavam chegando a Viena. As estradas se descortinavam pelas janelas do micro-ônibus — planícies desérticas, campos rurais, paisagens urbanas noturnas, aldeias rústicas —, cada uma passando por alguns minutos antes de mudar para a seguinte. Os outros feéricos encararam aquilo como um método normal de viagem. Indigo permaneceu em silêncio, e Kai disse que estava enjoado. Mas todos conseguiram enfrentar a jornada em si, assim como Irene. A companhia é que era o problema. Cada um se retirou para um canto do micro-ônibus, contudo, como só havia quatro cantos, os ânimos começaram a ficar exaltados.

Ernst estalou os nós dos dedos. Várias vezes. Então, fez tudo de novo. Jerome não conseguia ficar com as mãos quietas: não parava de distribuir cartas ou jogar dados. No espaço fechado, o chocalhar dos dados no chão competia com o estalo dos dedos de Ernst, como dois relógios fora de sincronia. Irene se viu esperando que encontrassem o mesmo ritmo e se remexia de frustração toda vez que isso não acontecia. Felix sentou-se num canto, sem vontade de conversar, nem mesmo com Jerome. De vez em quando, ele se contorcia, parecendo estar prestes a dizer alguma coisa, mas continuava em silêncio. Kai remoía alguma ideia e ocupava um assento o mais longe possível de Indigo, do outro lado do micro-ônibus. A dragoa, por sua vez, ignorava a todos com desdém, mexendo numa peça eletrônica de uma pasta trancada que não largava de jeito nenhum.

Quanto a Irene, sua principal fonte de irritação era que não tinha nada para ler. Nem sequer documentos acerca do trabalho. Para falar a verdade, aquilo era preocupante. Talvez tivesse ficado mimada graças a seu trabalho para a Biblioteca, mas se acostumara a ter pelo menos *algumas* informações básicas quando saía numa missão. O grupo recebera passaportes, cartões de crédito, celulares descartáveis e o endereço da base em Viena — e mais nada.

Ela estava sentada no banco da frente, ao lado de Tina. O que não era nenhuma vantagem. Tina não era uma motorista de confiança. Ela cortava os outros carros de qualquer jeito, em busca de um ideal distante de velocidade que existia em algum lugar além do velocímetro do veículo, respondendo a berros de advertência ou buzinas com um sorriso de escárnio e o dedo médio. Irene se viu obrigada a conter arquejos de pânico várias vezes. Além disso, Tina parecia incapaz de conversar sobre outra coisa que não fosse a estrada adiante e a melhor maneira de percorrê-la. Estava imersa em seu propósito ali, com a mente cheia de velocidade e viagens, sem espaço para mais nada — não lhe restava nenhuma *personalidade* real. Se Irene precisasse de um alerta sobre o que acontecia quando feéricos abandonavam sua humanidade em troca de um arquétipo, Tina seria um exemplo perfeito.

— Você *vai* desacelerar até o limite de velocidade quando chegarmos a Viena, certo? — perguntou Irene por fim, tentando soar firme em vez de nervosamente esperançosa. — É melhor não atrairmos a atenção dos policiais locais.

Tina passou algo que estava mastigando de uma bochecha para a outra.

— Sem problemas. Vou dirigir exatamente um quilômetro abaixo do limite. Quem sabe meio quilômetro? Não quero exagerar. Já era para termos chegado lá a essa hora, mas, com tanta gente a bordo, levo mais tempo para mudar de esfera.

— Relaxa — gritou Jerome do seu lugar. — Tina é muito boa no que faz. Já trabalhei com ela antes.

Vendo como os passageiros discutiam ou se reconciliavam com velhos conhecidos, Irene refletiu que aquilo seria um problema. Não conhecia aquelas pessoas. A óbvia desconfiança de Kai em relação a Indigo era ainda mais preocupante. Ela confiava na opinião e — mais especificamente — no conhecimento dele a respeito de outros dragões. Kai não quisera comentar a identidade de Indigo, mas deixou claro que ela era traiçoeira.

A missão tinha todo o potencial para ser *maravilhosa*.

— Posto de inspeção logo adiante — avisou Tina, um segundo antes de Irene avistá-lo. — Você cuida disso?

— Cuido — concordou Irene, endireitando-se no banco do passageiro. Estava na hora de provar que também podia ser útil.

O micro-ônibus desacelerou ao entrar na fila do posto de inspeção à beira da estrada. O uniforme não era o mesmo que a polícia austríaca usava, até onde Irene se lembrava. Era cinza e utilitário, e todos os policiais usavam câmeras afixadas em cima do ombro. Na parte de trás do micro-ônibus, os demais ficaram num silêncio mortal assim que Tina parou e um dos policiais veio em direção ao veículo.

— Bom dia, senhoras — disse, cumprimentando Irene e Tina em alemão. — Sargento Melzer, CENSURA. — Ele mostrou um documento de identidade para Tina: Irene só conseguiu distinguir a sigla CENSURA e o nome da organização em meia dúzia de idiomas. A tradução era preocupante: *Central Europeia de Nações Sobrenaturais Unidas para Registro e Atuação.* — Seu destino e o motivo da viagem, por favor?

Tina passou o chiclete de uma bochecha para a outra e apontou o polegar para Irene.

Irene inclinou-se para a frente.

— Estamos a caminho de Viena, para nos juntarmos aos nossos colegas de trabalho — respondeu ela com seu melhor sotaque alemão nativo.

— Colegas de trabalho? — sondou o sargento. Ele enxergava a parte de trás do micro-ônibus do ângulo em que estava e apertou os olhos para examinar o grupo diverso.

— Fazemos parte de uma nova start-up de software especializada na coleta e no armazenamento de informações em nuvem combinados com a recuperação rápida de dados e a implementação de criptografia para funções de pesquisa específicas — recitou Irene. Ela viu os olhos do homem começarem a ficar vidrados de tédio e continuou com mais tagarelice tecnológica tirada de folhetos de marketing até concluir: — ... recrutamos pessoas do mundo inteiro a fim de obter os programadores e especialistas mais avançados...

O sargento franziu a testa, apontando o polegar para o corpulento Ernst.

— *Ele* é programador?

— Que comentário mais preconceituoso — rosnou Ernst. O alemão dele tinha um forte sotaque russo. — Sou especialista em desenvolvimento de bibliotecas em código aberto.

— Certo — comentou o sargento. Era nítido que não estava lá muito convencido, mas parecia disposto a deixar o problema para outra pessoa. — Agora, por favor, segurem este disco, um de cada vez... assim mesmo, senhora... que vou dar uma olhada. É feito de prata hipoalergênica.

Nações Sobrenaturais Unidas para Registro e Atuação, dizia o documento do sargento.

— Devemos nos preocupar com lobisomens? — perguntou Irene, passando o disco para os passageiros de trás.

— Não mais que de costume, madame — respondeu o sargento, observando o progresso do disco. — Não precisa ficar assustada.

O que talvez significasse que ela tinha todos os motivos do mundo para ficar assustada. Irene amaldiçoou mentalmente o sr. Nemo outra vez: se havia criaturas sobrenaturais perigosas naquele mundo, ele devia ter avisado.

Tina terminou de passar o disco pelos nós dos dedos e o devolveu ao sargento.

— Obrigado a todos — disse ele com um breve aceno de cabeça. — Podem voltar aos negócios. Ah, é melhor ficar de olho na velocidade, madame. Não que seja meu trabalho pará-la por causa disso, mas há radares de velocidade perto da cidade.

— Agradecemos o aviso — disse Irene enquanto Tina pisava fundo no acelerador.

— Teremos algum problema? — perguntou Ernst assim que voltaram a rodar. A paisagem coberta de neve ficava repleta de armazéns e estacionamentos à medida que se aproximavam da cidade e o tráfego se amontoava em volta deles. Lá em cima, o céu era uma massa de nuvens cinzentas, sombrias e nada promissoras, tão escuras e ameaçadoras quanto a pelagem de uma matilha de lobos.

— Em que sentido? — perguntou Irene. — Você está falando dos lobisomens? Ou do fato de nossos rostos e placa terem sido registrados?

Indigo tirou os olhos de alguma engenhoca que estava ajustando.

— Pela câmera que ele estava usando? Não se preocupe com isso. Assim que meu sistema estiver instalado, poderei invadir o computador da polícia e fazer o que bem quiser.

— Já ia lhe perguntar a respeito — disse Felix, finalmente entrando na conversa. — Como você sabe que vai conseguir desbloquear os computadores deste mundo? Não estamos num filme de ficção científica, no qual é só conectar um notebook ao computador da nave alienígena para invadir o sistema.

Indigo permaneceu imóvel por um momento, como uma cascavel considerando o melhor ângulo para o ataque.

— A tecnologia básica não é a questão — disse ela devagar, como se estivesse falando com uma criança. — Há um número limitado de maneiras de se criar um transistor, uma válvula termiônica ou qualquer peça usada na montagem de um computador, tablet ou celular. Quando se trata de linguagem e programação de computadores, há uma certa evolução paralela através dos mundos, tal como acontece com os idiomas falados neles. Já reparou quantos mundos desenvolveram o Windows?

— Nunca pensei nisso dessa forma — admitiu Felix.

— Bem, agora você sabe — disse Indigo. Havia um tom de condescendência na voz dela. — No meu caso, tenho uma variedade de programas e ferramentas de hacker de diferentes mundos aqui comigo. Vou conseguir encontrar algo que funcione com os computadores deste mundo ou que eu possa adaptar. Sei o que estou fazendo. — Indigo olhou de relance para Kai enquanto falava, e havia algo quase... conspiratório naquilo.

O que ela disse para Felix fazia sentido — mas será que era tão fácil assim transferir a tecnologia de um mundo para outro? Irene se lembrou de um seminário da Biblioteca, cerca de um ano antes, no qual ouviu dizer que aquilo não era possível. Não gostava de mistérios — exceto em histórias de detetives.

Irene se voltou para Kai. Ele sabia mais de tecnologia do que ela, portanto, se houvesse alguma falha no argumento de Indigo, certamente teria salientado. Irene foi a única a notar aquela interação silenciosa com Indigo, o modo como os olhos dele brilharam com o que parecia ser um alerta para a dragoa. Mas por que as habilidades de Indigo provocariam alguma reação nele?

— Se houver lobisomens e outras criaturas sobrenaturais aqui, deve ser um mundo Gama pela classificação da Biblio-

teca — disse ela, voltando-se para problemas mais urgentes.
— Pelos nossos padrões, isso significa tanto magia quanto tecnologia.
— Existe magia em mundos de alta ordem como este? — perguntou Ernst. — Não costumo visitá-los, mas não achei que fosse encontrar magia aqui. Teremos algum problema com isso?
— Pode existir magia nesses ambientes, mas é uma magia muito bem-organizada — explicou Irene. — Com leis, princípios e assim por diante. Isso se *houver* outras criaturas sobrenaturais aqui...
— Além de nós — acrescentou Tina alegremente.
Irene supôs que os Bibliotecários pudessem ser considerados uma espécie de criatura sobrenatural.
— Sim, além de nós. E elas teriam de obedecer a regras bem-estabelecidas, por exemplo: a prata sempre queima um lobisomem e os vampiros são sempre alérgicos a alho. Em mundos de alta ordem, seria possível escrever um guia de como identificar criaturas sobrenaturais locais.
— Seja como for, a CENSURA caça essas criaturas — disse Indigo. — O que deve mantê-los ocupados... e longe de nós.
— Falando nisso, há dragões neste mundo — observou Kai. — Pelo menos um, possivelmente bem mais.
— Como você sabe? — indagou Felix de imediato.
— É coisa de... dragão. — Kai franziu os lábios ao pronunciar a expressão, mas abriu as mãos e deu de ombros. — Não sei dizer onde eles estão nem quantos são ao certo. É só o que a tessitura do mundo me diz.
— Você concorda? — Jerome perguntou a Indigo.
A dragoa levantou o pulso. A algema prateada continuava ali, embora não houvesse mais uma corrente prendendo-a.

— Enquanto estiver com isso, não tenho como saber.
— Quer dizer que você não pode fazer... — Felix gesticulou vagamente — ... coisas de dragão?
— Não — respondeu Indigo com a voz tão afiada e cortante quanto vidro vulcânico. — Não posso fazer coisas de dragão. Mas posso fazer coisas de computador, e é disso que vocês precisam no momento.
— Se os dragões não estiverem em Viena, não são da nossa conta — comentou Ernst. Direto ao ponto, como sempre. — Então, vamos logo para lá.

— Ah, não — exclamou Indigo, inspecionando a nova sede da equipe. — Aqui não vai dar. De jeito nenhum.
Seus olhos faiscavam de raiva. Embora não exibisse nenhum dos sinais habituais da fúria de um dragão na forma humana — os olhos não estavam vermelhos e a pele não tinha a marca das escamas —, sua cólera era palpável. Tina não deu sinais de reconhecer o perigo dentro ou fora da estrada, mas os demais feéricos se afastaram dela com tanta rapidez quanto era desumanamente possível (sem parecerem muito intimidados).
Irene olhou para a pilha de equipamentos de informática encaixotados em cima do carpete puído. Os fios elétricos estavam todos embaralhados em padrões desconexos. Algumas mesas velhas tinham sido empurradas contra a parede. O prédio degradado anunciava *escritórios para alugar* no mural do andar de baixo, mas não havia mais nenhum inquilino ali. Talvez tivesse sido uma tentativa deplorável de atrair investimentos — se fosse o caso, falhara completamente. Não era surpresa alguma, dado que se tratava de um distrito industrial na periferia da cidade.

— Pelo lado positivo — disse ela em voz alta —, creio que não seremos incomodados aqui. E nosso hotel fica do outro lado da rua. Indigo, perdoe-me se estou sendo insensível, mas você está reclamando do lugar ou do equipamento?

Indigo se virou para encarar Irene, os cabelos flutuando atrás dela como fumaça.

— Como qualquer um poderia ver caso se desse ao trabalho de olhar, eu estou reclamando do equipamento. Isto aqui é uma verdadeira piada.

Irene se forçou a manter a pose. Por mais dragões furiosos que tivesse enfrentado antes, nunca ficava mais fácil.

— O que você quer e o que será necessário para obter tudo?

Enquanto Indigo pensava, Jerome arrumou os cartões de crédito na mão como se fossem cartas de baralho e os examinou um por um.

— É esse o seu papel na equipe? — perguntou a Irene.

— Suprimentos? Você arruma o que precisamos?

— Suprimentos e organização: é só me dizer o que querem — afirmou Irene com confiança. Precisava fazer com que confiassem nela de algum jeito, então por que não assim? A vontade de trancá-los num quarto de hotel enquanto ela e Kai realizavam o trabalho teria que ser deixada de lado. Ela precisava assumir o controle da operação agora, enquanto a situação ainda era fluida e antes que outra pessoa tentasse impor sua autoridade. Muita coisa dependia disso.

— Sugiro começarmos logo, pois temos um prazo a cumprir.

— E o mundo com que me preocupo, o motivo de estar fazendo isto, só tem um ou dois dias a mais de prazo. Na melhor das hipóteses.

— Não me oponho a trabalhar em equipe — avisou Felix.

— Já fiz isso antes. — Ele estava empoleirado numa mesa,

pensativo como um corvo. Irene ainda achava difícil saber qual era a aparência do feérico, pois os olhos dela pareciam sempre se desviar do sujeito. Não tinha a menor dúvida de que seria impossível identificá-lo numa fileira de suspeitos.

— Nem tenho nada contra trabalhar com Bibliotecários ou dragões. Mas também estou preparado para expulsá-los daqui se achar que não estão contribuindo com nada.

— É justo — resmungou Ernst. — Também tenho a mente aberta quanto à cooperação com inimigos de longa data. Mas não me decepcionem. Não iam gostar que isso acontecesse.

Kai deu de ombros, como se não tivesse discutido a colaboração com Irene por uma hora inteira na noite anterior.

— Não vejo nenhum motivo para não cooperarmos uns com os outros. Se nos encontrarmos depois, podemos fingir que não nos conhecemos.

— Essas coisas costumam acabar em um duelo logo ao amanhecer, depois de uma noite de luta num cassino seguida por uma perseguição pela cidade — acrescentou Jerome.

— Você foi estranhamente específico agora — comentou Irene.

— Acontece.

Naquele meio-tempo, Indigo escrevera uma lista num bloco de anotações deixado ali.

— Pronto — disse ela, apresentando-a a Irene. — Preciso desses itens ou de seus equivalentes locais. Mas vai custar caro. Posso começar a montar esse monte de lixo... — Ela apontou para o equipamento encaixotado. — Mas preciso de algo melhor. E quanto mais cedo conseguir, mais cedo poderei tirar nossos rostos dos computadores da polícia.

Irene pegou a lista, analisando-a sem saber do que se tratava antes de passá-la a Kai.

— Muito bem — disse ela. — E eu tenho algumas *sugestões* sobre uma possível divisão de tarefas...

Irene acreditava firmemente que, se pudesse habituar as pessoas a obedecer a ordens simples sob o pretexto de serem apenas sugestões, mais tarde, quando ficassem em perigo, fariam o que lhes fosse dito. Aquela teoria não impressionaria os seguidores de *A arte da guerra*, de Sun Tzu, mas o princípio básico era bem sólido. Ainda assim, será que ia funcionar com aquela equipe, com tantos especialistas em seus próprios campos de atuação?

Um silêncio gratificante tomou conta da sala conforme os demais esperavam que ela continuasse.

— Temos três necessidades imediatas — prosseguiu. — Precisamos de informações sobre o quadro e sua segurança; de informações a respeito da cidade; e de dinheiro. Parece razoável?

Era possível adivinhar as alianças da equipe pela maneira que seus integrantes se entreolharam em busca de sinais de concordância ou desaprovação. Jerome, Tina e Felix formavam um eixo; ela e Kai formavam outro. Ernst era impossível de decifrar, e Indigo parecia absolutamente insolente.

— Então, quem faz o quê? — perguntou Tina.

Irene reprimiu um suspiro de alívio ao ouvir aquele indício de que concordavam.

— Vou fazer algumas suposições sobre as habilidades e conhecimentos dos presentes. — *Afinal de contas, vocês não me contaram quais são*, acrescentou ela na sua mente. — Sugiro que Felix examine o Museu Kunsthistorisches. Para o dinheiro, eu estava pensando que Ernst e Jerome poderiam arranjar fundos e, quem sabe, ver como é o submundo do crime daqui.

— Você acha que sou especialista nisso? — perguntou Ernst. — Acha que sou o tipo de cara que entra num bar e todos os criminosos locais mijam nas calças e me entregam a carteira?

— Nada tão grosseiro assim — disse Irene, ligeira. — Mas acho que vocês dois vão conseguir aprender como as coisas funcionam por estas bandas.

— Nada mal até agora — comentou Jerome, pensativo, e lançou um sorriso encantador para ela. — E o que *você* pretende fazer?

— Quero saber mais sobre este mundo — respondeu Irene com firmeza. — O sr. Nemo lhes contou *alguma coisa* a respeito de lobisomens ou daquela organização intitulada CENSURA? — Todos sacudiram a cabeça em sinal negativo. — Estamos agindo no escuro aqui e não quero estragar nosso disfarce. Já estou acostumada a pesquisar esse tipo de coisa e a conseguir resultados rápido.

— E eu vou montar este monte de lixo. — Indigo cutucou a caixa mais próxima com a ponta da bota. — Quero que Kai me ajude. Preciso de outro par de mãos, e ele entende mais de tecnologia do que vocês.

— Kai? — perguntou Irene, surpresa.

Ele deu um suspiro.

— Até que faz sentido — respondeu o dragão.

— E quanto a mim? — perguntou Tina.

— Pensei que talvez quisesse mapear a Viena deste mundo — respondeu Irene. Não conhecer uma cidade direito poderia levar a surpresas desagradáveis durante uma fuga. — A menos que se sinta mais útil fazendo outra coisa...

— Não, é ótimo para mim. — Os olhos de Tina se iluminaram. Ela enfiou outro pedaço de chiclete na boca. — Deixa que eu cuido disso.

— Você é muito boa de lábia. — Ernst cutucou a clavícula de Irene com o dedo carnudo. — Não fique achando que vou fazer as suas vontades só porque gosto de você. Mas, por ora, até que teve bom senso.

— Quanta gentileza. — Irene esfregou o local onde Ernst a cutucara. Se ele lhe desse um soco, ela não se levantaria nunca mais.

Talvez aquilo desse certo.

E assim que todos estivessem ocupados... ela poderia entrar em contato com a Biblioteca. Tinha perguntas urgentes a fazer.

CAPÍTULO 10

A Biblioteca Nacional Austríaca era a maior do país (na maioria dos mundos alternativos, pelo menos). Situada no centro de Viena, no antigo Palácio Imperial, era uma gloriosa obra arquitetônica. O interior era decorado com pinturas, afrescos e mosaicos conhecidos por levar os observadores a fazer uma pausa de admiração. E, o que era mais relevante para uma Bibliotecária, também tinha uma coleção de manuscritos, incunábulos e papiros.

A praticidade, no entanto, levara Irene à biblioteca da Universidade de Viena, onde se encontrava no momento. Ali ela era anônima, mais uma entre centenas ou mesmo milhares de visitantes que tiravam proveito das instalações. Fora sincera quando disse aos outros que queria fazer uma avaliação daquele mundo — de sua história, cultura e ameaças atuais.

Mas havia outra coisa que queria fazer antes.

Irene só levou alguns minutos para encontrar um corredor nos fundos onde poderia abrir uma passagem temporária para a Biblioteca. Uma vez lá, enviou um e-mail desesperado a Coppelia, para checar as possíveis implicações do que estava prestes a fazer. O sr. Nemo jurava que eles não estavam violando o tratado, mas Irene se sentia profundamente desconfortável com aquela história.

Quanto ao que iria fazer se o roubo fosse desaconselhável em termos políticos... Bem, então teria de improvisar.

Do lado de fora, o vento assobiava pelas ruas largas. O inverno dominava Viena por completo e, embora não estivesse nevando, o clima não era nada ameno. Nuvens cinzentas tomavam conta do céu e as pessoas caminhavam de gola levantada e cabeça baixa, ávidas para escapar do vento cortante.

E, por toda parte, as câmeras. Aquela foi uma surpresa bastante desagradável. Com otimismo determinado, Irene garantiu a si mesma que, se Indigo fosse tão boa quanto afirmava, a vigilância não seria um problema.

Se. Se. Se.

Dentro da sala de leitura da biblioteca reinavam o calor e o silêncio do estudo compartilhado. Os estudantes e o público em geral se misturavam ao longo das compridas mesas de carvalho escuro que se alastravam por toda a extensão do recinto. Cada um tinha a própria pilha de papéis, notebook ou tablet. Todos estavam debruçados sobre o trabalho, como se tivessem medo de que alguém apontasse um dedo acusador e os culpasse por alguma coisa. Havia uma sensação de nervosismo no ar que até mesmo Irene, uma recém-chegada, era capaz de perceber.

Ela encontrara um cantinho para si e estava combinando pesquisas na internet num notebook recém-adquirido com uma pesquisa em papel — folheando o maço de jornais e revistas comprados. Mesmo que as pesquisas virtuais fossem monitoradas, seu computador era totalmente anônimo.

Uma de suas principais descobertas foi o elevado número de seres sobrenaturais presentes em Viena, o que seria um problema. A CENSURA adotara uma série de práticas agressivas ao caçá-los, o que também poderia ser uma complicação. Além disso, *A balsa da Medusa* media cerca de cinco metros de altura por sete de largura, o que *definitivamente* seria uma complicação quando fossem roubar o quadro. Era bem maior do que um livro comum.

Ela examinou distraidamente as fotos on-line do Museu Kunsthistorisches, tentando entender o funcionamento do lugar. Era uma construção imensa e luxuosa, exibindo tanto o poder da dinastia Habsburgo quanto sua coleção de arte. Também era bem-equipado em termos de segurança eletrônica. Mas não era um daqueles lugares que economizavam em guardas só porque tinham tecnologia.

Um momento. Na foto de banco de imagens de uma escultura de ouro de Cellini... havia um *dragão* ao fundo?

Irene se inclinou, quase tocando na tela com o nariz conforme apertava os olhos para a imagem ampliada. Sim, embora estivesse na forma humana, era inconfundivelmente um dragão. Os traços do rosto, a postura, o modo como se portava. Ali em Viena, no mesmo prédio do alvo e poucos anos antes, a julgar pela data...

Ela ouviu um silvo de ar atrás de si, e um objeto cilíndrico de metal cutucou suas costas. Já era a terceira vez naquela semana.

— Não cause confusão — disse Felix com a voz tão baixa que mal parecia um ronronar em seu ouvido. — Gostaria de falar com você a sós.

— Não estamos muito bem sozinhos neste lugar — respondeu Irene com a mesma suavidade. Aquilo era péssimo. Ela nem sabia o que tinha feito para provocar tal reação.

— Mas logo estaremos. Arrume suas coisas. Aja de modo simpático e casual. Vamos seguir até a porta e bater um papinho assim que tivermos certeza de que não há ninguém ouvindo. — Ele não acrescentou nenhum outro aviso; a firmeza do cano da arma nas costas dela já era o bastante.

Irene guardou suas coisas na bolsa. A Linguagem não a ajudaria em nada naquele momento: ela não conseguiria pronunciar uma palavra, muito menos uma frase inteira, antes que Felix atirasse. Sentiu o estômago se embrulhar. Será que *subestimara* a situação?

Ninguém olhou para os dois quando passaram por uma porta lateral com uma placa que dizia *Somente Funcionários* e entraram num corredor escuro. De repente, Ernst emergiu das sombras como um monolito. Ele a segurou pela garganta antes que Irene conseguisse gritar e a levantou do chão, imprensando-a contra a parede. Felix fechou a porta atrás com cautela.

— Ora — grunhiu Ernst. — Depois de um belo discurso, e você nos trai antes da hora da janta. Fiquei decepcionado.

Irene se esforçou desesperadamente para respirar. Botou as mãos para cima, tentando demonstrar paz, inofensividade, qualquer coisa que pudesse persuadir Ernst a soltá-la.

— Cuidado — advertiu Felix. — Ela deve estar tentando usar a linguagem especial dos Bibliotecários.

— Não é a linguagem dela que me preocupa, mas a sua lábia. Se a deixarmos falar, não tenho a menor dúvida de que ela vai tentar nos convencer de sua inocência.

Irene começou a ver pontinhos brilhantes diante dos olhos e deu um chute em Ernst, mas não tinha força nem alcance para causar estragos.

— Sei lá — refletiu Felix, pensativo. — Talvez ela tenha algo de útil para nos dizer.

— Só há uma maneira de descobrir — disse Ernst.

Ele afrouxou a mão, deixando Irene deslizar pela parede até que a Bibliotecária tocasse no chão e conseguisse — por pouco — se manter em pé. Os dedos dele permaneceram fechados em torno de sua garganta em sinal de alerta.

Irene tomou arfadas de ar.

— Não sou uma traidora — ofegou, com a voz rouca.

— Que bom — disse Felix em aprovação. — Espero que possa provar.

Irene revirou os olhos para ele. Imaginou que Felix faria as perguntas incômodas enquanto Ernst exercia a força física. Calculara mal e precisava descobrir como escapar antes que fosse tarde demais.

— Por que acham que traí vocês? — balbuciou ela.

— Porque no instante que se viu livre de nós, você veio de fininho até a Biblioteca para receber mais ordens. — O tom de voz de Felix era leve e brincalhão, mas ele exibia um olhar gélido. — Estava planejando roubar o quadro com seus amigos? Ou fazendo um acordo para nos entregar?

Ah, droga. Ele devia tê-la seguido desde que saíram da sede.

Irene olhou de Ernst para Felix outra vez.

— Está bem — respondeu ela. — Admito ter entrado em contato com a Biblioteca. Não vou negar. — Irene estava irritada, pois poderia ter lhes contado tudo antes e evitado aquela situação. — Tenho ordens de adquirir um certo livro do sr. Nemo. Foi por isso que concordei em roubar o quadro. Mas tinha de confirmar que não estava infringindo a trégua...

— Ah, sim, a tal trégua dos feéricos-dragões-e-Bibliotecários — interrompeu Felix. — É uma boa história, mas você espera mesmo que a gente acredite nisso?

Irene o encarou por um instante. Ela passara por muitos e muitos problemas a fim de fazer com que todos assinassem o tratado.

— O próprio sr. Nemo confirmou que a trégua existe!
A incredulidade devia ter transparecido em seu tom de voz, mas Felix apenas deu de ombros.

— Conheço muito bem os Bibliotecários. São todos uns mentirosos. E o sr. Nemo não chegou a dar sua palavra de que tinha ouvido falar nela.

— Também não sei nada dessa trégua — resmungou Ernst. — É uma boa história. Dá um álibi decente. Agora, que tal passarmos para histórias e fatos verídicos?

— Responda, Irene: qual dedo você usa menos? — perguntou Felix. — Não precisamos matá-la, mas podemos lhe dar um incentivo...

Irene ficou apavorada. Ela cometera um grave erro. Habituara-se a lidar com feéricos que aceitavam a existência da trégua e sentia uma certa segurança ao negociar sob sua proteção. Fora mimada e presumira que aqueles feéricos a tratariam como uma agente neutra, em vez de uma inimiga ou concorrente. Agora, ela — e Kai — poderiam se dar mal.

— Sejam razoáveis. Por favor. Posso responder às suas perguntas sem apelarmos para isso. — Ela sabia que o medo transparecia na voz. Talvez isso ajudasse a convencê-los.

— Pode ser, mas como vamos confiar em você? — Felix sacudiu a cabeça tristemente e de um jeito menos teatral do que de costume. Ele parecia mais *humano* ao abandonar o arquétipo de ladrão sorrateiro. Contudo, para a preocupação de Irene, parecia ter um ressentimento pessoal.

— Como vamos confiar em *qualquer um* de vocês, Bibliotecários?

Vocês, Bibliotecários, refletiu Irene.

— Você já conheceu algum dos meus antes — arriscou.

— E não deu muito certo?

— Dizer isso seria um eufemismo — respondeu Felix com uma selvageria contida. — Vocês são monomaníacos sem caráter.

— Não posso negar — admitiu Irene. — Mas, se você sabe a respeito da Linguagem...

— Sei, sim, e é por isso que Ernst vai apertar o seu pescoço até que sua cabeça exploda se tentar fazer alguma coisa.

— Então também sabe que não podemos mentir ao usá-la. — Irene o encarou. — É a mesma coisa que acontece com os feéricos: quando vocês fazem uma promessa, têm de cumpri-la. Se eu der a minha palavra na Linguagem, serei obrigada a falar a verdade. Não sei o que o Bibliotecário fez com você, mas não sou essa pessoa. Quero que o roubo seja bem-sucedido. Há algo importante para mim em jogo.

Ela sentiu um suor de nervosismo escorrer por suas costas enquanto Felix e Ernst trocavam olhares.

— Ernst? — perguntou Felix por fim. — Não sei se posso confiar no meu próprio julgamento. O que você acha?

Ernst deu de ombros. Irene sentiu a vibração do movimento pela mão em torno de sua garganta.

— É verdade que, se jurarem algo na Linguagem, eles devem cumprir a promessa?

— É — respondeu Felix amargamente —, mas eles sabem como contornar essas coisas.

— Então ela deveria jurar que não vai nos trair. Que vai ser tão honesta conosco como é com o dragãozinho dela. É justo.

— Não é, não — retrucou Irene apressadamente. Seu medo ainda era intenso, mas, caso fizesse a promessa errada, a Linguagem poderia destruí-la. — Estou disposta a fazer um juramento de lealdade do tipo "um por todos e todos por um", com uma ressalva, mas vocês também têm de jurar.

As mãos de Ernst contraíram mais a garganta dela.

— Ressalva? Você exige uma exceção, somente para você?

Irene tossiu e fez gestos frenéticos até que ele afrouxasse o aperto.

— Para a Biblioteca — ofegou. — Se me pedirem para recuar e desistir, então não terei escolha. Mas, se eu fizer isso, *juro* não interferir no roubo.

Todo mundo na sala de leitura principal devia estar debruçado sobre o próprio trabalho, alheio à situação em que se encontrava, imaginou ela, desesperada. Parecia até uma farsa teatral, mas era letalmente sério. Mesmo que gritasse, ninguém chegaria a tempo de socorrê-la.

O que mais deixei passar?, perguntou-se Irene com um arrepio. Fez uma promessa a si mesma de que não seria tão descuidada da próxima vez.

— Vamos fazer isso por etapas para não deixar tanta margem para erros — disse Felix devagar. — Jure que não nos traiu... e que sua visita paralela à Biblioteca aconteceu como nos contou. Quem sabe assim não possamos negociar o que vai acontecer em seguida de forma mais igualitária?

— Muito bem. — Irene engoliu em seco e escolheu as palavras com cuidado. — **Juro pelo nome e poder que detenho que não os traí nem pretendo fazer isso. Também juro que foi assinada uma trégua entre todos os monarcas dragões e alguns feéricos poderosos, e que a Biblioteca também é signatária.**

Ela ergueu o olhar e se deparou com o rosto severo de Felix.

— Jure sobre a visita paralela... — insistiu ele.

— Minha principal motivação ao voltar à Biblioteca foi verificar se eu não iria infringir a trégua por causa do roubo.

As palavras dela ecoaram na passagem escura com uma ressonância que ultrapassava o mundo físico até vibrar em seus ossos. Os feéricos também a sentiram. Ernst soltou a garganta dela e afastou a mão como se tivesse levado uma picada de inseto, e Felix estremeceu, olhando nervosamente de um lado para o outro do corredor.

Irene teve muita vontade de esfregar o pescoço, mas aquilo poderia ser visto como um sinal de fraqueza.

— Tudo bem? — perguntou ela. — Ficaram convencidos agora?

— *Principal* motivação? — perguntou Felix.

Aquele era o problema de usar a Linguagem para fazer um juramento: precisava ser sincera.

— Também perguntei se eles tinham alguma informação deste mundo que poderiam compartilhar comigo. Não sei vocês, mas estou me sentindo mal-informada de um jeito que chega a ser perigoso.

— Quer dizer que existe mesmo uma trégua — refletiu Ernst. — Talvez eu passe a procurar trabalho com dragões. Seria até engraçado. Agora seu problema faz mais sentido para mim. Se a sua Biblioteca a pegar violando o tratado que assinaram, vão expulsá-la, executá-la em praça pública ou algo do tipo?

— No mínimo — concordou Irene. Ela sentia que a balança de poder estava se equilibrando. Mesmo que Felix não estivesse lá muito convencido, Ernst parecia disposto a acreditar nela. A Bibliotecária deu um passo à frente. — Então, vamos falar sobre o que *vocês* querem?

— Do sr. Nemo? — perguntou Felix.

Ele estava fingindo que não entendera. Irene o pegou no pulo.

— Não — respondeu ela. — De *mim*. Se quisessem me matar, eu já estaria morta a esta altura. O que significa que estão atrás de alguma coisa. Já não está na hora de sermos sinceros em relação ao que queremos?

Felix hesitou por um segundo antes de assentir com a cabeça.

— Você quem me diz, Irene: quantas esquisitices já viu neste trabalho até agora?

— Você está falando de coisas que me fariam recusar o negócio se não houvesse uma bela isca bem na minha frente?

— Sim — murmurou Felix. — Exatamente. Não costumo trabalhar com outras pessoas. Mas, quando trabalho, sou *eu* quem escolhe a minha equipe. Sem querer ofendê-lo, Ernst.

— Não ofendeu — respondeu Ernst, melancólico. — Deve ser ótimo ter tanta liberdade!

— E não estou convencido de que alguém consiga invadir uma rede de computadores tão fácil assim. — Pelo visto, Felix não confiava em Indigo mais do que confiava em Irene.

— Gostaria de ver uma amostra do que nossa "colega" dragoa é capaz de fazer antes de contar com o apoio dela.

— Além disso, o sr. Nemo não comentou nada sobre criaturas sobrenaturais, nem que os dragões visitavam este mundo — disse Irene. — Um *pequeno* detalhe que seria útil saber. — Por um momento, ela pensou em apontar um dedo de suspeita na direção de Indigo, mas rejeitou a ideia. Era um tipo de acusação da qual poderia ser impossível voltar atrás. E ela não sabia o suficiente a respeito da dragoa para decidir se fazia sentido ou não.

Irene não sabia o suficiente a respeito de nenhum deles.

— Você falou *dragões*, no plural — observou Ernst. — Na van, o dragãozinho alertou que podia sentir a presença deles aqui. Você tem mais alguma prova?

— Vi uma foto do museu de uns dois anos atrás. Havia um dragão ao fundo, em forma humana. Sei que não é atual, mas... — Irene deu de ombros. — Preciso de mais informações. *Nós* precisamos de mais informações.

Felix abriu a boca para responder quando o som estridente de um alarme soou pelos ares — um ruído que já seria insuportável na enorme sala de leitura, mas que era simplesmente doloroso no corredor fechado.

Estrondos e baques vieram da sala adjacente, assim como o som de passos correndo em disparada.

CAPÍTULO 11

De repente, o alarme parou de soar. A arma voltou para a mão de Felix, apontada para a testa de Irene.

— Você nos *traiu* — rosnou ele, mal controlando o tom de voz.

— Antes que você me abordasse, eu nem sabia que estavam aqui! — retrucou Irene. — Se é um alarme de incêndio, também devíamos sair da biblioteca! — Não havia mais nenhum som vindo da sala de leitura.

Houve um estalo e um clique quando um alto-falante foi ligado.

— Atenção, atenção — disse a voz de um homem em alemão, áspera e ecoando conforme a transmissão se repetia em outras salas ali por perto. — Aqui fala a CENSURA. Recebemos a denúncia de que há uma infestação de vampiros em curso. Todos devem sair do prédio imediatamente e se submeter a verificações de identidade e exames de sangue, conforme exigido pelo estatuto da CENSURA. O desconhecimento da lei não é desculpa. Qualquer tentativa de se eximir do teste é ilegal. Por favor, formem uma fila organizada e se preparem para serem revistados. — Uma pausa. — Atenção, atenção...

O cano da pistola de Felix continuava apontado para o meio dos olhos de Irene. Ela engoliu em seco.

— Felix. Controle-se, puxa vida. — *Por que foi que eu disse "puxa"? Combina até demais com "gatilho".* — Nem tive *tempo* de convidar a CENSURA para encenar uma batida. Você e Ernst sabem disso. Estou do seu lado; acabei de jurar. Temos que sair daqui agora.

A mão de Felix sequer tremeu, mas seus olhos pareciam inquietantemente selvagens.

— Eu sabia — cochichou ele, meio que para si mesmo. — Sabia que não podia confiar em você. Bem, desta vez vai ser diferente...

Ernst se movera no mais absoluto silêncio. Desceu a mão com força na nuca de Felix, que caiu como um boneco de pano. A pistola saiu girando pelo chão até que Irene a detivesse com o pé.

— Muito bem — disse ela. — De que lado *você* está?

— Do lado do bom senso — respondeu Ernst calmamente. — Só um tolo luta numa casa em chamas... ou com a polícia do lado de fora. — Ele se abaixou e pegou Felix, colocando-o sobre o ombro. — Temos que encontrar a saída mais rápida daqui sem dar de cara com a polícia. Ou com os agentes da CENSURA.

Irene refletiu sobre a situação. Ela já visitara aquela biblioteca antes, mas fora em outro mundo e bastante tempo antes.

— Não adianta irmos para o andar de cima. Ficaríamos presos enquanto eles vasculhassem o edifício. E não posso levá-los para a Biblioteca a partir daqui; feéricos não podem entrar lá.

— E para o andar de baixo?

— Se eles estão à caça de vampiros, então vão verificar o porão. Não, temos que encontrar uma porta lateral. Ou uma desculpa para nos misturarmos à multidão.

— Fica mais difícil com um fardo nas costas — comentou Ernst, dando tapinhas no inconsciente Felix com uma óbvia sugestão, embora seu tom de voz fosse cuidadosamente neutro.

Irene considerou a declaração dele.

— Você está fazendo um teste sutil para ver se eu o deixaria para trás? — perguntou ela. — Ou só está sendo pragmático? Seja como for, você é quem vai carregá-lo.

— Eu tinha que saber — respondeu Ernst com um encolher de ombros, mas ela não deixou de notar que o feérico não se comprometera com nenhuma das duas explicações.

— Então, como vamos sair daqui *com* ele? Pode ser um problema.

— É um problema, *sim*. E não possuímos outro documento de identidade além do passaporte. — Irene tinha o mau pressentimento de que os passaportes talvez não bastassem. Ela poderia até passar, mas quem sabe se o controle da CENSURA era capaz de detectar feéricos?

A vista de fora, de uma janela empoeirada do segundo andar, não inspirava tranquilidade. A rua estava cheia de uma mistura de policiais e agentes com uniforme da CENSURA. Uma multidão de civis estava sendo organizada em filas que seguiam rumo a postos de inspeção parecidos com uma mescla de aparelhos de raio X de aeroporto e equipamentos de ressonância magnética. Amostras de sangue eram coletadas com eficiência — por meio de uma seringa aplicada no cotovelo. Ninguém se opunha. Todos estavam parados na fila, como se aquilo fosse rotina, e observavam as pessoas à sua volta com um nervosismo contido. No entanto, mais gente continuava saindo da Biblioteca. Ótimo, ainda dava tempo de se misturarem à multidão. Isso se conseguissem resolver o que fazer com Felix.

Todo os agentes da CENSURA usavam câmeras de ombro, como a que tinham visto mais cedo, e walkie-talkies no cinto. *Esta cidade funciona à base do medo*, refletiu Irene, *e a* CENSURA *parece ter a mão no volante...* Ela franziu o cenho.

— Teve alguma ideia? — perguntou Ernst.

— Sim — respondeu Irene devagar. — Temos que encontrar uma saída onde os agentes da CENSURA possam nos interceptar... sem que haja muita gente por perto ouvindo.

Eles estavam entre os últimos a atravessar a saída que Irene havia escolhido — uma das portas laterais do edifício. Os dois guardas da CENSURA postados ali tinham rifles pendurados nas costas e cassetetes curtos (ou qualquer que fosse o termo técnico para um porrete pequeno e pesado) presos ao cinto. Pareciam extremamente perigosos e bem mais agressivos do que um agente de polícia comum.

Irene se posicionou com Ernst atrás de um grupo. Em vez de carregar o ainda inconsciente Felix sobre o ombro, ele agora o apoiava com um braço em volta da cintura. Movia-se com uma lentidão artificial, como se o outro homem realmente fosse pesado demais.

Quando os últimos retardatários passaram pela saída, Ernst deixou Felix cair no chão como se não conseguisse mais sustentar seu peso. Irene ofegou, curvou-se sobre ele e acenou para os guardas.

— Com licença — chamou ela num alemão impecável. — Vocês podem nos ajudar? Meu amigo está passando mal.

Os dois guardas da CENSURA eram treinados demais para cair no que poderia ser uma armadilha. No entanto, deram alguns passos para dentro do prédio, longe do campo de visão dos demais colegas. E era só disso que Irene precisava.

— **Vocês percebem que somos seus colegas, leais e de confiança** — ordenou ela.

O ar ficou subitamente mais leve. Embora não tirassem as armas e começassem a apertar suas mãos, ambos os homens ficaram nitidamente tranquilos.

— Algo a relatar? — perguntou um deles enquanto o outro se inclinava para verificar a pulsação de Felix.

— Sim, e é urgente. Pode me colocar em contato direto com quem está no comando da operação?

— É para já — disse o primeiro homem, tirando um walkie-talkie do cinto. Ele apertou alguns botões, murmurou um código e acrescentou: — Eisen, denúncia a caminho. — E passou o aparelho para Irene.

Ela já fizera aquilo antes, então sabia que era *possível*, só não quantas pessoas teria de convencer. Com a Linguagem, quanto mais gente envolvida, mais difícil ficava...

— **Você percebe que sou uma autoridade de confiança** — falou através do walkie-talkie — **e que estou lhe dizendo que este caso é uma farsa. Uma tentativa de distraí-los da verdadeira infestação de vampiros, na Escola Espanhola de Equitação. Você percebe que precisa entrar em ação e ir para lá... imediatamente.**

Ela sentiu uma dor de cabeça intensa conforme começava a escorrer sangue de seu nariz. Cambaleou, mas manteve-se de pé por pura força de vontade e tentou estancar o sangramento com discrição. Um murmúrio frenético veio do walkie-talkie: ela pressionou o botão que vira o guarda da CENSURA apertar e o aparelho desligou.

— **Câmeras, desativar** — acrescentou, sentindo-se tonta.

Ernst foi para trás dos guardas, caminhando de modo tão casual que eles não o encararam como uma ameaça. Isso apesar de ter mais de um metro e oitenta de altura, com o tipo de constituição e musculatura que o tornavam o arquétipo de um capanga. Antes que os guardas da CENSURA pudessem perguntar o que estava acontecendo, ele os agarrou pelo pescoço e bateu a cabeça de um contra a do outro.

— Quando li sobre essas coisas, imaginei que fosse licença poética — murmurou Irene. Ela estava com uma dor de cabeça *daquelas*. Devia haver uma meia dúzia de pessoas do outro lado da linha. Procurou uma aspirina na bolsa e engoliu dois comprimidos a seco.

— E eu imaginei que uma mulher sensata desativasse as câmaras *antes* de fazer algo criminoso. — Ernst chutou uma porta ao acaso, pegou ambos os guardas pelo tornozelo e os arrastou por ali. Depois fechou a porta com um empurrão.

— Se tentasse fazer isso antes de usar a Linguagem, eles poderiam ter atirado em mim. — O sangramento nasal tinha quase estancado. Irene enfiou os lenços de papel ensanguentados na bolsa: não queria se arriscar a deixar amostras de sangue por aí.

Ernst espiou pela soleira da porta.

— Hum. Eles estão desmontando os postos de inspeção e as filas praticamente sumiram. Acho que a polícia e a CENSURA também estão de saída. Você consegue andar?

— Consigo. — Não muito bem, mas daria um jeito. — É melhor não deixarmos rastro no caminho de volta. E tomara que Indigo *seja* tão boa quanto diz em hackear redes de computador.

* * *

— O que deu errado? — perguntou Kai assim que ela entrou pela porta.

— Também gostaria de saber — disse Irene amargamente. — Espero que não haja nenhuma infestação de vampiros *neste* prédio. Como é que você sabia que tivemos problemas?

— Você trocou de roupa, mudou o penteado, retocou a maquiagem e colocou um par de óculos — salientou Kai.

— Alguém a seguiu?

— Tomara que não. — Irene olhou ao redor da sala. Os computadores tinham sido desembalados e dispostos em cima das mesas numa configuração intrincada. Indigo estava no meio de um ninho de teclados e monitores, trocando sucessivos cartões de memória antes de disparar uma artilharia de digitação. Ela nem se deu ao trabalho de olhar para Irene.

Kai esperou que ela lhe desse mais detalhes com uma paciência óbvia até demais. Poderia muito bem ter gritado: "O herói espera com nobreza e paciência que a heroína sem consideração lhe explique o que está acontecendo". Mas ela é que não ia acionar o instinto de proteção de Kai *contando--lhe* tudo. Aquilo poderia dividir a equipe — logo agora que conseguira colar temporariamente as partes capengas. Ela esfregou a testa. Estava confundindo as metáforas de tanta dor de cabeça. Em vez disso, perguntou:

— Ernst e Felix já voltaram?

Ernst saiu do minúsculo banheiro do escritório, com o corpo pingando e uma toalha em volta da cintura. Ele tinha pintado o cabelo de castanho-médio, num contraste evidente com o emaranhado de pelos loiros que cobria seu peito. Pelo visto, achou que não precisava pintar *aquilo* também.

— Estou bem aqui. Felix foi investigar o museu. Contei ao dragãozinho que nos separamos para não chamar mais atenção depois de nos esquivarmos dos agentes da CENSURA. Sabia que você ficaria bem.

Às vezes, era difícil decidir se ficava mais irritada com colegas que presumiam que ela podia lidar com qualquer coisa ou com aqueles que se preocupavam com a sua segurança. Deixou isso para lá e se sentou.

— Ótimo. — A dor de cabeça diminuíra. De vez em quando, perguntava-se se devia tomar tanta aspirina. Mas o risco de morte súbita sempre era a prioridade. — Kai, a situação com a CENSURA nos deixou com um baita problema. É quase certo que filmaram nós três. Espero que Indigo possa resolver isso.

— Você leva as minhas habilidades em alta conta — disse Indigo sem erguer o olhar.

— Tomara que eu esteja certa. Se a CENSURA conseguir me localizar... *nos* localizar — corrigiu-se Irene apressadamente, para que não pensassem que eliminá-la resolveria o problema —, seremos bastante prejudicados. E já temos problemas logísticos demais.

— Tipo o quê? — Kai passou uma xícara de café para ela.

Ernst recostou-se numa mesa e começou a secar o cabelo com outra toalha.

— Se você já tiver um plano, ótimo.

— Se você danificar um dos meus computadores, péssimo — retrucou Indigo, com uma expressão gélida.

— Ah, até parece que você é uma idiota que não conecta as coisas direito.

— Voltando à logística... — disse Irene rapidamente. — Em primeiro lugar, o quadro é enorme. Tem cerca de cinco metros de altura por sete ou oito de comprimento. Não estou dizendo que seja impossível tirá-lo do museu, mas vamos precisar de um bom plano. Segundo, deve haver câmeras por toda parte, pelo que vi. Terceiro, a CENSURA está à procura de eventos sobrenaturais e seus agentes andam armados. Embora nenhum de nós seja um vampiro, lobisomem ou algo assim, se formos flagrados fazendo alguma coisa...

— Inumanamente magnífica — completou Kai com entusiasmo excessivo.

Irene olhou para ele, desconfiada.

— Certo, isso pode ser um problema. Em quarto lugar, um dragão esteve neste mundo, e naquele museu, nos últimos dois anos. Vi uma foto dele.

Kai pegou um notebook sobressalente, ignorando o olhar furioso de Indigo, e empurrou-o na direção da amiga.

— Consegue encontrar a foto? Talvez eu o reconheça.

Ela digitou um termo de pesquisa e devolveu-lhe o aparelho. Esperava que fazer Kai e Indigo trabalharem juntos pudesse melhorar a atitude de um em relação ao outro.

— Então... Do lado dos inconvenientes, temos um poderoso órgão de segurança pública suprarregional que caça seres sobrenaturais. Temos os próprios seres sobrenaturais, caso se metam no nosso caminho. E a polícia regular. Além disso, temos um quadro imenso que vai precisar de um veículo de dimensões semelhantes para ser transportado. É melhor acrescentar um caminhão à lista de compras.

— Você não acha que o sr. Nemo sabia qual é o tamanho do quadro? — perguntou Ernst, pensativo. — Ele disse que não precisávamos levar a moldura.

— Eu tinha me esquecido disso — afirmou Irene, animando-se um pouco. — Já melhora a situação.

— Mas deve levar horas para retirá-lo da moldura, mesmo para um especialista como Felix — replicou Indigo. — Será um trabalho noturno?
— Se for necessário.
— Ah! — exclamou Kai, franzindo a testa para a tela do notebook. — Eu o conheço, sim.
— Outro parente? — sugeriu Ernst, em um tom sombrio.
— Não, de jeito nenhum. É Hao Chen. Ele é de uma família de classe baixa, sem laços de sangue comigo. Um ramo inferior da família Floresta do Inverno. Acho que não ocupa nenhuma posição na corte.
— Hao Chen? — perguntou Indigo, tirando os olhos dos computadores. — Ele está fazendo algo de *útil*?
— Se tivesse contato com a família em vez de ser procurada por alta traição, você já saberia disso, não é mesmo?

Indigo deu de ombros.

— Você pode ser tão mesquinho quanto quiser, mas a probabilidade de eu voltar para o nosso pai e entregar a cabeça para o machado é bem maior do que a de Hao Chen finalmente ser útil.

Irene se forçou a ficar de boca fechada. *Nosso* pai? Ela já chegara à conclusão de que Indigo fazia parte da família de Kai, mas não que era irmã — ou meia-irmã — dele. Reprimiu as visões de irmãos desconhecidos batendo à sua própria porta num futuro próximo. No momento, precisava acabar com aquele impasse.

— Os dragões ainda estão à sua procura, Indigo?
— Já devem ter se cansado a esta altura — respondeu ela com um encolher de ombros. O cabelo se agitou em longas ondas às suas costas, como uma cachoeira congelada que voltava a fluir.

— Mas será que a procura continua *ativa*?

Indigo arqueou ambas as sobrancelhas, voltando a atenção da tela do computador para Irene. Seu tom de voz gélido rivalizava com o do tio Ao Ji.

— Você tem algum motivo legítimo para perguntar isso ou é o tipo de pessoa que adora chafurdar em escândalos, como um cachorro faz nas próprias fezes?

Tal como Kai, quanto mais zangada ela fica, mais formal se torna sua dicção. Irene deu de ombros.

— Sei que os dragões são capazes de rastrear as pessoas que conhecem pessoalmente de um mundo para o outro. Acho razoável me preocupar com o súbito aparecimento de membros da família atrás de você... ainda mais quando este mundo é voltado para a ordem e não para o caos.

— Ela tem razão — resmungou Ernst. — Eu mesmo não gosto de dormir quando os dragões podem estar prestes a arrancar o telhado da minha casa. Acabo dormindo mal e ficando cheio de olheiras.

Irene estava começando a se perguntar o quanto da personalidade — e sotaque — de Ernst eram genuínos.

— Já pensou em usar rodelas de pepino nas pálpebras? — sugeriu ela. — Ou saquinhos de chá usados?

— Nenhum dos dois ajuda — respondeu Ernst com tristeza. — É difícil ser um homem viril.

— Vou dizer isso só uma vez — vociferou Indigo — e não vou repetir. Tenho um símbolo pessoal que me protege da perseguição e observação dos dragões. Ele — ela apontou para Kai com o queixo — pode confirmar que isso é possível. Agora, fale mais sobre a sua pesquisa, garota.

— Eu me chamo Irene — disse com firmeza, embora estivesse fervilhando de raiva. Já esperava ser afrontada por Indigo mais cedo ou mais tarde. — Ou srta. Winters, se preferir. Também atendo como Bibliotecária. Mas nada de *garota* ou *mulher*. — A Nárnia de C. S. Lewis veio à sua mente. — Posso abrir uma exceção para "Filha de Eva"... talvez.

— Você acha que leio livros de fantasia para crianças? — perguntou Indigo.

— Acho que reconheceu a referência — retrucou Irene. — Estou disposta a presumir que me chamou de *garota* por uma questão de hábito. Mas, agora que já expliquei, espero que respeite a minha vontade.

— Vai deixar a sua concubina falar assim comigo? — perguntou Indigo a Kai.

Os olhos de Kai faiscaram com o brilho vermelho de raiva dos dragões, mas também havia um elemento de puro deleite ali. Será que ele ansiava por um confronto, só para ver Indigo perder?

— A srta. Winters não é minha concubina — respondeu, com toda a educação. — Ela é uma Bibliotecária, ocupa o cargo de Bibliotecária Residente e é a representante única da organização para o tratado. Você não faz nenhum favor a si mesma ao exibir tamanha ignorância e falta de boas maneiras.

— Ora, parece que ela tem você nas mãos — retrucou Indigo. — Posso lidar com isso, mas ela conseguiu se meter em encrenca logo no primeiro dia. Até tolero o favoritismo, mas não a incompetência.

— Não foi isso que aconteceu — disse Irene, sucinta. — Ernst, você estava lá. Fiz alguma coisa para causar encrenca? Ou será que nós três, você, Felix e eu, tivemos azar? Por falar nessa confusão, a Escola Espanhola de Equitação saiu no noticiário?

Indigo interrompeu a troca de olhares de raiva com Kai e checou um dos monitores.

— Foi, descobriram um culto de adoradores de Epona[4] entre os tratadores dos cavalos. Todas as apresentações foram adiadas até segunda ordem.

Aquilo foi uma surpresa e tanto.

— Sério?

— Por que ficou tão espantada assim?

— Porque inventei um incidente lá para distrair os agentes da CENSURA. Se eles descobriram mesmo algo na escola, é uma coincidência muito estranha. E se não estão divulgando o que *eu* fiz, então...

— Então estão vindo atrás de você em segredo — concluiu Ernst.

Irene sentiu um nó nas entranhas e comentou:

— Que maravilha. Este trabalho está ficando cada vez mais divertido.

Ou será que eles tinham outro motivo para apontar o dedo para os adoradores da escola além de encobrir o envolvimento dela? Se a CENSURA estava fazendo uma investigação, talvez tivesse que encontrar um culpado para não demonstrar falhas de sua parte. De qualquer forma, a organização representava um problema para a equipe.

— Acho que é melhor você permanecer na sede a partir de agora — disse Kai com seriedade. — Se sair, vai ter que usar um disfarce. Pelo menos até que Indigo consiga invadir os computadores da polícia.

Indigo assentiu a contragosto.

— Se tiver que pesquisar alguma coisa, pode fazer isso daqui.

---

[4] Deusa celta protetora dos cavalos, burros e mulas. [N. E.]

Ficar lá dentro e não ser caçada por ninguém talvez parecesse ótimo para certas pessoas, mas não para Irene. Ela tinha muita coisa para fazer. No entanto, poderia tirar bom proveito dos computadores.

— É uma boa ideia — concordou ela. — Já que ninguém conhece a *sua* cara ainda, Kai, por que não dá uma olhada no Museu Kunsthistorisches?

— Pensei que não fosse me pedir nunca.

CAPÍTULO 12

Kai desceu os últimos degraus num salto e atravessou o saguão. Era um alívio poder fazer alguma coisa, mesmo que fosse um reconhecimento prévio para a missão. E ficar longe de Indigo já era um prazer por si só.

Ela o tratara como um lacaio, deixando-o furioso. Só não estava certo se aquilo era irritante porque ela não tinha o direito de agir como se ainda fosse sua irmã mais velha e merecesse respeito ou por causa de sua desconfiança acerca das habilidades técnicas dele. De qualquer modo, a história toda o deixou com os ombros cheios de tensão e uma série de poemas com imagens bastante expressivas na cabeça.

Pelo menos agora ele poderia fazer algum progresso sem a desvantagem da "ajuda" dos feéricos.

Kai inspecionou os arredores assim que saiu na rua, ciente das câmeras onipresentes até mesmo naquela área decadente de Viena. Chegou bem a tempo de avistar um grupo de homens se aproximando de Jerome. Eles foram cautelosos; escolheram um local fora de vigilância e logo levaram o feérico para um beco.

Será que Jerome já estava em apuros? Aqueles homens não pareciam agentes da CENSURA nem policiais. Sem hesitar, ele se preparou para a briga. Caminhou em direção ao beco, de cabeça baixa e gola levantada como qualquer transeunte.

Ele já esperava alguém de vigia. Só não esperava que o vigia o examinasse e, em seguida, gritasse pelo beco para os três homens que cercavam Jerome:

— Chefe, é mais um deles.

— Traga-o aqui — respondeu um dos integrantes do grupo.

— Os dois podem ouvir o que tenho a dizer ao mesmo tempo.

Como não foi empurrado pelo homem, Kai entrou no beco voluntariamente, avaliando a ameaça. Os quatro homens usavam roupas que tentavam parecer elegantes, mas tinham sido feitas com um tecido vagabundo e só pareciam surradas. Os dois junto a Jerome tinham a mão no bolso, e será que aquilo era... Ora, quem diria, era o contorno de uma arma. Toucas de aba reta e cachecóis escondiam seus rostos, plausíveis no clima enregelante. O que pôde ver deles era definitivamente identificável por causa dos narizes quebrados e cicatrizes que acompanhavam como uma carreira criminosa de baixo escalão.

Jerome estava encostado de maneira casual na parede com um brilho sonhador nos olhos, como se estivesse analisando as probabilidades na cabeça e gostando do que via.

— Não precisava se envolver nisso — disse a Kai.

O dragão deu de ombros.

— Dei de cara com a situação. O que está acontecendo?

— Estamos fazendo uma proposta para o seu amigo — respondeu o líder. — E para você, já que também está aqui.

— Ele usou o pronome alemão informal *du* para "você" em vez do formal *sie* geralmente usado com desconhecidos.

— Sou todo ouvidos.

Mas já podia adivinhar qual era a "proposta". Seriam extorquidos pela gangue criminosa local em troca de uma boa quantia em dinheiro. Era o que acontecia quando você se instalava no bairro pobre da cidade — como ele costumava salientar a Irene para justificar o custo de uma suíte em um hotel cinco estrelas.

— Nem se dê ao trabalho — disse Jerome. — Eles só querem dinheiro.

— Quanto? — perguntou Kai, só por curiosidade.

— Dois mil por semana.

Kai apertou os lábios num assobio. Era o equivalente a um mês de aluguel do "escritório" deles.

— Expectativas grandes.

— Verdade — disse o bandido mais corpulento —, e seria uma pena se ficássemos desapontados.

Kai e Jerome trocaram olhares. Kai tinha certeza de que podia derrotar aqueles homens. Estavam armados, mas ele era bastante ágil. E Jerome parecia mais do que capaz de se defender sozinho.

Antes que pudessem entrar em ação, o líder perguntou:

— E já que não são daqui, aposto que os "empreendedores" nunca tiveram a CENSURA em seu encalço antes, não é?

Diante da ameaça, Kai sentiu um calafrio de incerteza na nuca.

— Explique-se — pediu.

— Não sei de onde vocês são. Estados Unidos? Hong Kong? Você fala alemão muito bem, mas dá para ouvir o sotaque. É, sei que vocês também têm a CENSURA ou algo do tipo no seu país... todo mundo tem, hoje em dia. Mas não fazem ideia de como eles caem matando em cima da gente por aqui. É melhor começarem a fazer os pagamentos logo e com *regularidade*. Ou a CENSURA vai receber um telefonema anônimo revelando que vocês são vampiros... ou lobisomens. Ou dizendo que estão escondendo livros de magia. Tanto faz.

O homem fez uma pausa e, como nem Kai nem Jerome o interromperam, abriu um sorriso e continuou:

— É... Achei que isso os faria pensar melhor. Pode ser que tenham alguma coisa lá em cima que não queiram que a CENSURA nem a polícia vejam, não? Ou talvez haja um bom motivo para estarem aqui na parte pobre da cidade, fazendo compras em dinheiro em vez de usar cartão de crédito?

Aquilo era um problema dos grandes.

— Gostaria de dar uma palavrinha com meu colega — disse Kai rapidamente.

— Você tem cinco minutos — respondeu o líder. — Não faça nada idiota.

Jerome assistiu aos homens caminharem até a entrada do beco, a postura deles deixando claro como estavam confiantes.

— Era você que estava montando os computadores com Indigo — disse ele em voz baixa. — Vai ser muito ruim se a polícia revirar o lugar de cabeça para baixo? Será que vão encontrar alguma coisa?

— Bem, estamos planejando um *roubo* — observou Kai. — Batida alguma é boa... Quanto mais aparecermos nos arquivos da polícia, mais complicadas as coisas vão ficar. E do jeito que ele disse, parece que a investigação da CENSURA é mais ampla do que a da polícia.

— Portanto, não queremos receber uma visitinha da polícia. E muito menos da CENSURA.

— Não. Seria perigoso demais. — Kai considerou as opções. Aqueles homens eram um inconveniente; alguns de seus parentes teriam acabado com eles sem nem parar para pensar. Ele não era tão implacável, mas ainda assim...

— Precisamos que eles cheguem bem perto de nós antes de entrarmos em ação — disse Jerome, seguindo o mesmo raciocínio.

De repente, uma lâmpada se acendeu na mente de Kai. Era tão simples que parecia bom demais para ser verdade.

— Jerome... e se a gente pagar?

— Você está falando sério? — Jerome parecia pessoalmente insultado com a ideia.

Kai também se sentia assim. Mas havia momentos na vida em que era preciso se rebaixar a certas práticas, tais como negociar com feéricos, beber chá malfeito — e pagar propina a bandidos.

— É uma medida paliativa — respondeu ele com calma.

— Não estaremos mais aqui na próxima vez que eles vierem. Além disso... — Havia um ponto *prático*, no final das contas.

— Há alguém por trás dessa gente. Se eles desaparecerem, outros virão atrás de nós, cientes de que estamos escondendo alguma coisa.

— Pode ser, mas e quanto ao dinheiro?

— Indigo pode cuidar disso.

— Para alguém que não gosta dela, você tem muita confiança em Indigo. Parece até que a considera capaz de hackear *qualquer* coisa.

Kai ficou subitamente cauteloso. Havia certas coisas a respeito de Indigo e suas habilidades que não estava disposto a compartilhar — nem com Irene, muito menos com um feérico.

— Não gosto de Indigo, mas ela é muito boa no que faz.

— Já acabaram de conversar? — perguntou o líder.

— Só um momento! — berrou Jerome antes de se voltar para Kai. — Não estou perguntando se ela *pode* nos ajudar, mas se vai *querer* fazer isso. Indigo tem a mesma arrogância que você.

— Como é que é? — vociferou Kai, extremamente ofendido. — Ela não se parece em *nada* comigo.

— Se é o que você acha — comentou Jerome. Seu sorriso suavizava a insolência da declaração; ou, mais provavelmente, a intensificava. Kai não tinha certeza. Jerome se portava como um aristocrata e não como um jogador. Era difícil decifrá-lo. Mas Kai presumiu que ao menos estava disposto a seguir o plano.

Kai acenou para os bandidos.

— Estamos pensando em pagar... ou em discutir o pagamento.

— Não há nada a discutir — retrucou o líder. — Dois mil por semana. Em dinheiro vivo. Primeiro pagamento daqui a dois dias. Senão, a CENSURA recebe um telefonema anônimo.

— Certo — concordou Kai, reprimindo um suspiro. Sabia que era o que Irene teria feito, mas ter de ceder àqueles criminosos de meia-tigela o deixava furioso. — Como entregamos o dinheiro?

— Vamos dar um número de telefone. Vocês ligam. Nós damos um endereço. E não tentem fazer nada idiota.

— Nem sonharíamos em tentar enganar gênios como vocês — garantiu Jerome com um sorriso sarcástico.

— Certo. Já estou farto de ouvir vocês zombando de nós. Rapazes? — O líder se voltou para os outros bandidos. — Vamos dar uma lição de boas maneiras nestes dois.

Ele enfiou a mão no bolso do sobretudo e a tirou dali envolta num soco-inglês. Os demais abriram um sorriso e se aproximaram dos dois, cada um com seu adereço favorito — mais socos-ingleses e um canivete. O maior deles não tinha nenhuma arma, só as próprias mãos com os enormes punhos cobertos de velhas cicatrizes.

— Nada permanente, rapazes — disse ele. — Apenas um lembrete para a próxima vez.

Acham que seus chefes vão aprovar isso, logo agora que estamos dispostos a pagar? — perguntou Jerome.

— Alguns hematomas nunca fazem mal a ninguém, e vocês precisam aprender a ter mais... respeito — replicou ele, tentando dar um soco no estômago de Jerome.

No entanto, o murro não acertou o alvo. Jerome agarrou seu pulso, direcionando o golpe para a parede do beco. O homem gritou de dor e Jerome fez o segundo bandido escorregar, o qual se precipitara para ajudar o colega, fazendo-o cair esparramado na calçada molhada.

Kai identificou o portador do canivete como o perigo mais imediato. Os dois rodearam um ao outro com cautela. De repente, o bandido brandiu a lâmina num gesto supostamente ameaçador. Foi um deleite para Kai bloquear o movimento e torcer o braço do oponente para trás até que ele largasse a faca, antes de empurrá-lo contra a parede.

Porém, enquanto estava ocupado, o último homem de pé agarrou Jerome pelos ombros, movendo-se com uma rapidez impressionante. O primeiro bandido se virou para dar um soco no feérico, com sangue escorrendo dos dedos esfolados.

— Ei! — Kai correu para ajudar.

Jerome bufou e jogou a cabeça para trás, bem na cara de seu captor, e então se desvencilhou, sem nem ficar ofegante, parecendo pronto para outro ataque.

— Espera! — arfou o líder, tentando parecer no controle. — Está bem. Já podem ir embora. Vocês entenderam o recado. Mas agora vão ser quatro mil.

— Vale a pena — disse Kai de modo presunçoso, vendo-os se afastar cambaleando.

— Vale a pena em troca de quê? Acabar com a minha briga? — perguntou Jerome com um brilho perigoso nos olhos. De repente, Kai se deu conta de que Jerome não concordara com o pagamento e certamente teria preferido lidar sozinho com os bandidos. Teria sido... mais um desafio, mais uma *aposta*.

— Não queria que ele sujasse o seu sobretudo de sangue — respondeu Kai, tentando manter um tom de voz casual.

— Apesar do que dizem por aí, não sai nem com água fria.

— É justo. — Um pouco da tensão diminuiu entre os dois.

— Bom trabalho.

— Você também.

— Sua irmã é tão boa quanto você, já que receberam o mesmo treinamento?

Kai reprimiu a expressão "Faça-me o favor" — bastante perigosa, pois o feérico poderia levá-la ao pé da letra e exigir algo em troca. Em vez disso, ele respondeu:

— Prefiro que não a chame desse jeito. Provavelmente sim, mas nunca duelamos.

— Seria interessante — refletiu Jerome.

— Guarde essa ideia para depois que terminarmos o trabalho. — Kai encarou o céu nublado sem prestar muita atenção. — Sermos extorquidos pela gangue local não é nenhuma surpresa. Mas o fato de terem usado a CENSURA como ameaça significa que o medo do sobrenatural está muito mais enraizado neste mundo do que imaginávamos. Onde estão esses seres sobrenaturais, afinal? Será que vão nos ajudar ou atrapalhar?

Eles começaram a caminhar em direção ao metrô, o meio mais rápido de chegarem ao museu — que era o alvo original. Embora o transporte público de repente parecesse um tanto público demais.

— Como é que eu vou saber? — respondeu Jerome. — Mas, se a CENSURA despertou tanta desconfiança de seres com "poderes", é melhor termos cuidado. A última coisa de que precisamos é despertar uma turba de linchadores armados com estacas, ou seja lá o que eles façam aqui.

— Manter a gangue feliz para que ela não coloque a CENSURA atrás de nós já vai ajudar um bocado — observou Kai.

— Parece que nos esquivamos de uma bala certeira. Agora só temos de lhes pagar.

— Por outro lado, isso me faz pensar. — Kai apontou para a rua e a cidade mais além. — Se *nós* já tivemos problemas, como é para as pessoas daqui viver num ambiente de medo constante?

Os olhos de Jerome ficaram sombrios e seu sorriso de divertimento sumiu dos lábios.

— Há outras maneiras de se controlar um país, ou um mundo, do que por meio de uma ditadura. Creio que a CENSURA encontrou uma delas.

CAPÍTULO 13

Irene tirou os olhos do monitor. As duas estavam a sós.
— Será que Hao Chen ainda está aqui? Fale mais dele.
— É um inútil. — Indigo estava inserindo mais uma leva de cartões de memória, fazendo testes no conteúdo de cada um antes de descartá-los. Cada cartão tinha o próprio nicho devidamente etiquetado num estojo forrado com espuma. Indigo adoraria, como ela mesma dissera, jogá-los do outro lado da sala, mas colocou cada um de volta no lugar antes de passar para o próximo. — Não vou desperdiçar meu tempo com ele.

— Inútil de um jeito incompetente, libidinoso ou frívolo? — perguntou Irene, com um sorriso irônico.

— Frívolo. Ele não tem cérebro. Não, não é bem isso. Tem cérebro, sim, mas prefere não usar. Gasta o tempo todo com jogos de azar, apostas e teatro... e também levou a própria irmã a maus hábitos.

— Irmã?

— Shu Fang. Os dois têm os mesmos pais. Eles firmaram um contrato para a vida inteira, acredita? É uma família de classe baixa, por isso podem fazer esse tipo de coisa.

Irene sabia que os dragões da família real assinavam o que Kai chamava de "contratos de acasalamento". Parecia que não se comprometiam com casamentos duradouros ou permanentes. Pelo visto, os dragões menos poderosos tinham mais liberdade.

— Se Hao Chen continua neste mundo, podemos presumir que a irmã dele também está aqui?

— Você devia ter perguntado isso a Kai antes de mandá-lo embora — retrucou Indigo, de um modo que a Bibliotecária considerou injusto. — Por que está me importunando em busca de informações?

— Porque pensei que você pudesse saber algo de útil — respondeu Irene com cautela. Não pretendia fazer inimigos.

— Parece que você deixou a arrogância de lado...

— E parece que você parou de me chamar de "garota".

— Eu precisava conhecer seus limites — disse Indigo, e inseriu outro cartão de memória. — É fácil lidar com os feéricos depois de sacar qual é o delírio particular de cada um, mas os humanos são menos lógicos. Você, por exemplo, se associou a Kai.

— Você sabe que estou curiosa a respeito da sua relação com ele — comentou Irene, de maneira incisiva.

— E você sabe que não vou lhe falar da minha vida particular.

Irene ficou desapontada, mas estava acostumada a desvendar segredos. Era nítido que Indigo tinha alguns guardados — e, mais uma vez, saber tão pouco sobre os companheiros de equipe parecia arriscado demais para que se sentisse confortável.

— Então, por que você se rebelou contra os próprios pais? — sondou Irene. — O reinado dos dragões é tão ruim assim?

— Não se você perguntar a alguém que aceita tudo que o pai lhe diz — rebateu Indigo. — Mas se, ao contrário de

Kai, você parar para pensar em política, no direito de nossos reis governarem, nas lacunas em nossa história... e aí?

— Não sei, Indigo, é você quem sabe. Há algo a esconder?

— Claro que há — respondeu Indigo com um desdém casual. — E as pessoas matariam para guardar tais segredos. Nossa pretensa história é uma ficção compartilhada, acordada para manter os poderosos exatamente onde estão. A verdade genuína não existe, apenas a verdade aceita por todos. Os vencedores escrevem os livros de história em todas as culturas, pois isso lhes dá uma vantagem. Os pais só contam aos filhos as histórias que os retratam como heróis. Egoísmo esclarecido é o máximo que se pode esperar.

— E pensei que *eu* fosse cínica.

Indigo se recostou na cadeira.

— Que tal *você* contar alguma coisa para *mim*? Este programa vai levar alguns minutos para rodar, então você bem que poderia...

Irene deu de ombros. Se lhe contasse algo, talvez Indigo se sentiria inclinada a partilhar mais informações em troca.

— Vamos começar com a CENSURA. A organização foi fundada depois da segunda "guerra mundial", que também ocorreu na década de 1940 aqui e possuía a mesma divisão entre Eixo e Aliados que existe em tantos mundos alternativos. Porém, depois da guerra, as pessoas descobriram uma enorme interferência sobrenatural. Seitas secretas de vampiros, matilhas de lobisomens vagando pelas ruas, organizações ocultas de magos agindo nos bastidores.

— Curioso — comentou Indigo. — Se eram tão secretos assim, como foram descobertos?

— Parece que uma nova tecnologia de vigilância foi inventada durante a guerra — explicou Irene. — Os arquivos da CENSURA devem ter mais detalhes. Já conseguiu acessá-los?

— Ainda não — resmungou Indigo, com uma irritação evidente na voz.

Será que sentia que a rede de computadores local não era tão fácil de invadir quanto ela se gabara que seria? Era melhor nem perguntar.

— Enfim, após esse período, houve um fluxo constante de incidentes sobrenaturais. Uma tentativa de vampiros de assumir o controle do Partido Conservador na Grã-Bretanha, uma invasão de lobisomens em Las Ramblas, em Barcelona, uma espécie de seita de feiticeiros de sangue na Bélgica...

— Sempre acontecem coisas estranhas na Bélgica — interrompeu Indigo.

— Por que será? — perguntou Irene, distraída.

— Não sei. Continue com a idiotice sobrenatural.

— Além disso, há uma verdadeira ebulição de problemas menores; o suficiente para manter a CENSURA ocupada e a população paranoica. Só não consegui encontrar nenhuma menção a respeito do que acontece com os sobrenaturais *depois* de serem detidos.

— Se eu estivesse no comando da CENSURA, usaria os presos sobrenaturais para testar novas iniciativas estratégicas ou os reuniria num exército particular — revelou Indigo. — Seja como for, não veria com bons olhos o interesse público pelas minhas atividades. Quando estava pesquisando a CENSURA na biblioteca, você acha que disparou algum alarme para provocar a batida?

— Creio que não — respondeu Irene. — Minha investigação não sugere que alguém possa ser pego por uma pesquisa on-line. Mesmo assim, é melhor termos cuidado. Tomara que você seja boa mesmo caso eles sejam *de fato* capazes de tal nível de supervisão.

Algo piscou num dos monitores de Indigo, que deu uma olhada rápida.

— A história toda é muito confusa. Se há tantas facções sobrenaturais, por que ainda não tomaram o controle? E se a CENSURA é tão vigilante assim, por que não as eliminou?

— Só se passaram uns sessenta anos de sua ascensão — refletiu Irene. — E, pelo visto, é um problema específico da Europa. Os Estados Unidos são uma teocracia com fronteiras rigorosamente controladas. A China, a Rússia, o Oriente Médio... a maioria dos países tem a própria organização equivalente à CENSURA, que parecem ser ainda mais eficazes do que aqui.

— E quanto ao Reino Unido?

— Tem ligações intrínsecas com a Europa, tanto que o nome e a sigla originais da CENSURA são em inglês. Até tentaram sair da União Europeia no ano passado, mas parece que isso foi motivado por uma interferência demoníaca. Um monte de políticos foi posteriormente julgado por traição e decapitado na Torre de Londres.

Indigo ergueu o olhar, parecendo ter tomado uma decisão.

— Irene, cá entre nós, hackear estes computadores talvez seja mais difícil do que eu imaginava.

O alarme mental de Irene disparou. As duas estavam longe de ter intimidade para uma confidência dessas, e ela pressentiu uma tentativa de manipulação.

— Há muita segurança, e agora a CENSURA, para levar em consideração. E se não conseguirmos terminar o trabalho a tempo, com *isto aqui* limitando meus poderes? — perguntou Indigo, levantando a mão direita. A algema prateada reluziu no pulso.

— Não posso ajudá-la com isso? — ofereceu Irene para ver o que ela diria.

Indigo deu uma fungada.

— Você acha mesmo que é capaz de fazer alguma coisa com seus truques de Bibliotecária que eu não conseguiria fazer sozinha? Ora, não seja ridícula.

Será que ela estava usando psicologia reversa para fazer com que Irene retirasse a algema? Ou era só um teste para confirmar seu comprometimento com a equipe?

— Você quem sabe. — Foi tudo o que respondeu.

E será que o lampejo momentâneo nos olhos de Indigo era de divertimento ou de decepção com a jogada fracassada?

— Então, o que o sr. Nemo ofereceu a você? — perguntou Indigo de modo casual.

— Um livro para a Biblioteca — respondeu Irene, igualmente evasiva.

— É bom saber que podemos contar com você para qualquer coisa, incluindo assassinato, com uma isca dessas... — comemorou Indigo, voltando-se para o computador.

Irene ainda estava se perguntando sobre as motivações da dragoa quando seu celular vibrou. Era uma mensagem de Kai.

Temos um problema. O museu vai fechar para reformas daqui a dois dias.

A noite havia caído. O escritório outrora vazio estava cada vez mais cheio de guias, mapas, blocos de anotação e pedaços de papel amassados. Se a CENSURA conseguisse encontrá-los ali, seria preciso botar fogo no local ou alugar um triturador industrial para esconder seus planos. Do lado de fora, os caminhões passavam roncando e chacoalhando, seguindo a rota noturna pela área fabril de Viena.

Ernst alongou os ombros, pensativo.

— Acho que precisamos de mais pizza.

— E eu acho que você deveria estar pensando *nisto* aqui — disparou Felix, marcando alguns locais num mapa do segundo andar do museu.

— Pelo menos, pedir comida combina bem com nosso disfarce de start-up de tecnologia — comentou Irene, inclinando-se para estudar as saídas. — Trabalhar até tarde da noite, vivendo de pizza, café e comida para viagem...

Kai já voltara e saíra de novo para fazer compras para Indigo. Agora estava instalando algumas peças de computador sob as instruções dela. Para surpresa de Irene, parecia se divertir. Às vezes, ela se esquecia de que ele passara um bom tempo num mundo com tecnologia de ponta.

— O trabalho noturno é imprescindível — falou ele com determinação —, já que só temos dois dias.

— Dois dias a partir de amanhã ou começando hoje, assim que fecharem o museu para os turistas? — questionou Tina, fazendo rabiscos ilegíveis no mapa das ruas de Viena. Ela arranjara uns carrinhos em miniatura, que por vezes desciam pela mesa principal e caíam na sessão de planejamento. Era uma mulher evidentemente imersa em seu arquétipo.

— A primeira opção, infelizmente — respondeu Jerome. — Ainda acho que é melhor fazermos o roubo depois do fechamento para a reforma. Se houver pessoal de construção e seguranças por toda a parte, nosso disfarce será perfeito.

— Verdade — concordou Felix —, só que não sabemos muito bem como é que vai funcionar. Se agirmos agora, encontraremos a ronda usual de seguranças e vigias, em um número já conhecido.

— Mas, se formos depois, poderemos causar o dano que quisermos — sugeriu Ernst. — Até provocar um incêndio ou uma explosão e botar a culpar em terroristas ou magos malignos. Haverá tanta destruição que ninguém vai encontrar qualquer prova de que roubamos o quadro. Um trabalho limpo e caprichado para nós. E bem confuso para eles.

— *Não* vamos causar um incêndio no Museu Kunsthistorisches — afirmou Irene categoricamente. Só de pensar em destruir tantas obras criativas já ficava abalada. Mesmo que não fossem livros. — Nem uma explosão. Perda total não é uma opção com a ameaça da CENSURA pairando sobre nós. — Certos Bibliotecários teriam considerado tal custo, vidas ou obras de arte, um preço razoável a pagar. Mas, enquanto ainda houvesse outras opções, ela usaria qualquer desculpa para fazer com que os demais desistissem da ideia.

— Não consigo acreditar que ninguém postou a informação sobre a reforma no site do museu — murmurou Indigo. — É uma incompetência absurda.

— É estranho mesmo. — Irene escrevinhava numa folha de papel, tentando descobrir qual lado do prédio era mais suscetível a uma invasão. Para o azar deles, ao redor do museu havia amplos espaços abertos: avenidas em três lados e um parque virado para o Museu de História Natural no quarto. As avenidas seriam convenientes para uma fuga rápida, mas eram bem-iluminadas e cheias de câmeras. Deixar um veículo estacionado ali por metade da noite não era uma opção.

— O museu vai fechar por causa de um problema no piso — interveio Kai. — Não era isso que estava escrito no aviso?

— Ainda assim, o momento é muito suspeito — continuou Irene. — Acabamos de chegar aqui, e no mesmo dia anunciam que o museu será fechado para reformas. Será que estou paranoica?

— Não existe paranoia quando se trata de um trabalho — afirmou Ernst. — Mas, no momento, não temos provas disso. Vamos voltar ao planejamento. Será que a tecnologia vai poder nos ajudar?

— Temos um *probleminha* — admitiu Indigo, relutante.

— Ah, se é um probleminha, então você consegue explicá-lo sem a menor dificuldade.

O olhar que Indigo lhe lançou era tão cortante que poderia ser usado para polir diamantes.

— Consigo explicar as consequências, mas, a menos que queira voltar para a escola, sem falar na universidade, não posso explicar *por que* é um problema. Bem, não para você.

Ernst se divertiu com a resposta, mas Felix parecia irritado. Irene perguntou rapidamente:

— Qual é o problema?

— A rede de computadores da CENSURA tem uma segurança excepcionalmente rígida. — Indigo afastou o longo cabelo do rosto, irritada. — A maneira mais fácil de contorná-la é inserindo um dispositivo de interrupção no sistema. O problema é que teríamos que invadir sua sede para fazê-lo.

Kai franziu a testa.

— Você está falando do sistema de rede central que fica no Centro Internacional de Viena?

— Exatamente, no prédio da Cidade da ONU. A nordeste do Prater, o parque de diversões, na extensão de terra entre o rio Danúbio e seu canal. — Ela apontou para um dos mapas. — Se você já achou alta a segurança em volta do museu, nem imagina como será em torno do quartel-general da CENSURA.

— O que um homem é capaz de inventar, outro é capaz de invadir e roubar — encorajou Irene, pensativa. — Podemos contratar bandidos locais para arranjar uma distração. Seria bom termos uma ajudinha extra.

— Você não tinha uma equipe, Felix? — perguntou Tina. Ela mandou um carro zunindo pela mesa, e o brinquedo deu um salto de uma tampa de caixa de pizza inclinada.

— Não tenho mais — respondeu ele, num tom que acabava com qualquer possibilidade de alguém voltar a fazer aquela pergunta.

Irene achou melhor mudar de tática.

— Indigo, você precisa colocar o dispositivo de interrupção num lugar específico ou há mais opções?

— Há várias opções, mas nenhuma delas é muito boa.

— O que gostaria de saber é: algum deles fica sob o rio?

— O que isso tem a ver com o assunto? — Indigo seguiu o olhar de Irene em direção a Kai. — Ah — exclamou ela antes de repetir com mais interesse: — *Ah*. Ora, vejam só. Não sabia que você tinha esse grau de controle.

Kai se recostou na cadeira. Sua expressão não poderia ser classificada, nem pela mais bondosa das pessoas, como nada menos que extremamente presunçosa.

— Como é que você iria *saber*, não é mesmo?

Felix suspirou.

— Quer dizer que temos uma opção que não envolve roupas de mergulho?

— É bem possível — respondeu Indigo. — Mas, nesse caso, se Hao Chen estiver na cidade, podemos ter um problema.

O sorriso de Kai desapareceu de seus lábios.

— Verdade. O elemento dele também é a água. Embora não seja forte igual a mim, ele pode sentir alguma coisa se eu usar minha força.

Jerome franziu a testa.

— Espere aí, você disse "Hao Chen"?
— Reconhece esse nome? — perguntou Indigo.
— Vi escrito hoje à tarde.
— Entre em detalhes, por favor — pediu Irene, tentando reprimir um gemido de frustração.
— Eu estava andando pelos cassinos locais para ver como é o submundo daqui. Um deles, um entre os mais clandestinos, estava promovendo um evento amanhã à noite. Dei um jeito para ver a lista de convidados. Um dos nomes ali era Hao Chen.

O silêncio tomou conta da sala por um instante conforme todos consideravam a informação.

— Você comentou que ele era dado a jogos de azar — disse Irene a Indigo por fim. — Acha que é ele mesmo?

— Bem, há um jeito fácil de descobrir. Qual é o nome do lugar? Ainda não consegui hackear a CENSURA, mas posso lidar com um cassino local vagabundo.

— Um cassino local de *luxo* — disse Jerome, contradizendo-a. — E com operação clandestina. Aposto que a segurança é boa.

— Que seja — desdenhou Indigo. — Qual é o nome?

— Cassino Nonpareil. Fundado por um jogador francês por volta de 1750. — Jerome deu de ombros diante do olhar dos demais. — Olha, é da minha alçada saber dessas coisas. Ela sabe tudo a respeito de bibliotecas. — Ele acenou com a cabeça em direção a Irene. — E eu de cassinos.

— Só um momento. — Indigo se voltou para os monitores como uma cobra serpenteando para sua presa.

— Pense no pior que pode acontecer. — Irene se dirigiu a Kai. — Se Hao Chen estiver na área e perceber que você está interferindo com o rio Danúbio, o que seria necessário para distraí-lo?

— Drogas? — sugeriu Kai. — Uma pancada na cabeça? Quem sabe alguma emoção intensa?

O sorriso que surgiu no rosto de Jerome era uma beleza.

— Creio que posso arranjar... emoções fortes para ele.

— Nesse caso — disse Irene —, é melhor organizarmos a divisão do trabalho... e chegarmos a um acordo quanto ao cronograma. — Ela olhou ao redor da sala. Até mesmo Felix estava prestando atenção. Mas tinha que tomar cuidado. Não podia se dar ao luxo de perder a confiança deles outra vez. — Agora, se eu puder fazer algumas sugestões...

CAPÍTULO 14

— Acho que estou sofrendo da síndrome de Stendhal — murmurou Irene, examinando os quadros de olhos arregalados. A síndrome não era reconhecida pela medicina ortodoxa, mas descrevia perfeitamente seu atual êxtase diante da arte. — Este lugar é simplesmente...

— É mesmo, não é? — concordou Kai com aprovação. — O mármore com veios pretos que utilizaram nas colunas é perfeito. E o saguão central com a cúpula e as escadas de mármore... Que belíssimo uso da luz!

— Não sabia que você entendia tanto assim de arquitetura.

— Li isso no guia — admitiu Kai.

Os dois estavam dando uma volta pelo Museu Kunsthistorisches, no papel de um casal de turistas apaixonados. Irene havia mudado a aparência novamente e até agora não disparara nenhum alarme.

Ao tirar uma foto, podia-se incluir vários detalhes interessantes. Portas, por exemplo, para terem uma referência de altura. Alarmes discretos ao fundo, espalhados por todo o prédio. Até *A balsa da Medusa* em si.

Irene era obrigada a admitir que se tratava de um quadro impressionante. A representação dos sobreviventes — e dos cadáveres — na balsa era dolorosamente convincente, com os destroços da fragata *Méduse* mais ao fundo. A musculatura nos corpos, tanto vivos quanto moribundos, parecia tão real que dava até vontade de tocar. As ondas se erguiam nos lados da balsa e subiam pelas frestas entre as tábuas. Enquanto a vela improvisada se balançava contra o vento, o oceano se elevava logo atrás conforme nuvens de tempestade se acumulavam no céu. Dois homens desesperados acenavam com trapos de roupa em direção a um navio — um ponto quase invisível no horizonte. Os demais, tanto homens quanto mulheres, abaixavam a cabeça em desespero ou se ajoelhavam impotentes ao lado dos corpos dos mortos.

Além disso, era *enorme*. Uma coisa era ler as medidas no papel, outra bem diferente era ver o quadro que se estendia praticamente do chão ao teto. Não seria nada fácil. A Linguagem era imprevisível demais para se arriscar a usá-la a fim de tirar o quadro da moldura sem danificá-lo, a menos que se soubesse muito bem o que estava fazendo. E mesmo que Irene conseguisse tirá-lo dali e eles o enrolassem, o quadro não passaria por nenhuma janela — nem as do térreo nem as do primeiro andar — sem que a desmantelasse por completo.

Também não havia uma coleção significativa de livros no museu. Irene não poderia levar o quadro para a própria Biblioteca e dali para outro mundo — mesmo que os feéricos na equipe confiassem nela o bastante para deixar que saísse dali com ele.

— ... não que haja uma grande coleção francesa aqui, de qualquer maneira — disse Kai, interrompendo-lhe os pensamentos. Os dois passaram de uma sala para a outra; eram todos cômodos de tamanhos diferentes, interligados sem nenhum corredor. — É uma exposição espantosa.

— Esse é o resultado de uma coleção de vários séculos dos Habsburgo — observou Irene. — Aposto que seus tios fazem a mesma coisa. Como era mesmo aquela frase do guia a respeito de Rodolfo II? "Tudo que o imperador conhece, ele precisa adquirir"?

— Parece até a Biblioteca — comentou Kai, com uma cara séria.

Irene não se conteve e abriu um sorriso.

— Vamos falar de estratégia antes de visitarmos o Prater.

Viena tinha cafeterias maravilhosas. Infelizmente, todas possuíam câmeras de segurança, mas não seria normal que dois turistas parassem para tomar um café depois de uma manhã no Museu Kunsthistorisches?

Irene limpou o bigode de chantilly e cortou uma fatia de torta sacher.

— Estávamos precisando de um momento para conversar longe dos outros — disse, com a voz perdida no burburinho de outras conversas.

— Não vou dizer que gosto deste trabalho, mas não preciso gostar — replicou Kai, com uma expressão cautelosa.

— E se eu pedir desculpas por metê-lo nisso, você vai me lembrar que foi você quem decidiu vir. Não estou certa?

Kai franziu os lábios de leve.

— Está, sim. E tenho meus motivos para ter vindo.

— É mesmo? — Irene roubou um pedaço do strudel de maçã dele. — E quais são?

— Ah, estreitar laços com os feéricos, já que temos uma trégua com eles agora. Angariar favores. Esse tipo de coisa. E se você comer o meu strudel de maçã, madame, vou devorar a sua torta sacher.

— É melhor não dizer isso na frente de nossos novos colegas de trabalho — disse Irene com afetação. — Podem ter uma impressão completamente errada. — Enquanto ele engasgava com o café, ela continuou: — O que acha dos nossos parceiros?

Kai franziu a testa.

— Tina é a única pessoa na equipe que não podemos perder, pois só ela é capaz de encontrar o caminho para o esconderijo do sr. Nemo. Ou ele realmente confia em Tina, ou tem alguma coisa que possa usar contra ela.

— E quanto a Ernst?

— Acho que ele não é tão simplório como finge ser.

Irene assentiu.

— Concordo. Ao menos uma parte da encenação de troglodita não passa de fingimento. E Felix?

— Ele deve ser o membro mais bem-preparado de toda a equipe para o trabalho que vamos realizar — disse Kai devagar. — É um ladrão até os ossos. Ao mesmo tempo, tenho a impressão de que é o menos interessado em trabalhar conosco. E acho que não gosta nem um pouco de você.

— Parece que um Bibliotecário já o enganou antes, e ele guarda rancor — disse Irene. — Quem sabe não seja justificado? Também acho que Felix esperava estar no comando.

— Tina bem que perguntou sobre a equipe dele. Gostaria de saber a história por trás disso.

— Eu também gostaria... — Irene rabiscou com o garfo nos restos da torta sacher. — Então, por que será que Felix aceitou este trabalho e por que foi contratado? Ele é um feérico especialista em roubos que falhou em pelo menos um trabalho no passado e não está mais trabalhando com sua equipe habitual, mas em troca de uma comissão, em vez de roubar para seu próprio prazer. Há alguma coisa errada... Só gostaria de saber *o quê*.

— Ele deve estar atrás de alguma coisa — disse Kai, de forma precisa, mas sem ajudar muito.

— E o que me diz de Indigo?

— Ela é uma encrenqueira — disse Kai, perdendo o bom humor. Seu tom de voz desencorajava mais perguntas.

— No âmbito moral ou político?

Irene não queria se intrometer, mas a situação era perigosa demais para permanecer no escuro. Além disso, apesar de seu lado mais empático — que existia sobretudo por causa das lições de moral da escola —, ela estava curiosa.

— Ambos.

— Por quê? Ela come filhotes de foca ou algo do tipo?

— Não faz sentido se ofender porque alguém come filhotes de foca quando há mundos em que existem tantas focas que isso faz parte do controle populacional.

— Sei que não quer falar sobre isso, mas vou continuar perguntando. — Se a reputação da Biblioteca ou a segurança de um mundo dependesse do que Indigo fizera ou poderia fazer, Irene teria que deixar a sensibilidade para depois.

Houve uma pausa entre os dois enquanto conversas continuavam à volta deles. Porém, eram todas sussurradas. Até as falas mais inocentes eram ditas com a consciência de que alguém poderia estar ouvindo, que uma câmera poderia estar gravando e que uma acusação poderia ser feita a qualquer momento.

Por fim, Kai pediu:

— Se eu lhe contar, você tem que me prometer que não vai dizer nada aos outros. Pode até contar à Biblioteca, se for necessário, mas não aos feéricos.

— Prometo.

— Indigo se rebelou publicamente contra meu pai e a mãe dela. — O desgosto de Kai era palpável nas palavras. — Ela incitou a população a se opor ao reinado de meu pai, Irene. Tentou persuadir outros dragões a se juntar a ela. Alegou que nossos monarcas haviam encoberto questões que minavam sobretudo seu direito de governar. Que os dois eram ditadores e que ela não tinha a menor intenção de ser sua escrava pelo resto da vida. Como não obteve apoio, fugiu. E fez coisa pior... mas é tão ruim que nem eu sei o que ocorreu, e olha que sou o filho do rei. Seja lá o que ela tenha feito, foi colocado sob sigilo do mais alto nível. Não há mais nada que eu possa lhe contar, Irene, mas você tem que acreditar em mim. Não confie nela. Indigo pode ser minha irmã, mas prefiro acreditar mais num *feérico* do que nela.

Irene teve um sentimento surpreendente de pena por Indigo. Aprisionada, obrigada a trabalhar para o sr. Nemo... e completamente renegada pela família. Ela sabia que a cultura dos dragões era diferente — para eles, a honra, a legalidade e a lealdade faziam parte do amor familiar —, mas ainda deveria ser doloroso ser cortada de tudo que conhecia. Irene não conseguia nem contar todas as vezes que ela e os pais discordaram de alguma coisa a ponto de mal conterem a raiva, mas jamais duvidara do amor deles.

Mesmo assim, assentiu lentamente.

— Obrigada. Agradeço o aviso. Na verdade, partindo da premissa de "não confiar em ninguém", gostaria de compartilhar com você uma ideia sobre o que fazer se as coisas derem muito errado...

Lá fora, as nuvens se acumulavam no céu. Dentro do café, a ubíqua câmera de vigilância continuava a observar os cidadãos de Viena.

* * *

O Cassino Nonpareil estava situado num edifício amplo e gracioso da mesma época que o Museu Kunsthistorisches. Era o tipo de lugar que exigia conhecimento para ser encontrado — e dinheiro para obter permissão de entrar.

Lá dentro, as salas eram separadas por jogo. Havia uma Sala de Roleta, uma Sala de Pôquer e outras que Irene não tivera oportunidade de investigar. No momento, eles estavam na Sala de Bacará, que devia ter sido um salão de festas em outros tempos. Ainda havia lustres de cristal no teto, que agora encimavam uma dúzia de mesas de cartas. Outros sinais de modernização estavam dispostos discretamente: um alarme de incêndio, extintores, mais câmeras de segurança... Uma placa perto da porta da sala dizia: *No caso de uma batida da* CENSURA, *todos os jogos serão considerados nulos e as apostas devolvidas aos proprietários originais*. A frase estava escrita em vários idiomas, presumivelmente para que nenhum jogador presente pudesse alegar ignorância.

— Só o fato de se darem ao trabalho de colocar aquele aviso já sugere uma frequência infeliz de batidas da CENSURA — disse Irene baixinho. Ela mudara a aparência outra vez: cabelo pintado de castanho-avermelhado, penteado diferente, maquiagem adequada à acompanhante de um jogador rico e um vestidinho preto tão *minúsculo* que mal cobria a marca da Biblioteca em suas costas. Estava pronta para enviar uma mensagem a Kai dizendo para seguirem em frente assim que Hao Chen aparecesse ali e estivesse devidamente distraído.

Jerome seguiu o olhar dela.

— Bem, há um aviso desses em todos os cassinos sérios da cidade — comentou. — Pode pegar outro uísque sour para mim, *querida*?

Claro, *amor* — respondeu Irene com um sorriso antes de se dirigir ao bar.

Jerome era seu parceiro ali. Kai, Ernst e Tina tinham sido designados para o trabalho no rio, de onde iam inserir o dispositivo que Indigo lhes dera. Enquanto isso, Felix estava em movimento, atento a sinais de alerta da CENSURA. Por sua vez, Indigo permanecera na base, pronta para ativar remotamente o dispositivo de interrupção.

Os nervos de Irene ficaram a mil enquanto ela esperava para pegar a bebida de Jerome, lançando um olhar casual pela sala. Nada disso valeria a pena se Hao Chen não aparecesse. Já passava da meia-noite. Se ele não chegasse até as quatro da manhã, teriam de seguir com o plano de qualquer maneira — contando com a sorte de que nem ele nem outro dragão por perto reparassem que Kai mexia com o rio. Jerome estava se divertindo, jogando partidas intermináveis de bacará. Mas Irene...

Irene estava bastante preocupada. Se o sr. Nemo estivesse enganado e aquele mundo tivesse sido reivindicado como *território* de um dragão em particular — como aquele tal de Hao Chen —, ela ficaria numa posição delicada. Não podia correr o risco de ser pega roubando de um dragão — e, se aquele mundo fosse dele, qualquer coisa ali também era. Nesse caso, violaria uma das principais cláusulas do tratado. A princípio, a cláusula que proibia o "roubo de signatários" se referia a livros, mas qualquer dragão ou feérico a aplicaria a todos os seus bens. E se não pudesse roubar o quadro, ela não receberia o livro. O mundo que conhecia e tanto amava seria tomado pelo caos.

Se ao menos pudesse voltar à Biblioteca para verificar... Mas quase perdera a própria vida, assim como a confiança da equipe, da última vez.

Ela voltou e colocou a bebida na mão de Jerome com uma risadinha afetada. Os dois haviam discutido o papel que ela deveria representar. Jerome descartou o de jogadora profissional no momento que a viu manusear o baralho. Irene rejeitou o de guarda-costas alegando que preferia ser subestimada. Sendo assim, só sobrou "acompanhante" — o que lhe dava uma desculpa para sussurrar no ouvido dele.

— Tem mais gente chegando — murmurou ela. — Será que os jogadores profissionais finalmente decidiram aparecer?

Jerome acenou com a cabeça.

— É como uma festa. Os maiorais nunca chegam cedo.

As pessoas que entravam na Sala de Bacará não pareciam necessariamente elegantes ou ricas, embora estivessem todas vestidas a rigor. A ocasional joia de ouro puro ou um Rolex sugeria dinheiro, mas isso não lhe dizia se o jogador era habilidoso ou apenas abastado.

Ela vasculhou a sala à procura de qualquer vestígio de um dragão em forma humana — ou dos lacaios de um dragão. Uma pergunta voltou à sua cabeça.

— A propósito, o que Tina quis dizer quando comentou que Felix tinha pessoas com quem costumava trabalhar?

Jerome deu de ombros.

— Não é nenhum segredo. Ele é o tipo de ladrão que tem... parceiros.

Irene conseguia pensar em várias narrativas de ficção que se aplicavam àquele arquétipo.

— Ele era o chefão de inúmeros ladrões dedicados? Ou o líder reconhecido de um grupo de colegas com expertise em diversas áreas?

— Ah, você sabe como é. A segunda opção. Quando não estavam brigando, eles estavam planejando algum roubo.

Irene agitou o copo de refrigerante. Sob tais circunstâncias, não tocaria numa gota de álcool.

— Se *eles* eram tão bons assim, por que o sr. Nemo não os contratou?

— As coisas deram errado — respondeu Jerome. Os lustres da sala balançaram sob o ímpeto do tráfego da rua e, por um instante, o movimento das luzes fez com que sua expressão parecesse até simpática. — Ele estragou tudo. Aí estragou tudo de novo. Um homem naquela posição não pode se dar ao luxo de cometer erros. Você sabe como são as coisas comigo e os de minha espécie: quando começamos a nos esquivar do que somos, de quem somos, dá tudo errado. A equipe dele meio que... se desfez.

Irene se lembrou do ressentimento pessoal de Felix em relação a ela. Se um colega Bibliotecário tivesse interferido num de seus roubos, fazendo com que perdesse o contato com o próprio arquétipo, era compreensível que ele estivesse tão amargurado.

— Entendi — murmurou ela. — Mas o sr. Nemo o contratou mesmo assim.

— Felix faria qualquer coisa para recuperar sua reputação. — Desta vez, havia um alerta nos olhos de Jerome. — Não faça besteira, Carla — o pseudônimo dela naquela noite —, nem se meta no caminho dele.

Uma agitação junto à porta acabou com a tensão. Irene apertou os olhos ao distinguir um perfil conhecido. Era impossível confundir um dragão com um ser humano normal depois que se conhecia um deles, por mais que tentassem disfarçar; e Hao Chen nem se preocupava em esconder o que era. O terno dele era bem-cortado, mas sua presença era inconfundível. Seu cabelo preto estava penteado para trás em ondas soltas que caíam sobre os ombros e seus olhos tinham o mesmo tom de azul vibrante que os de Kai. Ele tinha uma série de argolas de prata cravejadas por todo o lóbulo da orelha esquerda e o anel de família no dedo indicador direito também era de prata pesada. Hao Chen não tinha uma comitiva, ao contrário de muitos jogadores presentes ali, mas sorria e cumprimentava a todos graciosamente ao passar.

— O crupiê me informou que ele costuma jogar na mesa dois — murmurou Jerome. — Vamos esperar um pouco antes de nos aproximar. As coisas podem correr melhor do que eu esperava.

— Por quê?

— Porque, minha querida Carla, os Bibliotecários não sabem de *tudo*. — Jerome tinha um sorriso largo nos lábios. Bebeu o restante do uísque e passou o copo vazio para ela. — Livre-se disso aqui e me arranje mais um drinque, pois vamos dar um passeio.

Hao Chen deu um sorriso amistoso a Jerome quando o feérico se aproximou dele. Então voltou-se para Irene, mas sem o pré-julgamento habitual dos dragões — *é só uma humana, não tem a menor importância*. Havia certa nuance em seu olhar.

— Creio que ainda não nos conhecemos — disse ele num alemão perfeito.

— Receio que não — disse Jerome, estendendo a mão para cumprimentá-lo. — Mas não ficaria surpreso se voltássemos a nos encontrar. Você me parece ser um cavalheiro que gosta de jogar bacará com apostas de quarenta para um.

Hao Chen se deteve por meio segundo antes de apertar a mão de Jerome. Seu sorriso se alargou até rivalizar com o do feérico.

— Que surpresa encantadora. Sabe, faz muito tempo que não tenho a oportunidade de enfrentar um jogador *de ver-*

dade. — Ele olhou de relance para Irene outra vez. — Suponho que a sua amiga não...

Jerome deu um tapinha possessivo no traseiro de Irene. Ela conteve sua reação inicial — enfiar o salto alto no sapato dele — e semicerrou as pálpebras.

— Ah, não, querido — confirmou. — Só estou aqui para segurar a bebida do sr. Town enquanto ele está jogando. E os prêmios também, é claro. — Ela até conseguiu dar mais uma risadinha ofegante.

Hao Chen assentiu e se voltou para Jerome. Era evidente que a descartara como alguém irrelevante.

— Então, qual variante você prefere jogar?

— Chemin de Fer ou Macau — respondeu Jerome. — É mais interessante do que Punto Banco.

— Macau, então — sugeriu Hao Chen sem a menor hesitação. — Só nós dois, imagino?

— Por enquanto, sim. — Os homens se encaravam como dois duelistas prestes a desembainhar as espadas. O restante do cassino parecia ter deixado de existir.

— Já está bom assim. — Hao Chen olhou para o copo em sua mão como se tivesse esquecido que estava ali. — Vou pegar algumas fichas. Você tem o suficiente?

— É claro — respondeu Jerome. Ele deu um tapinha na lateral da bolsa volumosa pendurada no cotovelo de Irene. — Deixo minhas fichas com Carla. Não quero estragar a linha do meu terno.

Hao Chen voltou a exibir seu sorriso largo antes de se dirigir à mesa discreta perto da porta, atrás da qual havia um caixa.

Jerome se acomodou numa cadeira da mesa dois, deixando Irene de pé.

— Alguma ideia?

— Ele deve estar perguntando a seu respeito enquanto recebe as fichas — respondeu Irene, aproximando-se. — E aposto que essa história de "quarenta para um" é algum tipo de senha, embora eu não faça a menor ideia para quê.

— É um sistema de apostas específico do bacará — explicou Jerome. Ele abriu a bolsa dela e começou a tirar as fichas dali. — Mais conhecido como Dragão Sete. E entre certos jogadores, de ambos os lados, é um sinal para deixar que o outro, ou outra, saiba que você veio para *jogar*. Só porque agora há uma trégua formal não quer dizer que não houvesse tréguas entre dragões e feéricos antes.

O sorriso de Jerome suavizou um pouco da força de suas palavras. Mas Irene ficou só imaginando, com uma pontada de aborrecimento: quantos "arranjos particulares" será que existiam por aí, além do âmbito dos políticos e da realeza?

— Mais alguma orientação? — perguntou Irene. Podia ver Hao Chen caminhando até a mesa.

— Vamos jogar duas partidas primeiro, depois você manda a mensagem para os outros. Deve ser o suficiente para manter os olhos dele ocupados na mesa. Nesse meio-tempo, continue acendendo meus charutos e pegando as bebidas para mim. Serei o ponto focal da noite.

— Por mim, tudo bem — concordou Irene.

— Você prefere começar como banqueiro ou vamos tirar na sorte? — perguntou Hao Chen, sentando-se numa cadeira em frente à Jerome. Um dos silenciosos e onipresentes crupiês se aproximou da mesa com dois baralhos.

— Você começa — respondeu Jerome. — Depois a gente vê.

Em seguida, começaram a jogar.

CAPÍTULO 15

Enquanto observava a partida, Irene refletiu que gostaria que seu conhecimento das regras do jogo não se limitasse ao que lera nos livros de Ian Fleming.

Hao Chen fez uma aposta. Jerome a igualou. Hao Chen deu uma carta a Jerome e depois a si mesmo, ambas viradas para baixo. Os dois inspecionaram as cartas conforme a tensão pairava no ar.

Uma pausa.

Jerome bateu o dedo na mesa e Hao Chen lhe passou mais uma carta, desta vez virada para cima: o valete de ouros. Quando Jerome sacudiu a cabeça, com o rosto impassível, Hao Chen deu outra carta: o oito de paus. Jerome suspirou, virou a carta oculta para cima — o quatro de copas — e deslizou as fichas pela mesa até o oponente. Os homens sorriram um para o outro e começaram tudo de novo.

À sua volta, outros jogos decorriam com o mesmo grau de intensidade. Lá fora, nas ruas de Viena, a cidade movia-se ao ritmo da noite — a ópera, os restaurantes, as barracas de rua, o burburinho do trânsito e a pulsação do metrô. Mas ali dentro reinava o silêncio, exceto pelo bater das cartas sobre as mesas. Até os espectadores, como ela própria, permaneciam calados enquanto os jogadores se concentravam no que realmente importava: as cartas e uns aos outros. Ela não tinha a menor dúvida de que também devia ser assim nas outras salas do Cassino Nonpareil. Nas salas de jogos tanto legais quanto ilegais...

Hao Chen distribuiu a terceira mão de cartas. Jerome levantou o dedo a fim de pedir uma pausa e enfiou a mão dentro do paletó para pegar uma caixa de charutos. Abriu-a, ofereceu a Hao Chen e, quando o dragão recusou, escolheu um charuto para si mesmo. Irene já estava a postos com o isqueiro.

E ao guardar o isqueiro na bolsa, apertou a tecla do celular que enviaria a mensagem já digitada: *Vá em frente*.

O celular vibrou em resposta. Um instante depois, vibrou de novo.

Irene tirou o aparelho da bolsa, fingindo naturalidade.

Era uma mensagem de Kai e, ao lê-la, foi tomada pela sensação familiar de ver um plano começando a dar errado.

F não atende o telefone.

Felix deveria estar de olho em sinais de alerta da CENSURA, mas e se tivesse se deparado com seus *agentes*? Nesse caso, havia algum risco para a missão? Jerome conhecia Felix melhor do que ela e talvez soubesse explicar o comportamento do feérico. Mas Irene não podia interromper o jogo agora. Hao Chen teria suspeitas — e era tarde demais para abortar o lado de Kai na operação. Ela praguejou em silêncio e digitou: *Siga com o plano; tome cuidado*.

Sabia que a última parte era redundante, mas ela ainda era humana.

A terceira partida acabou. Depois a quarta. A quinta. As apostas estavam aumentando, mas Irene não conseguia distinguir nenhum sinal de vitória ou derrota. Os dois homens eram profissionalmente inexpressivos. Hao Chen levantou o dedo para um garçom que passava e recebeu um gim-tônica. Era evidente que conheciam bem os gostos dele ali. Jerome deu uma tragada no charuto enquanto Hao Chen distribuía as cartas viradas para baixo.

De repente, a multidão se abriu num mar de sussurros. Uma jovem entrou a passos largos, com a saia de franjas sibilando em volta das pernas conforme se encaminhava para a mesa deles. Seus cabelos e olhos tinham um tom de ardósia, a cor do céu num dia de chuva. Assim como ele, era uma dragoa.

Hao Chen se levantou num salto.

— Shu Fang! O que *você* está fazendo aqui? — perguntou. Era nítido que pretendia exigir uma resposta, mas em vez disso parecia queixoso, quase lamuriento.

— Vim para impedir que você se meta em encrenca de novo, seu parvo — vociferou ela. — *Chega* de bacará... — Ela olhou de esguelha para Jerome e percebeu o que ele era numa questão de segundos. — Não quero ofendê-lo, mas já temos problemas demais e é melhor não se envolver nisso. Dê o fora daqui. Agora mesmo.

— Mas a mão já foi distribuída — queixou-se Hao Chen. — Ele não pode simplesmente...

A mulher olhou por cima do ombro — nervosa, quase em pânico — antes de se voltar para a mesa mais uma vez.

— Bem, *outra* pessoa pode jogar no lugar dele. *Você*. — Ela olhou para Irene de cima a baixo. — Cadeira. Sente aí. E você, feérico, afaste-se daqui e se esconda no meio da multidão. Acredite, é para o seu próprio bem.

Hao Chen mordeu o lábio.

— Talvez seja melhor assim, só por esta mão — concordou ele, relutante.

Irene se deu conta de que o dragão sabia o que — ou quem — estava chegando. Jerome se levantou e trocou de lugar com Irene. Deu um tapinha no ombro dela do jeito mais condescendente possível e sumiu em meio à multidão.

Mais alguém começou a se aproximar da mesa; as pessoas abriram caminho para ela e o silêncio se apoderou da sala em seu encalço. Irene olhou para a recém-chegada sem temer sair do disfarce; até os outros jogadores abandonaram as cartas para encará-la.

A mulher era a primeira dragoa que Irene já vira que realmente parecia *velha*. Ela era mais magra do que esbelta, tinha o rosto marcado por longas rugas e o cabelo branco preso num coque elaborado. Um pesado par de óculos escuros cobria seus olhos da testa às maçãs do rosto. Embora a bengala ressoasse no chão a cada passo, a mulher não se apoiava nela — além disso, Irene reconhecia uma bengala de estoque quando via uma. A senhora usava um vestido de gala rosa-champanhe e um broche de diamantes, tal como uma aristocrata, mas seus braços eram musculosos sob o tecido e suas mãos estavam cheias de cicatrizes.

Hao Chen engoliu em seco e se pôs de pé.

— Lady Ciu — cumprimentou, com uma mesura graciosa. — É uma honra recebê-la...

— Dirija-se a mim como tia! — disparou a dragoa idosa. — O que você *pensa* que está fazendo? Depois de apostar toda a mesada em cavalos lentos, agora a gasta com mulheres vulgares? E arrasta a sua irmã para cá também? — Ela se virou para encarar Irene com um olhar penetrante, apesar dos óculos escuros. Então, adicionou: — E não conseguiu encontrar nenhum adversário melhor do que *essa* aí?

Irene lutou contra a vontade de se enfiar debaixo da mesa e permanecer ali. Já estivera na presença de dragões poderosos antes, capazes de controlar os elementos e até invocar tempestades. Lady Ciu era perigosa de outra maneira. Podia não possuir os poderes de uma rainha dragoa, mas Irene não tinha a menor dúvida de que era letal — e disposta a se livrar de humanos irritantes.

— *Gnädige Frau* — cumprimentou a Bibliotecária, levando o discurso para um nível extremamente formal com aquele *estimada senhora* —, se me der licença...

— Hum? Ela sabe falar! — Lady Ciu sacudiu a bengala e bateu com força no ombro de Irene, que tentava se levantar da cadeira. — Que curioso! Bem, já que vim até aqui, é melhor ver como meu sobrinho joga. Hao Chen, pode terminar a partida.

Hao Chen se encolheu na cadeira.

— Quer mais uma carta? — perguntou a Irene.

Ela se deu conta de que sequer sabia qual era a carta à sua frente. Levantou a ponta com cuidado para dar uma olhada, tentando imitar o estilo de Jerome. Era o quatro de espadas. O que James Bond faria nessa situação? Qual era a probabilidade de tirar nove ou menos ao começar com um quatro?

Lady Ciu sibilou entre os dentes. As pessoas que haviam se aproximado para assistir à partida deram um passo para trás e depois tentaram fingir que tinha sido uma coincidência.

— O que é isso? Uma jogadora que não consegue nem se lembrar das próprias cartas?

A boca de Irene estava tão seca que ela não sabia se conseguiria responder.

— *Gnädige Frau*, seu sobrinho tinha acabado de dar as cartas. Não tive a chance de olhá-las antes!

— É mesmo? — Lady Ciu deu a volta na mesa até ficar bem atrás de Irene. Do jeito que Hao Chen estremeceu, ela só podia estar olhando para ele. — Pois muito bem. Você vai pedir uma carta? Ande logo com isso!

As mãos de Irene estavam trêmulas, e não só pelo medo justificado de ter uma predadora atrás de si. O que a abalava era saber que havia poucas camadas de tecido entre Lady Ciu e a marca da Biblioteca em suas costas. Se a dragoa a visse, Irene não teria a menor chance de permanecer anônima. Além disso, qual era a probabilidade de Lady Ciu acreditar que uma Bibliotecária estava jogando cartas com seu sobrinho por um mero *acaso*? Ela mordeu o lábio.

— Uma carta — disse a Hao Chen. — Por favor.

Ele deslizou uma carta sobre a mesa, virada para cima. Seis de espadas. Com o quatro que Irene tinha na mão, somavam dez pontos. Tinha perdido a partida — disso ela sabia.

Irene foi tomada por uma enorme onda de alívio.

— Desculpe — disse, revelando o quatro de espadas. — Perdi tudo.

Hao Chen estendeu a mão rapidamente para pegar as fichas.

— Bom jogo — disse ele sem um pingo de sinceridade.

— Sim. — Lady Ciu bateu com a bengala no ombro de Irene outra vez, de modo mais suave, mas no mesmo lugar (ou, melhor dizendo, no mesmo hematoma) de antes. — Boa tentativa, garota. Mas sei que você está trabalhando para outra pessoa. Não é uma *jogadora* coisa nenhuma. Então... cadê o seu chefe?

Por um instante, a sala inteira ficou em silêncio. Em seguida, Jerome saiu do meio da multidão, com o charuto ainda entre os dedos.

— Acredito que você esteja se referindo a mim.

Hao Chen e a irmã ficaram paralisados, contando os segundos até que a violência irrompesse. Mas Lady Ciu apenas fungou.

— Alguém da sua laia. Já *esperava* por algo do tipo.

— Não tenho nada contra o seu sobrinho, madame — disse Jerome casualmente —, e acho que você também não tem nada contra a minha Carla.

Uma das vantagens — ou desvantagens, refletiu Irene — do lado ilegal do cassino era que ninguém sequer sugeriu chamar a polícia ou tentou interferir. Todo mundo manteve distância da situação.

Pelo menos, refletiu ela secamente, *temos a atenção absoluta de Hao Chen.*

— Pode até ser — disse Lady Ciu. — Por outro lado, tenho *tudo* contra você. Sua presença aqui... me ofende.

Jerome deu uma longa tragada no charuto.

— Ora, não sabia que este lugar era sua casa de veraneio particular, madame. Se soubesse, talvez não teria vindo.

— E agora que já está aqui?

Peça licença e dê o fora, pensou Irene desesperadamente, voltando-se para Jerome.

— Vim aqui para jogar. — Ele abaixou o charuto. — Se não quer que seu sobrinho aposte contra mim, madame, então talvez queira jogar uma partida você mesma.

— Ha! — Os olhos da velha dragoa estavam escondidos atrás dos óculos, mas sua boca se repuxou num sorriso. — Pois muito bem. Eu aceito. Vamos ver como você joga.

Hao Chen e a irmã deram um passo para a frente ao mesmo tempo.

— Mas, tia...

— Tia, a senhora não pode...

Lady Ciu bateu a bengala com força no chão, ignorando os dragões mais jovens.

— Garota, digo, Carla, deixe seu chefe tomar o seu lugar. E não tente fazer nada para ajudá-lo.

— Que absurdo — comentou Jerome ao tomar o lugar que Irene desocupara às pressas. Ele tirou todas as fichas do cassino da bolsa dela antes de devolvê-la. — Não sou o tipo de pessoa que trapaceia no jogo.

— Veremos. — Lady Ciu tomou o lugar de Hao Chen. — Pode ser o banqueiro. Embaralhe e dê as cartas.

Enquanto Jerome embaralhava as cartas, Irene notou que uma das funcionárias do cassino — de nível sênior, pelo modo como estava vestida — se aproximara de Hao Chen. Ela captou algumas frases desesperadas.

— Você *prometeu* que ela não viria... Da última vez...

O celular vibrou na bolsa de Irene. Talvez fosse uma emergência, mas a sala inteira estava olhando para a mesa de bacará naquele momento; não podia correr o risco de chamar a atenção.

Respirou fundo e ignorou o telefone.

— De quanto é a aposta? — perguntou Lady Ciu.

Jerome derrubou todo o monte de fichas sobre a mesa.

— Não ficaria satisfeito com menos, madame.

— Hao Chen! Iguale a aposta — ordenou ela.

Hao Chen engoliu em seco. A partícula "mas" estava na ponta da língua, mas ele a reprimiu. Aproximou-se da mesa e empurrou as próprias fichas para a frente.

Com um aceno de cabeça, Jerome deslizou uma carta virada para baixo sobre a mesa e deu outra para si mesmo. Em seguida, levantou o canto da carta com uma expressão indecifrável.

Lady Ciu repetiu o gesto, com o rosto igualmente impassível.

— Mais uma. — O quatro de ouros deslizou sobre a mesa em sua direção. Ela assentiu, mas não pediu a terceira carta.

O silêncio tomou conta da sala; a cena abafava o barulho com mais eficácia do que as cortinas de veludo. Jerome pensou, sorriu e deu uma carta a si mesmo.

Era o cinco de espadas.

Com o mesmo sorriso no rosto, virou a carta oculta para cima. O seis de espadas.

— Mostre seu jogo, madame.

Com um silvo ofegante, Lady Ciu expôs suas duas cartas de copas. Só tinha um total de seis pontos.

— Você é imprudente — observou ela. — Se não tivesse comprado a segunda carta, teria vencido. A partida é do banco.

Jerome deu de ombros.

— Achei que valia a pena correr o risco, madame. É assim que funciona. — Ele empurrou as fichas para ela. — Aqui está o seu prêmio.

Lady Ciu o encarou.

— Agora você já jogou. Dê o fora daqui e considere-se sortudo.

Atrás dela, Hao Chen imitou duas perninhas andando para longe com os dedos.

Jerome deu um sorriso lânguido em resposta.

— Mal posso esperar pelo nosso próximo jogo, madame. — Ele se levantou e ofereceu o braço a Irene. — Vamos?

De repente, um alarme começou a soar. Não era o barulho normal de um alarme de incêndio, mas a mistura de sirenes e alertas que Irene já ouvira antes — na biblioteca da universidade. A tensão se desfez e as pessoas se apressaram em direção à saída.

No entanto, foram impedidos por homens e mulheres uniformizados que entravam.

— Todos permaneçam *calmos*! — exigiu a líder, e sua voz era tudo menos reconfortante. — Esta é uma batida da CENSURA! Qualquer tentativa de resistência será considerada motivo para prisão imediata.

CAPÍTULO 16

A sala se dividiu instantaneamente em grupos inquietos de pessoas que olhavam umas para as outras com desconfiança. Alguns jogadores ignoraram as regras da casa e tiraram suas fichas das mesas de modo sorrateiro.

A líder daquela equipe da CENSURA sacou um cartão de identificação e dirigiu-se à sala:

— Meu nome é tenente Richter. Estamos atrás dos vampiros que invadiram a universidade ontem e recebemos a informação de que um deles está aqui. — Ela suavizou o tom de voz. — Senhoras e senhores, façam o favor de permanecer sentados. Assim que terminarmos de vasculhar o prédio, vocês poderão ir embora.

Um punho de gelo envolveu as entranhas de Irene. Ao seu lado, sentiu Jerome ficar tenso. Será que fora uma coincidência aparecerem ali? A CENSURA tinha alguma maneira de rastreá-la ou possuía informações sobre o bando? Mesmo com seu novo disfarce, se tivesse fotos do incidente na biblioteca da universidade e desse uma *boa* olhada nela...

— Mereço receber um tratamento melhor — murmurou Lady Ciu.

— Vou cuidar disso — disse Hao Chen, nitidamente interessado em apaziguar a dragoa mais velha. Ignorando o adversário recente, caminhou até a tenente, com a tia e a irmã a reboque. Ele disse alguma coisa para a mulher e mostrou uma espécie de identificação, o que lhe rendeu um aceno de cabeça. Em seguida, os agentes da CENSURA abriram caminho sem dizer mais nada e os dragões foram embora.

— Estranho... estranhíssimo[5] — murmurou Irene. Ela não era a única pessoa que assistia à cena. Metade da sala estivera de olho na conversa. Alguns homens tentaram repetir o feito, mas sacar dinheiro ou fazer ameaças do tipo "eu conheço seus superiores" não deu certo, e eles tiveram que voltar para o meio da multidão.

— Vamos deixar essa conversa para depois — replicou Jerome. — Posso dar um jeito de fugir daqui, só não sei quanto a você. Algum plano em mente?

— Talvez. Mas você está muito seguro de si mesmo. — Irene não pôde deixar de comentar.

Ele deu de ombros.

— Sou um homem de sorte, Carla. São os ossos do ofício.

— Bem, você perdeu a partida contra Lady Ciu... — salientou Irene, avaliando suas opções. Não poderia usar a Linguagem abertamente, mas algumas palavras sorrateiras se perderiam no meio da conversa. — Aguarde um pouco, depois vá em direção ao bar.

Uma coisa de cada vez. Ela pegou o celular para ler as mensagens de texto.

Tarefa concluída. Voltando para a base, mas fomos seguidos. Precisamos despistá-los. Ainda sem notícias de F.

---

[5] Referência ao livro *Alice no País das Maravilhas*, de Lewis Carroll. [N. T.]

202

Em seguida, inclinou o aparelho para que Jerome também pudesse vê-lo, reprimindo um suspiro de alívio. Pelo visto, tudo correra bem, mesmo sem Felix por perto — o que será que acontecera com ele?
— Felix sumiu do mapa. Hum...
— O que você acha disso?
— Vamos sair daqui primeiro.
Ele tinha razão. Os dois se dirigiram casualmente ao bar. Quando passaram sob o alarme de incêndio, foi muito simples para Irene dizer:
— **Alarme de incêndio, dispare no volume máximo.**
Foi perfeito. O alarme soou tão alto que ensurdeceu toda a sala, e estava conectado ao sistema de iluminação. O brilho dos lustres diminuiu um pouco e faixas de neon apareceram sobre a porta. Hora do toque final. Irene acendeu o isqueiro, dizendo:
— **Permaneça aceso e voe até o chuveiro automático mais próximo.**
Irene nunca notara como chuveiros automáticos eram *minuciosos*. O efeito foi como ser encharcada por uma dúzia de duchas frias totalmente abertas. A água tomou conta da sala.
Os agentes da CENSURA tinham duas opções: conter a multidão — agora uma turba escandalosa, molhada e em pânico — à força ou abrir caminho e deixar que todos fossem para o corredor. Abriram caminho.
Lá fora, o corredor estava tomado por uma massa de pessoas agitadas e berrando mais alto que o alarme. Jerome pegou Irene pelo pulso e, juntos, seguiram a multidão ensopada até a rua. A dupla de guardas à porta não conseguiu manter o cordão de isolamento e, em poucos minutos, Irene e Jerome estavam a ruas dali, parados inocentemente na fila

de uma barraca de cachorro-quente aberta até altas horas da noite.

— Então, o que me diz desses dragões? — perguntou Irene em voz baixa. — Se este lugar *não* é o território de ninguém, como o sr. Nemo disse, o que é que eles estão fazendo aqui? E por que Felix desapareceu? Há tantas perguntas sem resposta.

Havia outros casais conversando na fila, de estudantes de calça jeans e casaco de inverno a pessoas em trajes de gala. Barracas de cachorro-quente não faziam distinção de classe — e qualquer um deles poderia ser um agente da CENSURA.

Um carro de polícia passou por ali, com a sirene ligada e as luzes piscando, mas não seguiu na direção do Cassino Nonpareil. Irene torceu para que não estivesse atrás de Kai e dos outros.

Jerome deu de ombros.

— Acho que Felix foi cuidar de algum assunto particular.

— Tipo o quê? Você não está ajudando em nada.

— Entendo que você tenha ficado aborrecida, mas não sei por que *comigo*.

— Estou aborrecida porque...

— Doce ou picante? — perguntou o dono da barraca, segurando a mostarda.

— Doce — respondeu Irene, incomodada com a interrupção.

— Picante — disse Jerome com um sorriso. — Porque...? — retomou ele conforme se afastavam, com o item da gastronomia local em mãos.

— Estou aborrecida por você ter se revelado como adversário de Hao Chen no cassino — confessou Irene.

A surpresa genuína ficou estampada no rosto de Jerome.
— Sabe, pensei que você fosse me *agradecer* por intervir.
— Certo — admitiu ela. — Acho que fui um pouco ingrata. Ainda assim... você se arriscou à toa.
— Não perderia um jogo daqueles por nada no mundo — respondeu Jerome.
— Foi um risco *absurdo*!
— Gosto de riscos, querida. Vou atrás deles. Esse é o meu jeito. — Ele a encarou com a testa franzida. — Aliás, pensei que você estivesse disposta a me deixar para trás, contanto que concluísse o trabalho.

Irene deu uma mordida no cachorro-quente enquanto pensava numa resposta.

— Há duas maneiras de encarar a situação. A primeira é que não concluímos o trabalho. Você ainda é útil.
— E a segunda?
— Eu não ajo assim — respondeu Irene devagar. — Não estamos num concurso nem num jogo de soma zero em que só uma pessoa ganha. Não sei por que todos do grupo não podem conseguir o que querem.

Por outro lado, Jerome tinha razão: por que ela deveria se preocupar com aqueles desconhecidos? Ser uma Bibliotecária e uma espiã significava ter sangue-frio. Não podia se dar ao luxo de escolher entre a missão e a segurança de colegas de trabalho. Seus pais não lhe ensinaram isso. Ainda assim, a moralidade incutida nela durante os tempos de escola se recusava a ser silenciada. Além disso, Irene detestava perder.

Ela sentiu uma pontada de dor ao se lembrar de seu refúgio de infância. Apesar do que pensara na época, o colégio era um paraíso onde a ética era vivida na prática, a confiança era possível e ainda se podia acreditar que a virtude seria recompensada. Mesmo que naquele momento parecesse ficção... E agora Gama-017 estava em perigo e ela *ainda* não tinha o livro de que precisava para salvá-lo.

— Você está me pedindo para acreditar demais no que diz — replicou Jerome.

— Mas nós temos que confiar uns nos outros, já que vamos trabalhar juntos. É como uma aposta. — Irene fez uma pausa. — O que esses carros de polícia estão fazendo? Já é o terceiro que passa por nós!

— Combinado. Mas, antes de continuarmos — avisou Jerome —, você tem de me prometer que não vai perder a paciência...

— As. Joias. Da coroa — vociferou Irene entre dentes enquanto inspecionava os itens à sua frente. — Espada. Coroa. Orbe. E cetro. Aquele cálice de ágata já foi considerado como o Santo Graal, não foi? E aquele saleiro de esmeralda é maior do que meu punho. — Naquela hora, ela adoraria jogá-lo pela janela do apartamento. — Não sei nem o que... dizer.

— Posso pensar em alguma coisa — sugeriu Felix, reclinando-se presunçosamente no sofá com uma taça de vinho na mão. — Raiva. Choque. Inveja. Creio que nenhum Bibliotecário conseguiria realizar uma proeza dessas, não é?

Irene se obrigou a deixar a raiva de lado. Ainda precisariam dele. E prometera a Jerome — que já sabia de tudo — que não perderia a paciência. Mesmo com alguns dos itens mais valiosos do museu do Palácio de Hofburg dispostos diante dela.

— Ah, está bem. Tenho de admitir que estou impressionada.

— Pois deveria mesmo.

— Não abuse da sorte. — Irene deu uma olhada rápida no apartamento sem graça para onde Jerome a trouxera. — Então, o que você pretende fazer agora?

— Ainda não decidi. — Felix tomou mais um gole de vinho, todo contente. Irene nunca o vira tão descontraído... e *amigável*. O roubo bem-sucedido preenchera um buraco doloroso em sua autoestima e, no momento, ele era a própria imagem do ladrão cavalheiresco. — Às vezes, a gente tem vontade de roubar uma coisa só porque está dando sopa, se é que você me entende.

Jerome brindou com ele.

— E como entendo.

Irene contou até dez em silêncio, tentando controlar a irritação. Felix não era nada confiável. Mas... se o grupo concordasse que o feérico tinha de ser excluído da operação, será que poderiam contar com ele para não interferir? E se decidisse roubar o quadro sozinho, reunindo uma nova gangue, agora que estava de volta ao auge? Por outro lado, se ele ficasse no grupo, quanto tempo levaria antes de começar a se gabar e abrir a boca sobre as demais pessoas envolvidas, tais como Irene e Kai? Se estivessem infringindo o tratado, não queria nem pensar nas consequências.

— Vou ligar para o restante do grupo — disse ela, precisando de um momento para pensar. — Quero ter certeza de que estão todos bem.

— Fique à vontade — disse Felix com um aceno lânguido. Seu olhar mirou afetuosamente o saleiro de esmeralda, que estava em cima de uma pilha de jornais amassados na mesinha de centro e parecia maior que a vida, quase grande demais para ser de verdade.

Irene foi até a janela. A chamada tocou duas vezes, e então a voz de Kai disse:

— *Irene*? — Ao fundo, ela pôde ouvir o guincho dos pneus e o ruído de um veículo conduzido de forma vertiginosa.

— Tudo certo por aqui — disse Irene. — Você está bem?

— Sim. Nós estamos em algum lugar... — Ele parou de falar de repente. — Não! Não, o carro não vai *passar* aí!

— Vai ser moleza — soou a voz distante de Tina. Irene ouviu um rangido de metal contra metal.

— Passe o celular para cá. — Era a voz de Ernst. — Está tudo bem. Nós estamos fugindo. O dragãozinho gosta de dar uma de copiloto. É um péssimo hábito.

— Geralmente, deixo que ele dirija — admitiu Irene. — Jerome e eu estamos com Felix. Ele saqueou o Tesouro Imperial... É por isso que a polícia inteira está rondando o Palácio de Hofburg. Evitem essa região.

— Então é aí que ele está. Diga a Felix que nós dois vamos ter uma conversinha mais tarde.

— Alguma notícia de Indigo?

— Só para confirmar que o dispositivo de interrupção funcionou bem.

Houve um baque e um estrondo alto, seguido do guincho dos pneus.

— Vocês estão bem?! — perguntou Irene, trêmula.

— Não — disparou Kai, de volta à chamada. — Quase engoli o maldito celular, nada de mais.

— Ótimo, vejo você na base — terminou Irene. O aparelho ficou mudo sem que dissessem mais nada.

Irene se voltou para os dois feéricos.

— Eles estão bem... ou assim espero.

Ela chegara a certas conclusões. Alguém precisava unir aquela pretensa equipe — não apenas para dar ordens, mas para convencê-los a cooperar. Quem sabe não seria um bom treino para conseguir fazer com que dragões, feéricos e Bibliotecários trabalhassem juntos? Embora não pudesse contar a ninguém a respeito disso... *Nós temos que confiar uns nos outros*, ela dissera a Jerome. Agora tinha que confiar em todos eles, pois não podia cumprir a missão sozinha. E também precisavam de Felix. O ladrão sabia o que estava fazendo. Mas se não estivesse no grupo e agisse contra eles... Irene seria obrigada a fazer uma escolha bastante desagradável.

— Quando aceitei este trabalho, pensei que todos na equipe estivessem, vamos dizer assim, tão comprometidos quanto eu — disse ela. — Mas eu estava enganada, não?

— Não diria que você estava completamente enganada — respondeu Felix. — Só gosto de ganhar limões da vida *e* fazer uma boa limonada.

A pilha de ouro e joias em cima da mesa atraiu o olhar de Irene.

— E que limonada deliciosa — brincou ela. — Tem certeza de que ainda *precisa* do trabalho do sr. Nemo? Os riscos estão cada vez maiores. A CENSURA está em nosso encalço. E não há apenas um, mas *três* dragões na cidade.

Felix franziu a testa, saindo de seu torpor de prazer.

— Você disse *três*?

— Encontramos os outros no Cassino Nonpareil. Creio que não se intrometerão no nosso assalto. Mas, levando em consideração o nível de perigo, não o culparia se você desistisse...

Ela esperava que Felix e seu arquétipo não resistissem a um roubo desafiador. Para ele, não se tratava apenas de dinheiro. Quanto maior a ameaça, mais tentadora seria.

— Você está tentando usar psicologia reversa comigo, Irene Winters?

— Estou — assumiu Irene. — Acertou em cheio. — Ela tentou canalizar seu treinamento. *Quando um oponente de-*

tectar sua tática de negociação, admita e elogie-o abertamente pela perspicácia. — E... você não quer ser o ladrão que roubou *A balsa da Medusa* debaixo do nariz de três dragões? O homem cujo nome está no caderninho particular do sr. Nemo, na discagem rápida para os roubos mais importantes de todos?

— É um jogo de azar — comentou Felix. Mas ela pôde ouvir a hesitação em seu tom, a tentação que o atraía.

— Estamos todos jogando — respondeu Irene. — Então, qual é o *seu* plano para o quadro? Aposto que já tem algo em mente.

Quando Felix se inclinou para a frente, ansioso para exibir sua astúcia, ela teve certeza de que o convencera.

CAPÍTULO 17

— Tem um homem suspeito lá fora — disse Indigo. Irene ergueu os olhos do detonador que estava montando sob a orientação de Ernst.
— Onde?
— Junto à entrada principal. — Indigo virou um dos monitores para que os outros pudessem ver a portaria do prédio. Ela tinha acessado todas as câmeras da rua após o incidente com a gangue. — Ele já passou por aqui duas vezes e agora está parado ali, verificando a lista de inquilinos. Talvez não esteja atrás de nós, mas...
— Mas a pior hipótese deve ser a verdadeira — concordou Ernst filosoficamente. — Se desovarmos o corpo dele bem longe daqui, vão demorar mais tempo para nos encontrar.
— Ou vão vir direto para cá, se ele estiver investigando e sumir de repente — salientou Felix. — Se fizer parte da gangue, pode ter vindo mais cedo para buscar o pagamento.
Irene olhou para a imagem granulada em preto e branco no monitor. O novo equipamento de Indigo era da mais alta qualidade, mas a câmera no saguão do prédio era barata. Ainda assim, havia algo de familiar nele...
— Você consegue melhorar a imagem? — perguntou ela.

A câmera deu um zoom — e o homem se virou bem na hora, revelando o rosto.

Irene e Kai se entreolharam em estado de choque.

— É Evariste — disse Kai.

— Se vocês o conhecem, então ou ele é um Bibliotecário ou um dragão. Qual dos dois? — Felix manteve o tom casual, mas Irene pôde ouvir a cautela em sua voz. O confronto e a discussão da noite anterior pareciam ter mediado uma trégua entre eles, mas não seria preciso muito para quebrá-la novamente.

Indigo fungou.

— Não é um dragão. De jeito nenhum.

— É um Bibliotecário — respondeu Irene rapidamente — e pode ter uma mensagem urgente para mim. — Ela se lembrou do e-mail que mandara a Coppelia e da necessidade de saber se o tratado entrava em rota de colisão com aquele trabalho. Como não voltara à Biblioteca... a Biblioteca viera até ela.

Felix largou os documentos que estava falsificando.

— Você vai desistir? — perguntou baixinho.

— Preciso saber o que ele tem a me dizer — falou Irene, em vez de responder à pergunta.

Felix ficou em silêncio.

— Vou descer para buscá-lo — sugeriu Ernst. — Ficarei no quarto enquanto conversam. Sou neutro nessa história. Não tenho ressentimentos. Esmago a cabeça de qualquer um se necessário, seja quem for.

Irene lembrou a si mesma que Ernst não era mais digno de confiança do que qualquer feérico na sala, mesmo que fosse mais fácil conviver com sua atitude de "bandido amigável" do que com a cautela — ou franca hostilidade — de Felix. Então, ela teve uma ideia.

— Indigo, você consegue captar o som lá debaixo?
— Claro — respondeu Indigo.
— Pronto — disse Irene. — Vocês podem ouvir a nossa conversa. E não terei que o trazer aqui e expor todo mundo.

Felix pareceu querer protestar, mas assentiu.
— É justo.
— É melhor eu descer também — sugeriu Kai. — Só para o caso de ele tentar fazer alguma coisa.
— Ora, mas é claro. Qualquer um pode ver que você e a garota da Biblioteca são parceiros no crime. — Ernst deu um tapinha no ombro dele. — É tão fofo, não acha?

No corredor lá fora, Irene respirou fundo. Embora ela e Felix tivessem negociado um acordo de paz temporária, pairava um clima de tensão na sala durante toda a manhã. Kai e Ernst ficaram bastante descontentes — para dizer o mínimo — por Felix ter abandonado o grupo para empreender um esquema particular e Jerome ter sido seu cúmplice. Teria sido ainda pior se Indigo não tivesse comentado que aquilo era "típico dos feéricos", unindo a maior parte da sala contra ela.

Kai olhou de relance para Irene.
— Alguma ideia?
— Só que mal posso esperar que isso acabe — confessou ela.
— Ainda não consigo entender por que Lady Ciu viria morar *aqui* — disse ele pela milésima vez.
— Pode ser que ela adore uma torta sacher — sugeriu Irene.
— Não, ela não parece ser o tipo de mulher que gosta de doces — retrucou Kai, sério. — E não pode ser por causa das obras de arte. Fiquei sabendo que a lesão no olho a deixou praticamente cega.

— Ela enxerga o suficiente para jogar cartas, como ontem à noite — observou Irene. — Kai, ela até parecia ser... razoável. Por que você está tão perturbado?

Kai encolheu os ombros num gesto familiar de desconforto.

— Ela não estava interessada no jogo. Nem se importava com as cartas que tirava. Só estava brincando com seu adversário, como um gato.

Aquilo não era nada tranquilizador.

— Você me disse que ela era uma cortesã experiente antes da lesão, apesar de não ser tão poderosa quanto os outros. — *De uma família de classe baixa*, dissera Kai, o que significava que Lady Ciu não possuía as habilidades elementais dos dragões mais poderosos. Sendo assim, ainda bem, não era capaz de provocar terremotos ou tempestades nem de causar nevascas que varreriam cidades inteiras do mapa. Mas ainda era uma dragoa, o que a tornava bastante perigosa. Kai também havia dito que ela fazia parte da família Floresta do Inverno, um grupo de dragões que tinha bons motivos para guardar ressentimento contra os Bibliotecários em geral e Irene em particular. — Como ela sofreu a lesão no olho? Você me disse que Lady Ciu foi uma duelista famosa.

— Não sei — respondeu Kai. — Me disseram que foi numa guerra, mas não acho que essa seja a história toda.

Os dois entraram no saguão. Evariste estava vestido com roupas locais, mas Irene o reconheceria em qualquer lugar. Ele era um homem negro e estava deixando crescer o cabelo, preso num rabo de cavalo ainda curto. Usava um sobretudo pesado e sapatos gastos, uma combinação discreta para a área. Portava-se com uma sábia cautela, os pés leves e prontos para fugir. Reprimiu um estremecimento ao vê-los.

— Oi — cumprimentou ele, nervoso. — Olha só, nós não estamos em perigo imediato, não é? Ou devo ir para o esgoto e me esconder lá até podermos sair da cidade?

— Não é tão ruim assim — disse Irene. — Obrigada por vir até aqui.

Ela lembrou que Evariste não tinha muita experiência com trabalho de campo em outros mundos. Na verdade, depois que a missão dos dois dera errado, presumira que ele ficaria na Biblioteca por alguns anos — ou pelo menos até que aprimorasse suas habilidades.

Evariste se apoiou na mesa vazia do saguão.

— Ah, imagina, não foi nada. Você sabia que a entrada da Biblioteca para este mundo fica no *Japão*?

Irene fez uma careta. Quando saíra da Biblioteca para aquele mundo, ele teve de viajar do Japão até Viena.

— Sinto muito — disse ela, sentindo-se culpada. — Vim para cá no transporte dos feéricos. Nem sei qual é a classificação da Biblioteca para este mundo.

— A-327 — respondeu Evariste prontamente. — Também não há nenhum Bibliotecário Residente aqui. E para ir direto ao assunto: não, ninguém reivindicou este mundo de acordo com nossos registros. Se você invadir a propriedade particular de alguém, terá problemas com essa pessoa *específica*, mas não haverá outras consequências. Aliás, você está diferente. O que aconteceu com o seu cabelo?

Irene deu um profundo suspiro de alívio. Estava fora de perigo. Não poria o tratado de paz em risco ao roubar ninguém ali. Ela relaxou, tocando no cabelo roxo e espetado, cheio de gel.

— É um disfarce. Fui filmada por um monte de câmeras aqui. — De repente, ela franziu a testa. — Espera aí. Se a nossa classificação é A-327, quer dizer que este mundo é voltado para a tecnologia e desprovido de magia.

— Já vi a tecnologia, há câmeras por toda parte. Não é o que eu chamaria de "lugar seguro".

Kai também franziu a testa.

— Entendi aonde você quer chegar — disse ele. — Este mundo supostamente está cheio de entidades sobrenaturais. Lobisomens, vampiros, magos, sei lá mais o quê. No entanto, a Biblioteca o designou como não mágico... ou, pelo menos, não a ponto de ser significativo.

Irene assentiu. Os mundos A ou Alfa eram voltados para a tecnologia, com pouca ou nenhuma magia. Os mundos Beta tinham a magia como norma — e qualquer tecnologia era relativamente de pouca importância. Os mundos Gama possuíam ambas. Será que a base da Biblioteca estava desatualizada e as criaturas sobrenaturais dali eram um desenvolvimento recente? Mas isso não correspondia ao que ela lera sobre aquele mundo.

— Estranho... estranhíssimo — comentou ela. — Mas o mais importante é...

— É perguntar como está a filha de Evariste — completou Kai com firmeza. — Fiquei sabendo que você a levou de volta para casa a salvo. Como vão as coisas?

O rosto de Evariste se iluminou.

— Miranda Sofia está bem, apesar de confusa. Qualquer menina estaria depois de ter sido sequestrada por dragões. — Ele lançou um olhar breve e enviesado para Kai. — Estamos morando em outro mundo agora, de alta tecnologia, auxiliando uma Bibliotecária Residente prestes a se aposentar. Só voltei à Biblioteca para fazer uma tarefa para ela.

— Foi lá que encontrou Coppelia? — perguntou Irene, com pena dele.

— Foi. Ela me pegou pelo braço e disse que você tinha solicitado algumas informações. Em seguida, me deu um símbolo pessoal para que eu pudesse encontrá-la. Mandou um recado para você: "Vá em frente, roube o museu inteiro e o que mais quiser, só não perca o prazo".

— É a cara dela — disse Irene com um suspiro.

— Ótimo. Já posso dar o fora daqui. Estou atrás de uma série de velhas histórias de detetive sobre Preste João para Accidie.

Irene adoraria que sua própria missão fosse tão fácil de explicar.

— Por favor, diga a Coppelia que estou sendo o mais proativa possível.

— Pode deixar — prometeu Evariste. — Boa sorte com a missão. — Ele estava prestes a partir, mas a curiosidade o levou a perguntar: — Como você está lidando com tanta vigilância?

— Temos uma especialista em tecnologia. Ela invadiu a rede de computadores daqui.

Evariste pestanejou.

— Parece até algo saído de um filme ruim.

Irene deu de ombros.

— Pelo que fiquei sabendo, a linguagem de programação pode ser transferida de um mundo para o outro.

Evariste tinha uma expressão de dúvida.

— Você costuma frequentar locais de alta tecnologia, Irene?

— Não tanto quanto certas pessoas — admitiu ela.

— Não me leve a mal, mas... — Evariste se preparou para discordar dela. — É melhor tomar cuidado. *Não* é tão fácil assim transferir programas e códigos maliciosos. Há muitas variáveis. Se alguém lhe afirmou que isso funcionaria, fique de olho. Pode ser que só tenha lhe dito o que você queria ouvir.

Irene olhou de soslaio para Kai, mas ele tinha uma expressão cautelosa. Não era choque nem divergência, mas uma neutralidade estudada. Ela sentiu um frio na barriga. *O que será que Kai não me contou?* Sabia que ele guardava segredos, e era seu direito — ela também guardava. Porém, se Kai estava escondendo uma informação essencial à missão, devia ser um assunto particular dos *dragões*. Irene não queria nem pensar nas consequências.

— Entendi — disse ela. — Vamos tomar cuidado.

— Mais alguma coisa? — perguntou Evariste. Ele estava visivelmente interessado em partir o mais depressa possível.

— Não... quer dizer, sim. — Uma ideia lhe surgiu. — Peço desculpas por lembrá-lo disso, mas Qing Song era da família Floresta do Inverno, não? Por acaso ele mencionou uma mulher chamada Lady Ciu enquanto o manteve como prisioneiro?

Evariste franziu a testa, mas pelo menos não estremeceu com a lembrança.

— Em que contexto?

— De aprovação, creio eu — respondeu Kai. — Ela já foi uma guerreira respeitada.

— Ele mencionou uma tal de Ciu — disse Evariste devagar. — Mas não se referiu a ela como lady nem nada do tipo. Ela trabalhava para a família dele, acho que ensinava esgrima às crianças. Pelo que entendi, foi há mais ou menos um século. Ele me disse que ela tinha se aposentado. Parece que se feriu durante uma luta. Só que a aposentadoria não foi por causa da lesão, e sim porque ela perdeu. Ele me disse que deram um fim nela, até onde me lembro. *Colocaram ela para pastar*, foram as palavras dele. Mas tive a impressão de que Qing Song gostava dela.

Então, será que aquele mundo era a casa de repouso particular de Lady Ciu? E os dois dragões mais jovens seriam criados dela — ou enfermeiros e cuidadores?
O celular tocou no bolso de Irene, e ela atendeu.
— É a Tina. Temos um probleminha.
— Que tipo de probleminha? — perguntou Irene.
— Felix disse que vai dar um tiro em Indigo. Jerome está dando o maior apoio. Ficou interessada?
— Diga a todos para manterem a calma, já vamos subir — respondeu Irene, encerrando a ligação. — Evariste, Kai, há problemas lá em cima, temos que ir. Tome cuidado, boa viagem, obrigada pela ajuda...
— E tudo o mais — concordou Evariste. — Vejo vocês por aí.
Ele já estava saindo porta afora quando Irene subiu as escadas em disparada, com Kai logo atrás.
— O que aconteceu? — perguntou ele.
— Felix apontou uma arma para Indigo — arfou Irene. — Não sei por quê.
Kai acelerou, correndo na frente. Imagens do que aconteceria se a equipe se entregasse a um confronto aberto — imagens sangrentas — passaram pela mente de Irene como os quadros de um filme. Poderiam dizer adeus ao trabalho. Ela deu um impulso final de velocidade, subindo os últimos degraus no rastro de Kai.
As mãos de Indigo estavam abertas de um modo que exibiria suas garras, caso ela as tivesse — e, embora os olhos não fossem vermelhos como os de um dragão, faiscavam de raiva. Na frente dela, Felix segurava a arma como um atirador profissional. Jerome também tinha a arma em punho e, apesar de parecer quase descuidado, apontou-a para Kai, que permaneceu imóvel. Ernst continuava sentado à mesa, com

as bombas e detonadores ainda por montar espalhados numa bagunça perigosa.

— Chegaram rápido — notou Tina.

— Alguém poderia me dizer o que está acontecendo? — indagou Irene friamente.

— Seu amigo Bibliotecário a entregou — respondeu Felix.

— Eu estava esperando uma traição da pessoa errada. Devia ter escolhido a candidata óbvia.

— O que você quer dizer com isso? — perguntou Irene. Só podia *ser* o comentário de Evariste sobre programação. Ela se amaldiçoou por ter deixado que escutassem a conversa.

— O que Indigo está fazendo com os computadores é impossível. Foi seu amigo que disse. — A paranoia era evidente na postura tensa dele. — Então, como é que ela consegue manipular essa tecnologia com tanta facilidade assim se nunca esteve aqui antes? Como é que consegue fazer algo impossível?

— Porque sou *muito* boa no que faço — disparou Indigo, com uma ressonância na voz que quase fez os monitores tremer. — E daí se o Bibliotecário não consegue? *Eu* consigo.

— Mas por que é tão fácil para você? — indagou Felix, quase histérico à medida que sua paranoia aumentava. — Alguém a está ajudando? Você pretende nos entregar? E o sr. Nemo também?

Indigo inclinou o braço para que a luz refletisse na larga algema prateada que ainda envolvia seu pulso.

— Eu estou presa, seu idiota. Preciso que o sr. Nemo tire isso aqui de mim. Estou cem por cento comprometida com o trabalho. Bem mais do que *você*... Acha mesmo que eu cooperaria com criaturas como você se tivesse escolha?

Irene viu Felix firmar o dedo no gatilho.

— Não acredito que ela esteja recebendo ajuda — interveio ela, começando a suspeitar de algo. — Pelo menos não como você está pensando. Quer que eu faça algumas suposições? — Agora, todas as peças se encaixavam.

— Por exemplo? — exigiu Felix.

Irene avançou pela sala, com Kai logo atrás. Podia sentir a raiva dele, a prontidão para agir contra qualquer alvo que se apresentasse — que poderia muito bem vir a ser ela.

— Ao contrário do que vocês possam pensar — começou —, Kai não me conta tudo. Portanto, terei que levantar algumas hipóteses.

Jerome mudou de posição. Agora, sua arma estava apontada para qualquer um — ou para todos — na sala. As coisas não tinham melhorado nem um pouco.

— Vá em frente.

— Já notei que os dragões são muito mais organizados do que os feéricos. É um de seus pontos fortes. Isso ficou bastante evidente durante as negociações do tratado, quando ambas as partes estavam ostentando suas qualidades em pleno debate. A delegação dos dragões argumentou que sua eficácia organizacional trazia mais contribuições, justificando assim a concessão de mais benefícios. Mas a organização é consideravelmente mais fácil quando o terreno é preparado com antecedência...

Indigo não se mexeu, mas seus olhos ardiam de raiva. Irene percebeu que estava certa. Teve vontade de vomitar — era uma traição e tanto. Ao olhar para Kai, viu que ele estava desarvorado, confirmando suas suspeitas.

— Então me diga, Indigo: como é que isso funciona? A criação de uma infraestrutura ultrassecreta para o império dos dragões e que subverte a estrutura de poder humano? Será que dragões versados em tecnologia como você lubrificam as engrenagens do comércio dos dragões por todo um espectro de mundos? Pode até parecer banal, mas, ao garantir que os softwares dos humanos e dos dragões sejam compatíveis, você seria capaz de controlar qualquer mundo que usasse tecnologia, fosse Alfa *ou* Gama. Talvez até os mundos de alta tecnologia onde o caos impera e os feéricos são mais fortes... não é mesmo, Indigo? Será que qualquer dragão pode acessar a rede de computadores local, não importa em que mundo esteja, quando e onde quiser?

Todos os feéricos na sala pareciam estar prestes a matar alguém. As mãos de Ernst congelaram. Ele largou a pinça e o fio que estava segurando com cuidado.

— Mas não é possível. Com toda a imensidão de mundos que existem por aí...

— Não estou dizendo que eles fizeram isso em *todos* os mundos — respondeu Irene apressadamente, olhando para os feéricos prontos para a ação, mas ainda atentos a cada palavra sua. — Quem sabe apenas nos mundos em que os dragões vivem em tempo integral? Como este aqui, onde Lady Ciu mora há várias décadas. Nem estou dizendo que todos têm o mesmo sistema operacional. Mas, com tantos dragões "influenciando" tais mundos, talvez possam garantir que o tipo certo de tecnologia seja desenvolvido. Com tudo isso, basta que uma *especialista* traga uma pasta cheia de cartões de memória para começar a trabalhar imediatamente quando ela for para um mundo de alta ordem.

Todas as peças se encaixaram. Ela mal podia acreditar na escala daquele esquema. Os dragões faziam tudo parecer tão simples — poder, controle, riqueza. Sempre davam um jeito de assumir posições de autoridade e permanecer nelas. Uma iniciativa contínua, secreta e multigeracional de infiltração na infraestrutura de softwares de diversos mundos... Era algo que ela jamais consideraria possível. Como dizia um velho ditado a respeito dos cisnes: flutuavam graciosamente na superfície da água, mas batiam as patas lá embaixo como se fossem uma roda de moinho.

— Estou certa, Indigo? Houve alguma influência dragônica no desenvolvimento de software deste mundo? — interrogou Irene.

A expressão de Indigo era neutra, mas seus olhos piscavam sem parar. Talvez estivesse percorrendo uma árvore de opções lógicas como um computador, imaginou Irene. Por fim, a dragoa se sentou.

— Se alguém levar isso a sério, você se deu conta de que colocou a si mesma e a todos presentes nesta sala em perigo?

— Ora, mas é claro — respondeu Irene. Foi um ato de assumir a culpa tão bom quanto qualquer outro. A vontade de cair na gargalhada era tentadora. Como se aquele trabalho já não fosse confuso. — Deve ser um *grande* segredo dos dragões. Talvez o maior de todos. É obvio que todos correremos risco de morte, uma morte permanente, inescapável e que recairá sobre nós como uma tempestade de fogo, se a notícia de que temos conhecimento disso se espalhar. — Ela olhou à volta da sala. — Reparem que eu disse *se* a notícia se espalhar.

— E se o dragãozinho der com a língua nos dentes? — perguntou Ernst com um rosnado baixo de ameaça.

Kai pegou um mouse quebrado de uma das mesas e o estilhaçou fechando a mão.

— Foi você quem disse, não foi? Irene e eu somos parceiros no crime. — Havia amargura em sua voz.

Felix se voltou para Indigo.

— Adoraria dar um tiro em você, mas precisamos de respostas. E você não está mais em contato com seus parentes.

— O feérico abaixou a arma, guardando-a de volta no paletó. Perguntou: — Então *por que* fugiu da sua família?

— Porque esvaziei as contas bancárias do meu pai, em vários mundos, para ajudar a financiar uma revolução — respondeu Indigo. — Agora, vai me ajudar com o roubo ou não?

— Gosto do seu jeito. Alguma chance de colaborarmos no futuro? — sugeriu Felix.

Irene reprimiu um suspiro de alívio quando a tensão que emanava do feérico começou a se dissipar. Talvez ninguém morresse naquele dia.

— Acho que *não* — retrucou Indigo. — Meus sentimentos em relação ao meu pai não me fazem gostar mais de *você*.

— As necessidades devem ser satisfeitas quando o diabo está no controle — disse Felix filosoficamente.

Kai saiu da sala num rompante, batendo a porta atrás de si. Irene ficou imaginando se tinha esperado a paz — pelo menos ali, o que já seria melhor do que nada — cedo demais.

— É melhor ir atrás dele — indicou Indigo, com um tom malicioso. — Não vai querer que Kai tire a coleira...

Kai estava andando de um lado para o outro no patamar lá fora. Ele pegou Irene pelo braço no instante que ela saiu, puxando-a para um dos escritórios vazios.

— Obrigado, Irene. Muito obrigado *mesmo*. — Ele estava furioso de verdade. — Há uma grande diferença entre negociar uma trégua e *fornecer* informações confidenciais para aquelas criaturas! Como pôde fazer uma coisa dessas?

— Não perguntei nada a você, portanto sua lealdade não foi comprometida — retrucou Irene. — Tomei todo o cuidado de *não* perguntar a você. Perguntei a Indigo. E *ela* confirmou tudo.

O mau-humor de Kai não abrandou nem um pouco.

— Não importa quem confirmou, você sabe *muito bem* que não posso deixar uma informação dessas vazar. Agora não tenho como contar ao meu pai que os outros já sabem disso sem admitir que você também sabe. Foi de propósito? Você arriscou a própria vida por causa de uma camaradagem boba com feéricos que a *ameaçaram de morte*? De que lado você está, Irene?

— Eu estou tentando manter todos focados no mesmo objetivo até roubarmos o maldito quadro! — vociferou ela. — Não pretendia dizer nada, mas Evariste me forçou a agir e os outros iam cair em cima de Indigo. Tive que dizer alguma coisa. E quanto ao sr. Nemo... não acha que ele também já sabe? Por que mais contrataria Indigo como hacker numa equipe de *feéricos*? Eles têm cientistas malucos, programadores independentes e outros arquétipos. Deve ter tido um bom motivo para o sr. Nemo escolher uma dragoa.

Kai disse um palavrão entre dentes.

— As coisas estão ficando cada vez mais complicadas. Meu pai até teria compreendido a necessidade desta missão no começo, com o objetivo de adquirirmos o livro para a Biblioteca, mas agora...

Irene tinha plena ciência de que "então não conte a ele" não seria uma boa resposta — ou pelo menos não satisfaria Kai.

— Sinto muito — disse ela —, esse é o problema de tomar a iniciativa de me acompanhar numa missão. Eu tenho outras prioridades. Você não está mais sob a minha autoridade. Não quero fazer isso sem você, mas, se achar que não pode mais ficar aqui, vou entender.

— Isso é chantagem emocional — acusou Kai. — Você está tentando fazer com que eu me sinta culpado.

— Não. — A raiva estava começando a passar, deixando Irene exausta. — Não, Kai, estou sendo sincera. Não posso lhe prometer como essa bagunça vai acabar, mas *tenho* que seguir em frente. Se não fizer isso, um mundo com o qual me importo será tomado pelo caos... e jamais o recuperaremos. Aquele mundo fez de mim quem eu sou, talvez tanto quanto meus próprios pais.

— Deixando a missão de lado... você ouviu o que ela *disse*? — questionou Kai. Ele continuava irritadíssimo. — Como Indigo *admitiu* ter roubado de nosso pai?

Bem, refletiu Irene, *é por isso que ninguém estava disposto a entrar em detalhes sobre os crimes dela. Poderia incitar outros dragões a fazer o mesmo.*

Não foi a primeira vez que ela se perguntou se existia um padrão universal de moralidade. Seu antigo colégio afirmava que certos limites jamais deveriam ser ultrapassados. Parecia simplista, mas talvez tivessem razão. Como se sentiria se seus próprios *pais* não pudessem perdoá-la por cometer determinado crime? Ou se ela não pudesse perdoá-los?

As leis só se aplicavam aos seres humanos. Tudo na sociedade dos dragões se resumia ao costume — incluindo obrigações familiares, princípios pessoais e laços de lealdade. Indigo tinha quebrado tais laços de modo irreversível. A sociedade feérica era movida pela ambição pessoal e pelo aprimoramento do arquétipo desejado pelo indivíduo. Se um feérico assumisse o papel de um assassino em massa fictício, poderia tanto ser um aliado como um inimigo, mas não um *criminoso* — a menos que suas ações incomodassem alguém mais poderoso. Já os Bibliotecários roubavam livros o tempo todo como parte do trabalho. No entanto, só consideravam crimes atos como trair a Biblioteca ou outros Bibliotecários e o fracasso... Sendo assim, será que era possível que todas aquelas facções partilhassem da mesma moralidade? Para aquele trabalho, o tratado e tudo o mais?

Kai estava olhando para ela, esperando uma resposta.

— Você sabe que a missão é minha prioridade — disse ela. — Não estou tentando manipulá-lo.

Ele deu um muxoxo.

— Pode ser que não, mas está conseguindo.

Irene desistiu, passou as mãos pelo cabelo e disse:

— Olha, vou voltar para lá. Você vai ficar bem?

Kai arqueou a sobrancelha.

— Acha que vou ficar aqui fora? Não se preocupe, vou me comportar. E sei que você é capaz de cuidar de si mesma. Mas prometi mantê-la a salvo, Irene... até mesmo da minha família, por mais zangado que eu esteja.

CAPÍTULO 18

Era o início da noite no Naschmarkt de Viena, e todas as barracas de comida e restaurantes ao longo da comprida rua estavam abertos. Aromas deliciosos tentavam o futuro cliente — peixe e alho, bife e linguiça, curry e mostarda e falafel. Tudo se combinava numa mistura que seria impensável numa refeição só, mas que atraía o olfato e atiçava as glândulas salivares.

— Até onde vai este mercado? — perguntou Kai, olhando Irene de soslaio. Ainda havia certa tensão entre eles. — É melhor não chegarmos atrasados.

Ele tinha razão. Os dois foram entregar a "taxa de proteção" à gangue, cujas instruções foram claras. Apareçam às sete horas em ponto sob a barraca de toldo azul no final do Naschmarkt, o antigo mercado noturno de Viena. Embora Kai e Jerome fossem os contatos da gangue, Irene se convidara para acompanhá-los. Ernst e Felix ficaram protegendo a fortaleza com Indigo — prontos para partir em debandada se a CENSURA desse as caras por lá. Tina estava rondando a área do mercado a bordo de uma van, caso precisassem de uma carona de emergência.

— Já deve estar chegando ao fim — respondeu Irene.

228

As barracas ao longo da rua tornavam-se cada vez mais decadentes e exibiam cardápios menores à medida que prosseguiam. As primeiras, perto da Ringstrasse — a avenida circular no coração da antiga Viena —, eram de boa qualidade, armadilhas para turistas ou ambas as coisas. Porém, mais para baixo, ficavam mais desleixadas e baratas. Não a ponto de ser um lugar perigoso — quer dizer, considerou Irene, talvez não fosse bom andar sozinha ali tarde da noite —, mas era perfeito para transações ilícitas.

— Ali. — Jerome apontou com a cabeça para um toldo azul batendo com o vento forte. — Acho que é aquela.

Os três se empoleiraram nas banquetas bambas diante do único balcão. A barraca vendia comida do Oriente Médio, mas não tinha aparência nem cheiro muito apetitosos. Irene olhou para o relógio no instante que uma jovem pôs a mão cobiçosa no braço de Kai.

Ela vestia roupas de laicra apertada e muito couro sintético. O cabelo era uma mistura de azul e roxo que brilhava sob a luz da rua e seus olhos estavam esfumados com uma quantidade generosa de sombra.

— Olá, bonitão. Você veio para a corrida de cachorro?

— Viemos, sim — interveio Jerome antes que Kai puxasse o braço da mão dela. Em seguida, passou uma nota de valor irrisório pelo balcão para o dono. — Pelo incômodo.

— Tudo certo — replicou o homem, nitidamente acostumado com aquele tipo de troca. Guardou a nota e começou a atender outro cliente.

Irene examinou a jovem com atenção. Não parecia esconder uma arma; as roupas eram justas demais para isso.

— Entrega direta? — perguntou Irene.

— O chefe quer falar com vocês primeiro — respondeu a jovem. Sob a bravata e a sombra pesada nos olhos, ela parecia mais do que inquieta; Irene diria até apavorada.

— E se não quisermos falar com ele? — perguntou Kai. Ele retirou a mão dela do braço de modo suave, mas firme.

— Ele disse que seria uma boa ideia. Para todo mundo — explicou ela apressadamente, quase gaguejando — se pudesse fazer um acordo com vocês.

— Já fechamos um acordo com ele — respondeu Jerome.

— Ele disse...

Irene ficou atenta enquanto conversavam. Não tinha como alguém ter confiado naquela jovem para negociar por conta própria. Mas não havia mais ninguém por perto para detê-los caso decidissem ir embora dali, as pessoas no balcão estavam todas ocupadas com a comida, e...

... tinha um ponto de luz vermelha no balcão entre ela e Kai. A mira a laser de um rifle.

Irene olhou para trás e inspecionou a fileira de casas velhas que margeavam a rua. Não havia como descobrir a origem da mira do rifle. Nem como saber se era a única arma apontada para eles, o que descartava a possibilidade de proteger a si mesma e aos outros com a Linguagem. Eram alvos fáceis ali — por isso a gangue escolhera aquele lugar.

— Acho melhor acompanharmos a senhorita — sugeriu calmamente. Quando Kai se virou carrancudo para Irene, ela indicou a luz vermelha no balcão. — Pelo visto, o chefe dela quer falar conosco com urgência. Como vamos recusar?

*   *   *

Se o prédio para o qual foram levados fosse uma pessoa, seria um criminoso que levava uma vida dupla. Os vizinhos diriam "mas ele era um homem tão simpático!" depois que a polícia concluísse a investigação e retirasse os corpos. Por fora, era uma revendedora oficial que oferecia ingressos para shows e passeios até as atrações da região. Mas por dentro...

Depois da porta principal e do escritório da frente, as paredes eram cinzentas e o piso não tinha carpete. Havia manchas escuras nos cantos, e Irene imaginou as lavagens que não foram capazes de limpar todo o sangue dali. Até podia visualizar as pessoas entrando por um lado... sem necessariamente saírem pelo outro. Nada de câmeras. O que acontecia dentro da revendedora de ingressos ficava dentro da revendedora de ingressos.

Um monte de homenzarrões se encarregou deles assim que passaram pela porta da frente. Foram revistados, e a arma de Jerome, confiscada. A garota foi dispensada depois de receber o pacote de algum produto farmacêutico. Mesmo se fosse um mundo de alto caos, a situação não poderia se conformar aos arquétipos de forma mais perfeita. E tudo ocorrera com o mínimo de diálogo.

Irene não tentou resistir, e os outros seguiram seu exemplo. Ela estava muito curiosa para saber o que se passava ali. Se a gangue quisesse matá-los, poderiam ter atirado neles à distância, colocado explosivos sob o escritório ou... na verdade, era muito deprimente pensar em como era simples matar alguém. Então o que é que eles queriam?

Os três foram conduzidos para um escritório, no qual o homem atrás da mesa seria melhor descrito como cinza: cabelo grisalho, terno cinza, olhos e dentes cinzentos. Ele até tinha um notebook cinza, em cuja tampa discretamente fechada se apoiava uma caneca de café, também cinza. O homem os analisou de cima a baixo, fazendo uma avaliação ofensiva e lenta.

— Quer dizer que vocês são os novos rapazes da cidade — disse por fim.

Irene decidiu que não era a melhor hora para militar pela representação feminina.

— Você queria conversar com a gente?

— Estou à procura de novos hackers e programadores. Pensei em oferecer o emprego a vocês.

Irene, Kai e Jerome trocaram olhares.

— Ah, não queremos pisar nos calos da sua equipe atual — desculpou-se Kai.

— Não será um problema.

O que sugeria que os donos dos ditos calos tinham sido desmascarados e que ninguém nunca mais ouviria falar deles.

— Por que para nós? — perguntou Irene. — Somos novos aqui.

— Exato. É por isso que sei que não têm nenhuma conexão local.

— Não passamos de empreendedores de criptografia... — tentou Irene.

— Cale a boca. — Ele lhe apontou um dedo com a unha quebrada. — Havia membros da minha gangue no Nonpareil ontem à noite. Você e aquele cara estavam lá quando tudo aconteceu. — Ele virou o dedo para Jerome. — Mas vocês não constam nos registros da polícia nem do cassino. Nada de nomes nem de fotos, absolutamente nada. Alguém apagou os dados muito bem. Ora, quero essa pessoa na minha folha de pagamento.

Que maravilha. Demos um tiro no próprio pé por sermos bons demais no que fazemos.

— Então, quem está no comando? — perguntou ele.

— Ela — respondeu Kai antes que Irene pudesse sugerir outra pessoa.

— É mesmo? — O homem cinza se recostou na cadeira.

— Posso convencer uma máquina a fazer qualquer coisa — blefou Irene. Podia adivinhar por que Kai a escolhera. Se o homem cinza queria uma especialista em computadores, então a manteria viva.

— Que habilidade útil. Gostei. Pois muito bem. Quero que invada os registros da polícia. Também quero um... como é que se chama? Aquele negócio de bitcoin. Nós cuidamos da distribuição de muitos arquivos. Você também ficará encarregada disso. Não se preocupe, será bem paga. Mas agora sua equipe trabalha para mim.

— Temos outros compromissos — interveio Jerome. — Não podemos largar os trabalhos que já aceitamos fazer.

— Pois façam hora extra. Pago um café para vocês. O de Viena é ótimo.

— Em troca, você nos pagará uma boa grana — começou Kai — e *não* nos denunciará para a CENSURA.

— Sim, isso seria desagradável. Para vocês. Que bom que entenderam a minha ideia.

Irene sentiu uma comichão nas costas por saber que havia quatro homens armados atrás dela e dos parceiros. Era o tipo de situação em que uma palavra errada poderia resultar em tiroteios e baixas. Nenhum deles estava imune a ser morto por um tiro idiota de um bandido mais idiota ainda numa situação que não tinha nada a ver com a missão.

— Só me diga qual é a prioridade — exigiu.

— Os registros da polícia vêm em primeiro lugar — respondeu o chefe. — Quanto à CENSURA, pode-se dizer que temos um certo *acordo*. Fazemos favores a eles, que nos retribuem por isso. Se me traírem, minhas fontes ficarão *bastante* interessadas em indivíduos suspeitos como vocês.

De repente, um plano arriscado ocorreu a Irene. Se fizesse o que pensou e a gangue fosse formada de soldados leais à CENSURA, ela e seu grupo estariam acabados. Por outro lado, se estivesse certa e sobrevivessem à aposta, poderiam obter informações inestimáveis do que era praticamente uma fonte infiltrada. As possíveis informações justificavam o risco.

— A CENSURA parece reinar por aqui. Não quer que eu invada a rede de computadores da organização para obter uma vantagem sobre eles? É só pedir. — Irene cruzou os dedos mentalmente.

O homem cinza estreitou os olhos, uma expressão que indicava que Irene sugerira algo absolutamente impensável *e* extremamente tentador. Ela deu um suspiro de alívio. Era o tipo de reação que teria se alguém lhe oferecesse um exemplar do *Primeiro fólio* de Shakespeare.

— Acha mesmo que conseguiria? — perguntou ele por fim.

— Acho, sim — respondeu Irene confiante, desejando ter o rosto impassível de Jerome no pôquer.

Jerome escolheu aquele momento para dizer:

— Você não *pode* nos entregar para a CENSURA, não é? Eles nos fariam perguntas, e agora podemos lhes dar certas respostas... sobre você.

— Pretendíamos pagar a taxa e ir embora daqui — acrescentou Kai em apoio a ele. — Não pode nos culpar por protegermos nossos interesses.

— Vocês dois estão competindo para saber quem diz a pior coisa possível? — indagou Irene, incrédula. Não descobriria *nada* a respeito da CENSURA se continuassem daquele jeito.

— Eu me sinto atacado — ressentiu-se Jerome.

— Eu me sinto *definitivamente* atacado — respondeu Kai.

Os dois estavam se unindo, o que era bom — quantas vezes um feérico e um dragão faziam piadas juntos? —, mas Irene gostaria que tivessem escolhido uma hora e um lugar mais apropriados. Deu um suspiro e se virou para o homem cinza.

— Vamos cooperar.

— Vocês dois têm sorte de ter uma mulher sensata na equipe. Garota — disse o chefe, voltando a falar com Irene —, descubra uma coisa para mim sobre a CENSURA e eu libero vocês da taxa da primeira quinzena.

— O que você quer saber? — perguntou Irene. Se parecesse algo útil, talvez Indigo pudesse retirá-lo do banco de dados da CENSURA. Não que fossem se dar ao trabalho de entregar as informações.

— Aconteceu uma coisa ontem. A CENSURA fez uma batida na biblioteca da universidade e logo em seguida na Escola Espanhola de Equitação. Eles estão agitados e minhas fontes me disseram que há algo ruim acontecendo. Quero que você descubra o que é.

Irene sentiu o coração bater mais forte. E se a CENSURA estivesse seguindo o rastro deles na biblioteca e na escola de equitação? Aquilo poderia colocar a missão em risco — de qualquer forma, Indigo precisava investigar mais a fundo. Se o homem cinza tinha fontes infiltradas na CENSURA, poderia lhe contar mais a respeito disso. Mas aquele vaivém

235

seria lento demais. Ela precisava saber agora. Estava na hora de aproveitar a vantagem que possuía.

— Vou ver o que posso fazer — acatou ela, retribuindo o olhar dele. — Enquanto isso, **vocês percebem que sou de confiança e precisam me contar tudo que sabem a respeito da** CENSURA.

Houve um burburinho na sala quando todos os bandidos tentaram falar ao mesmo tempo. A dor irrompeu na cabeça de Irene — o castigo por usar a Linguagem em tanta gente.

— Calem a boca, todos vocês! — ordenou o homem cinza, e seus lacaios ficaram quietos. — Acho melhor você saber para fazer o trabalho direito — continuou. A racionalização baseada numa mudança de percepção induzida pela Linguagem era uma coisa maravilhosa. — É o seguinte: a CENSURA nos paga em troca de informações. Passamos adiante qualquer coisa estranha que captamos, e eles nos dizem a que devemos ficar atentos. Entregar alguns nomes extras para a organização "se encarregar" faz parte do negócio. Mas, desde a batida na universidade e na escola de equitação, não ouvimos falar deles, o que é bastante incomum. Talvez alguém tenha falado mal de nós. Nesse caso, preciso saber quem foi. Mas se for porque algo importante está acontecendo... não quero ficar de fora.

— Obrigada, será bastante útil. — Aquilo significava que a CENSURA tinha conexões em ambos os lados da lei, tanto na polícia quanto no crime organizado. A tarefa parecia cada vez mais difícil. Irene deu um sorriso agradecido ao homem cinza. — A CENSURA mencionou alguma palavra-chave ou outro dado qualquer? Algo que eu possa usar durante a busca nos registros deles?

O homem cinza deu de ombros.

— Eles disseram para ficarmos atentos a qualquer coisa a respeito de bibliotecas ou bibliotecários. Talvez alguém da biblioteca da universidade esteja envolvido.

Irene sentiu as garras do pavor em torno da garganta. Era uma boa explicação, mas a *outra* possibilidade tinha implicações desastrosas para a missão. No primeiro contato, os bandidos ameaçaram entregar Kai e Jerome à CENSURA caso não pagassem o suborno. Sua lista de acusações falsas incluía "esconder livros de magia". Será que a Biblioteca estava na lista de observação da CENSURA — ou era só uma coincidência desagradável? Quem estava por trás da organização?

— Obrigada — disse ela. — Vou dar o meu melhor.

Ele devia ter se dado conta de que Irene cedera rápido demais, pois estreitou a visão.

— Vou mandar alguém ficar de olho em você.

Bem, seria um azar para quem quer que fosse tal pessoa.

— Piet, acompanhe-os até a saída — mandou o chefe. — E me traga mais café.

Por sorte, Jerome e Kai não fizeram outra tentativa de interferência. Irene agradeceu em silêncio a todas as divindades conhecidas conforme se dirigia à porta. Precisariam de muito tempo para evacuar a própria base.

De repente, um dos bandidos mais calados franziu a testa.

— Chefe? — chamou ele. — Por que você contou tudo isso para ela?

— Isso o quê? — questionou o homem cinza.

Irene reprimiu um palavrão. O truque do "você percebe" da Linguagem durava pouco tempo, mas não costumava passar tão depressa assim. Ela sentiu Kai se retesar ao seu lado e o empurrou em direção à porta.

— Você percebe que não há nada com que se preocupar — tentou ela de novo.

A súbita dor de cabeça a fez tropeçar, e Kai a pegou pelo cotovelo. Jerome os levou para fora da sala e fechou a porta atrás de si.

— Tranque-a — ladrou ele.

Ela mordeu o lábio, concentrando-se.

— **Porta, tranque-se. Tranque-se e emperre-se.**

A mulher vigiando o escritório da frente olhou-os com desconfiança.

— Há alguma coisa errada?

— Nadinha — respondeu Jerome descontraidamente, mas ela levou a mão até a arma. — Já recebemos nossas ordens...

A guarda desmaiou quando Kai desferiu um golpe rápido na sua nuca.

— Espero que tenha valido a pena — disse Kai, arrastando a mulher inconsciente para trás de um balcão. — No instante que a Linguagem passar, eles virão atrás de nós.

— Eles estão atrás de um *Bibliotecário* — disse Irene antes de engolir duas aspirinas a seco.

— E daí?

— Quem mais sabe da existência dos Bibliotecários, além dos dragões e feéricos?

Jerome abrira o celular, mas interrompeu no meio a mensagem de texto que escrevia.

— Então foi *por isso* que a CENSURA deu passe livre a Hao Chen no cassino. É claro que os dragões estão de conluio com eles. — Ele se voltou para Kai. — Sua irmã tem razão.

— Sobre o quê? — indagou Kai, eriçado.

— Sobre o que acontece quando os dragões ficam no comando das coisas.

A porta foi arrombada e bandidos saíram da sala aos borbotões. Atrás deles, o homem cinza berrou num tom de pânico genuíno:

— Matem a bruxa!

Apesar de toda a ligação com a CENSURA, *você nunca esperou encontrar uma bruxa de verdade?*, pensou Irene, abaixando-se atrás do balcão.

— **Armas, emperrem-se!** — gritou.

Jerome e Kai estavam cuidando dos bandidos. Ela passou por eles e entrou na sala que tinham acabado de deixar. Como esperava, o chefe sacudia o celular e praguejava alto.

— Não há sinal de telefone aqui? — intimidou ela.

Ele encolheu o corpo, olhando-a como se Irene fosse um monstro saído do cartaz de um filme de terror proibido para menores de idade. Demorou um segundo para se lembrar da arma, que apontou com a mão trêmula.

— Fique longe de mim, sua bruxa!

— Você me deixou numa situação complicada — disse Irene. — Creio que não posso persuadi-lo a ficar de boca fechada sobre isso, posso?

— Afaste-se ou vou atirar!

— Sua arma está emperrada — advertiu-o Irene. O homem estava próximo o suficiente quando ela usou a Linguagem. — Coopere comigo. Não quero ser obrigada a matá-lo.

Ele puxou o gatilho, mas nada aconteceu. Perdeu a coragem e correu em direção à outra porta.

Irene pegou uma cadeira e jogou-a em cima dele. Acertou-o no meio das costas; o homem tropeçou, e ela aproveitou a oportunidade para se aproximar. O sujeito largou a arma e puxou uma faca de um bolso interno. Ela se esquivou para o lado, evitando o golpe, e deu-lhe um pontapé no joelho. Ele caiu no chão, e a faca deslizou para fora de seu alcance.

— Já cansou de brincar com sua presa, madame bruxa? — perguntou Kai da soleira.

O homem cinza tentou pegar a faca, então Irene pisou na mão dele antes de se voltar para o parceiro.

— Já acabaram com os outros?
— Todos abatidos e inconscientes.
— Muito bem. Temos muito trabalho pela frente.

Dez minutos depois, os bandidos, a guarda e o chefe foram amarrados na sala de interrogatório. Irene lacrou as portas com a Linguagem, colando-as aos batentes. Não resistiriam a uma investida externa e a sala não era hermética — os prisioneiros não morreriam sufocados —, mas aquilo os manteria fora do caminho pelas próximas horas.

— Quer dizer que fomos descobertos — disse Jerome num tom alegre em vez de deprimido. — Você está pensando a mesma coisa que eu?

— Talvez — disse Irene. — Acho que tivemos muita sorte.

Kai franziu a testa.

— Não entendi. Do meu ponto de vista, tivemos um baita azar quando aqueles idiotas tentaram nos chantagear e por terem visto a gente, para começo de conversa.

— E que azar os dragões estarem envolvidos com a CENSURA, não é? — debochou Jerome, fingindo inocência.

Kai deu uma mirada gélida nele, com o brilho vermelho dos dragões nos olhos.

— Talvez a CENSURA já tenha capturado um Bibliotecário antes. Pode ser por isso que sabem que "Biblioteca" e "Bibliotecário" têm um significado específico.

— Você não acredita nisso, e nem eu — retrucou Jerome.

Irene respirou fundo para se concentrar. Ela também não acreditava, embora entendesse por que Kai não queria admitir o óbvio.

— Tivemos sorte — disse ela, interrompendo a conversa —, porque o homem cinza imaginou que poderia extorquir dinheiro de nós, por isso não nos denunciou para a CENSURA. Ainda temos uma vantagem.

— Só que, no segundo em que saírem de lá, eles vão contar para a CENSURA. E para todo mundo.

— Então, vamos adiantar a programação. — Irene flexionou os dedos. — Não temos mais tempo. Faremos o roubo hoje à noite.

CAPÍTULO 19

Felix brandiu o cartão de identificação na cara do segurança do museu.
— CENSURA — disparou ele. — Recebemos a denúncia de uma possível manifestação demoníaca no segundo andar, perto dos pintores românticos franceses. Qual é o status do sistema de segurança?

O guarda olhou nervosamente do cartão de identificação para Felix, depois para Irene e os demais logo atrás dele, todos austeros nos uniformes roubados da CENSURA.

— Não captamos nenhuma perturbação aqui — gaguejou. — Todos os sistemas estão normais.

— Temos leitores de localização — respondeu Felix, tocando num dos dispositivos pendurados no cinto. — Talvez ainda haja tempo de impedirmos uma manifestação em grande escala e uma ameaça à vida.

O segurança se empertigou, visualizando um futuro no qual não era demitido por deixar uma infestação passar despercebida.

— Posso fazer alguma coisa para ajudar?

Como planejado, Jerome interveio.

— Senhor, talvez seja possível resolver isso com o mínimo de perturbação. A esta hora da noite, não deve haver muitos alvos para tirar do caminho. Se vasculharmos a galeria agora e executarmos os novos programas de proteção virtual, podemos deixar o restante do museu intacto.

— Não sei, não — disse Felix, em dúvida. — Não podemos correr o risco de colocar a população em perigo. Mesmo que sejam apenas alguns funcionários, já que o museu fica fechado durante a noite...

— Vou chamar meu supervisor — disse o segurança, mordendo a isca avidamente. — Ele vai nos dizer se é possível.

Felix assentiu.

— Muito bem. Lang, contate o quartel-general. Apresente um relatório da situação.

— Sim, senhor — respondeu Irene. Ela deu um passo para trás, levantando a mão para cobrir a boca conforme murmurava alguma coisa no microfone.

O supervisor do segurança chegou em menos de meio minuto. Ele e Felix iniciaram uma breve discussão sobre a melhor forma de lidar com a situação — e, o mais importante, como o museu não assumiria nenhuma responsabilidade por qualquer coisa que pudesse dar errado. Kai, Jerome e Ernst adotaram a postura um tanto ameaçadora de profissionais de segurança. O uniforme de Ernst estava visivelmente apertado, feito para alguém que usava um tamanho menor do que ele. Irene esperava que a roupa sobrevivesse à noite — ou, pelo menos, ao tempo suficiente para que saíssem dali.

— Tudo bem até agora — murmurou ela. — E com vocês?

— Aceitável — respondeu Indigo, falando da van de fuga. Irene conseguia ouvir o zumbido do tráfego pelo fone e o fluxo e refluxo distante das transmissões da CENSURA sendo monitoradas. — Até agora, ninguém percebeu minhas escutas na rede nem descobriu o esquadrão que vocês interceptaram para roubar os uniformes. Tina vai nos colocar em posição de buscá-los daqui a dez minutos. Avise se precisarem de mais ou menos tempo.

— Positivo.

Felix terminou a conversa e fez um sinal para eles se aproximarem.

— *Herr* Vogel aprovou a investigação. Vocês conhecem o procedimento. Lang, algo a relatar?

— A central me informou que está tudo sob controle e que podemos seguir em frente, senhor — respondeu Irene. — Também disse para ligarmos daqui a dez minutos se tivermos algum problema.

— Muito bem — continuou ele, reconhecendo o código para a hora da fuga. Felix se voltou para Kai. — Bauer, fique aqui um momento. Veja se consegue conectar as câmeras de vigilância do museu ao nosso sistema. Os outros, venham atrás de mim.

Herr Vogel insistiu em acompanhá-los pelos dois lances da escada de mármore, tagarelando nervosamente o tempo todo. A iluminação regular estava desligada àquela hora da noite, mas o segurança passou lanternas a todos. Havia leões de mármore agachados ao pé da escada, com os músculos suaves reluzindo sob a luz das lanternas. Silhuetas pintadas espreitavam do teto, eternas e imóveis. O museu inteiro parecia estar de guarda, à espera de qualquer deslize. Irene sentiu uma gota de suor escorrer pelas costas sob o uniforme roubado. Havia tantas coisas que poderiam dar errado, tantas pessoas que poderiam cometer algum erro... Era por isso que preferia trabalhar sozinha.

— Ouvi dizer que há problemas por toda a cidade — comentou *Herr* Vogel, hesitante. — As pessoas estão comentando nas redes sociais que as patrulhas da CENSURA estão resultando em prisões em massa.

— Não posso confirmar nem negar — respondeu Felix, num tom de voz que confirmava a informação de forma bastante clara. — Com sorte, não vamos demorar muito. Não queremos causar pânico desnecessário aqui também.

— Ah, com certeza — concordou *Herr* Vogel depressa. — Vamos tentar manter tudo sob controle. Se acontecer alguma coisa... devemos ajudá-los?

— Aprecio sua devoção ao dever, mas a resposta é não. Nossa política é de contenção. Se for *mesmo* uma manifestação demoníaca, qualquer pessoa desprotegida pode estar sujeita a possessão. Não podemos correr o risco de que os funcionários do museu infectem a população geral.

A pouca cor nas faces de *Herr* Vogel se esvaiu por completo.

— Não imaginava que o risco fosse tão grande assim.

— Para toda a Viena. — Felix lhe deu um grave aceno de cabeça, de um homem sério para outro. — Por sorte, não há sinal de ninguém rondando o museu.

— Sorte?

— Adoradores. — Felix olhou para o nada por um momento, tomado por uma recordação devastadora que deixou seu rosto sombrio. A luz da lanterna captou a expressão no momento certo para enfatizar seu ar cansado de guerreiro experiente. Ele era o próprio agente profissional da CENSURA, alguém que dedicara a vida para combater horrores inimagináveis.

Irene precisava admitir que Felix estava fazendo um ótimo trabalho. E, até onde podia julgar, se divertindo bastante. Ela reprimiu a ideia invejosa de que conseguiria interpretar o líder do esquadrão tão bem quanto ele. O importante era fazer o trabalho direito.

— Ah, entendi. Não, a área está bem tranquila hoje à noite. Não captamos nada nas câmeras.

245

Com sorte, continuaria assim. Até o momento os eventos tinham corrido conforme o planejado. Primeiro, provocaram batidas da CENSURA por toda a cidade a partir de informações falsas divulgadas pelas conexões de Indigo com os computadores da organização. Em seguida, emboscaram um esquadrão da CENSURA a bordo de uma van de tamanho conveniente e com uniformes de tamanho mais ou menos conveniente. E depois se infiltraram no Museu Kunsthistorisches enquanto Indigo e Tina permaneciam na van roubada, circulando por Viena e prontas para buscá-los — seria perigoso demais manter a van estacionada do lado de fora do prédio.

— Aqui estamos — anunciou *Herr* Vogel, gesticulando ao redor da galeria. As paredes eram cinza-escuras, o piso assoalhado com madeira, e uma comprida claraboia no teto contemplava o céu noturno encoberto por nuvens. Embora estivesse vazia, os quadros eram repletos de rostos humanos que pareciam olhar das sombras para o grupo.

Kai entrou correndo na sala.

— Conectei as câmeras do museu ao comando central da CENSURA, senhor. Serão capazes de analisar a transmissão e captar tudo que não conseguirmos.

— Maravilha — disse Felix. — Benz, pegue o dispositivo de varredura. *Herr* Vogel, devo lhe pedir para sair da sala agora. Pode haver descargas de alta energia e, embora os quadros estejam a salvo, não posso garantir a integridade física do senhor.

Herr Vogel hesitou, mas logo concordou. Deu um aceno de cabeça e saiu dali, deixando-os a sós na sala escura. Agora só faltava cuidarem das câmeras...

Felix se voltou para Irene.

— Entre em contato com o comando central, Lang. Veja se estão recebendo a imagem das câmeras.

— Você consegue acessar as câmeras? — murmurou Irene no microfone.

— Consigo, e já estou definindo uma imagem em repetição — respondeu Indigo. — Ande por aí, apontando o equipamento pela sala. Vou gravar e reproduzir, para distrair a segurança.

— A central me solicitou uma varredura completa, senhor — Irene informou a Felix. — Eles têm acesso total.

Em seguida, caminhou pela sala, apontando o equipamento devidamente misterioso para as paredes e quadros. Até que Indigo disse:

— Já está bom. Sincronizando: três, dois, um, *já*. Podem seguir em frente.

— Tudo limpo — informou Irene, guardando o equipamento.

— Verdade? — perguntou Felix.

— Vamos saber se eles entrarem aqui — respondeu Kai.

— Uau. *Preciso* convencer Indigo a trabalhar para mim qualquer dia desses. Nunca pensei que os dragões pudessem ser tão úteis. — Felix se dirigiu rapidamente para onde *A balsa da Medusa* estava pendurada. — Irene e Ernst, me deem uma mãozinha aqui. Jerome e Kai, fiquem de vigia.

Irene bateu o punho no de Kai em comemoração antes de se juntar a Felix. O feérico subiu nos ombros de Ernst para examinar a borda superior da moldura. Respirou fundo.

— Vai ser tão complicado quanto imaginávamos. Há um dispositivo eletrônico atrás do quadro.

— De que tipo? — perguntou Ernst.

— Um alarme de segurança, é claro. Só que bem maior do que qualquer outro quadro parece ter. Até maior do que havia no Tesouro Imperial.

— Então *realmente* há algo incomum neste quadro — comentou Ernst. — Mas é este que o sr. Nemo quer. Não cabe a nós discutir. — Ele encolheu os ombros, fazendo com que Felix protestasse e se agarrasse à parede para não perder o equilíbrio. — O alarme vai impedi-lo de tirar a pintura da parede?

— Claro que não! Mas não sei muito bem o que vou disparar.

— Vamos torcer para que seja parte do sistema de alarme principal — disse Irene. Ela tocou no fone de ouvido. — Você ouviu, Indigo? Consegue desativar o alarme?

Houve uma silêncio desconfortável.

— Acho que não vai ser tão simples assim — explicou Indigo devagar. — Há uma segurança com que eu não contava no sistema. Mexer nas câmeras é uma coisa, mas desligar o alarme será bem diferente. Para falar a verdade...

— O quê? — perguntou Irene. Aquilo não pareceu nada encorajador.

— Ah, não se preocupe, não é nada. Sinceramente, será mais fácil se vocês cuidarem do alarme por aí.

Irene repassou a informação para a equipe, deixando a parte do "não é nada" para si mesma. Talvez não *fosse* nada mesmo, mas se fosse... logo descobririam.

Felix olhou os companheiros de equipe ocupados e deu uma risada contagiante. A própria Irene teve que rir de uma equipe formada por feéricos, dragões e uma Bibliotecária trabalhando de modo tão eficaz.

— Vamos lá — disse ele. — Irene, vamos seguir com o plano: primeiro o alarme, depois o quadro. — Ele saltou dos ombros de Ernst, pousando como um gato no chão. — Ernst, prepare-se para segurar o quadro.

Irene engoliu em seco. Era agora que o roubo sairia dos planos para virar realidade. Não havia mais tempo para nervosismo. Ela deu um passo em frente e tocou na moldura com um dedo.

— **Todos os alarmes anexados ao quadro em que estou tocando, desativem-se.**

Sua voz ecoou na galeria, amplificada pela harmonia da Linguagem. Ela franziu a testa ao sentir uma pontada na cabeça, mas logo passou. Próxima etapa. Felix lhe explicara o modo como o quadro devia estar preso à moldura e à parede a partir de sua experiência prévia em "aquisições", e Irene elaborou um vocabulário eficiente.

— **Ganchos que prendem o quadro em que estou tocando, desprendam-se e soltem-se. Quadro, deslize suavemente até o chão sem se danificar.**

O quadro estremeceu quando as buchas se desenroscaram dos suportes e os parafusos se desprenderam e se soltaram. A coisa toda deslizou pela parede como a água por uma vidraça. Ernst segurou a tela com um grunhido assim que começou a tombar, baixando-a com delicadeza até o chão.

Felix olhou para a parede onde o quadro estivera pendurado e deu um assobio. Havia uma enorme variedade de circuitos ali — bem mais do que se poderia esperar.

— É muita paranoia — comentou ele.

— Irene! — berrou Indigo com a voz aguda.

Irene estremeceu e colocou a mão no fone de ouvido.

— O que foi? E não grite, por favor.

— O que quer que vocês tenham feito acionou alarmes que *não* consigo desligar. E eles não estão conectados somente à CENSURA, mas a outro lugar também. Vocês precisam se apressar.

— Estamos sem tempo — repassou Irene aos demais. — Indigo não consegue interceptar os alarmes que foram acionados. Temos que sair daqui. Imediatamente.

Felix soltou a respiração num assobio pensativo, apontando a luz da lanterna para as bordas da moldura.

— Eu sabia que não podia ser tão simples...

— Seja claro — exigiu Ernst.

— É duas telas. Uma está presa sobre a outra. O que foi mesmo que o sr. Nemo disse?

Irene resistiu ao impulso de corrigi-lo para "*são* duas telas". Não era hora de ser uma purista da gramática. Em vez disso, tentou se lembrar da resposta com exatidão.

— O sr. Nemo disse que queria a tela inteira, mas que poderíamos deixar a moldura para trás. Suponho que "tela" possa se aplicar a ambos os quadros, como um substantivo incontável. — Mas por que será que aquele quadro oculto era mais protegido do que o Tesouro Imperial? O que mais eles não sabiam? — Devo remover a moldura agora? — perguntou rapidamente, substituindo o pânico pela eficiência.

— Vá em frente. — As sombras escondiam o rosto de Felix, mas seus ombros estavam contraídos. — E diga para Indigo vir nos buscar agora mesmo. Ernst, prepare o embrulho.

Ernst tirou a mochila e pegou um pedaço grande de lona limpa e fina de dentro. Desdobrou o tecido como se estivesse sacudindo lençóis, e a lona esvoaçou até o chão da galeria num movimento fantasmagórico.

Irene se sentiu grata pelo tempo despendido na elaboração do plano. Não teve que perder segundos preciosos procurando as palavras certas. Ela se abaixou, tocou na moldura e disse:

— **Moldura e suportes dos quadros em que estou tocando, desmontem-se, desprendam-se e afastem-se para longe.**

A madeira, o revestimento dourado e a ornamentação se desfizeram imediatamente num estrondo seco de peças antigas. A imaginação de Irene evocou imagens de ossos velhos espalhados pelo chão.

— **Telas em que estou tocando, pairem sobre a lona esticada no chão e repousem sobre ela, viradas para baixo.**

Ela se inclinou para trás conforme as telas flutuavam no ar, desejando saber algum jeito de fazer com que se movessem mais depressa. A tensão formou um nó em seus ombros, que se somou à dor de cabeça emergente. Seus instintos lhe diziam que as coisas estavam prestes a dar muito errado — se é que já não tinham dado. A inesperada segurança extra era um belo indicador de um provável desastre.

— Parece que você está me usando como a artilharia pesada — observou ela, tentando acalmar os nervos.

— Pode ser, mas você é tão boa nisso — respondeu Felix.

— Em geral, eu levaria mais tempo e aproveitaria o processo, mas temos que nos apressar. Enrole tudo.

— **Telas e lona no chão, enrolem-se delicadamente até formarem um tubo.** — Enquanto obedeciam, curvando-se num rocambole desajeitado, Irene se voltou para o microfone.

— Indigo, prepare-se, estamos prestes a dar o fora daqui.

Houve uma troca de murmúrios do outro lado da linha antes que Indigo dissesse:

— Estaremos na entrada do museu daqui a alguns minutos. Espero.

— Espera?

— Há bloqueios nas ruas. Não se preocupe com isso. — Pneus cantaram ao longe.

Irene tentou não se preocupar. Indigo e Tina estariam lá. Caso contrário, e depois de tudo por que passou, ela mesma arrastaria os quadros pelas ruas de Viena e os usaria para espancar qualquer coisa que se intrometesse em seu caminho.

Felix prendeu o rolo com fita adesiva.

— Estamos quase prontos para partir — disse.

Alguns segundos depois, Irene e Jerome seguiram na dianteira rumo à escadaria principal, com as lanternas desligadas. Os outros vinham logo atrás, carregando o rolo pesado de lona. Embora Ernst fosse capaz de suportar o peso sozinho, o rolo cuidadosamente embalado era desajeitado e difícil de carregar. O museu estava silencioso e uma luz tênue entrava pela claraboia — não era o suficiente para apreciarem a decoração, mas sim para encontrarem a saída. Irene começou a ficar mais calma assim que se aproximaram da escada. A partir dali, era uma linha reta até a saída. *Quase lá, quase lá*, pensou, tranquilizando-se. A ampla escadaria surgiu logo adiante, com a estátua de mármore de um homem que brandia uma adaga reluzindo como um cadáver pálido na curva dos degraus.

— Parem de se esgueirar por aí. — Era a voz de Lady Ciu. — Vocês não estão enganando ninguém.

A senhora saiu das sombras ao pé da escada, alta e esguia, tão empertigada quanto as belas estátuas do museu. Os óculos escuros formavam uma faixa da mais absoluta escuridão em seu rosto. A dragoa trazia a bengala de estoque na mão esquerda, mas não se apoiava nela; a mão direita repousava sobre o cabo, pronta para sacar a lâmina.

Jerome pôs a mão no braço de Irene e se posicionou sob a luz. Em seguida, sacou a própria arma.

— Mas que conveniente — disse. — Queria mesmo encontrá-la de novo.

CAPÍTULO 20

Irene pensou rapidamente em meia dúzia de coisas que poderia fazer com a Linguagem. Mandar o chão engolir Lady Ciu... Derrubar a cúpula na cabeça dela numa chuva de vidro, revestimento dourado e afrescos... Quebrar a bengala de estoque em sua mão.

No entanto, todas elas informariam à dragoa que havia uma Bibliotecária envolvida. Aquele mundo não era protegido pelo tratado, mas a reputação de Irene e Kai como embaixadores estava em risco. Ela não queria nem *imaginar* o que aconteceria se Lady Ciu descobrisse que a conspiração tecnológica ultrassecreta dos dragões se tornara de conhecimento público. Mais uma razão para que Felix assumisse a responsabilidade pelo roubo... e a *culpa* também.

Talvez a velha dragoa estivesse disposta a negociar. Por outro lado, tanta coisa não fazia sentido ali. Em particular, a extensa segurança por trás daquele quadro, mas também o alarme que Indigo não conseguira desligar e o fato de que havia dragões em Viena, logo onde o quadro estava. E agora Lady Ciu aparecera bem ali. Era evidente que havia algo sinistro em andamento.

Mas Irene ainda precisava daquele quadro.

Pela milésima vez, Irene amaldiçoou o tamanho do objeto. Jogá-lo pela janela não era uma opção. Mesmo que se arriscassem a danificar a tela daquele jeito, não podiam esperar que Lady Ciu ficasse parada enquanto faziam isso. E se Irene usasse a Linguagem para ajudar, seria mais uma prova inegável de que havia uma Bibliotecária envolvida...

Jerome continuava sorrindo para Lady Ciu.

— Já está na hora de mais uma aposta?

— Sabia que você era desse tipo — respondeu Lady Ciu, com a voz cheia de desprezo. — Sem um pingo de autocontrole, incapaz de resistir à emoção de um risco mortal.

— Posso não ser capaz de resistir a uma aposta — respondeu Jerome —, mas você não consegue resistir a um desafio. Formamos um belo par.

Fora do campo de visão de Lady Ciu, a equipe de carregadores de lona tinha parado. Guiando-a, Felix hesitava.

Irene ergueu a mão numa ordem silenciosa para que permanecessem onde estavam.

— Consigo ouvir seus cúmplices se esgueirando aí em cima — disse Lady Ciu. — E agora?

— Você me espera descer a escada — disse Jerome —, e só então sacamos as armas. Isso é entre nós dois.

Irene gostaria de ver os olhos da dragoa para ler sua expressão — mas os óculos escuros de Lady Ciu eram tão opacos quanto o mármore preto das colunas, tão mortiços quanto os olhos de um tubarão. Uma bala era *capaz* de matar um dragão em forma humana. Portanto, se Lady Ciu estava disposta a enfrentar alguém com um revólver, armada apenas com uma espada, ou era suicida ou muito boa na esgrima. Tão boa que pareceria impossível. Lendária.

— De acordo — respondeu Lady Ciu devagar, para o espanto de Irene. — Mas e quanto a seus amigos? Eles vão interferir?

— Não. — Jerome olhou de relance para Irene. — O que quer que aconteça fica só entre *nós*, tudo bem? É por minha conta. Entrei nessa sabendo dos riscos. Nada mais. — Ele já descia a escada, cada passo pesado nos degraus de mármore soando como o tique-taque de um relógio. — Quem sobreviver discute os próximos passos.

— Jogador — acusou Lady Ciu.

— É o que vim fazer aqui. Não tenho a menor vergonha disso. E quanto a você? Parada como uma aranha, à espera de desafiantes.

— Estou cumprindo o meu dever. — Lady Ciu deu um passo para trás quando Jerome se aproximou, mantendo a distância. — Quando a rainha me pede para proteger um mundo, um lugar ou um objeto, é o que faço. Minha espada sempre foi suficiente.

— Até agora. — Jerome estava quase no final da escada.

— Devo acender as luzes? Não gostaria que você errasse a mira.

Lady Ciu bufou em desdém.

— A visão é o sentido que menos importa para mim. Não desperdice seus últimos pensamentos com isso. — Ela tirou uma lâmina comprida de dentro da bengala, que brilhou como o luar na penumbra. — Mas o que você quis dizer com "entrei nessa"? Quem o contratou?

— E isso lá importa?

— Pode fazer a diferença entre mantê-lo vivo ou não.

Jerome deu uma gargalhada gutural.

— A aposta é: tudo ou nada, madame.

— Serei mais precisa. — Ela girou o pulso. A luz incidiu sobre o aço da lâmina. — Faz diferença para mim se você foi contratado por um dragão ou um feérico.

— Para fazer o quê?

— Não seja ridículo. Nós dois sabemos muito bem por que você está aqui.

Jerome deu de ombros.

— Não vou entregar meus empregadores.

— Aprecio sua lealdade. — Lady Ciu abaixou a ponta da espada. Os dois estavam a dez metros de distância. — No três?

— Muito bem. — Jerome baixou as mãos ao lado do corpo. — No três.

O silêncio tomou conta do museu. A tensão parecia apertar a garganta de Irene. Ela não conseguia pensar numa saída que não revelasse o envolvimento de uma Bibliotecária — ou que não terminasse com alguém morto. E embora jamais houvesse afirmado que tinha as mãos limpas, certamente não gostava de matar sem bons motivos. Mas era isso que Jerome queria. Ela olhou por cima do ombro para Kai e o restante da equipe e, por um momento, viu a mesma tensão no amigo que vira em Lady Ciu: a mesma ânsia por um desafio, a mesma prontidão para um duelo de vida ou morte. Ele não ia sugerir nenhuma saída conveniente daquela situação. Nenhum deles faria isso.

Nem Jerome nem Lady Ciu falaram em voz alta. Se contavam até três, eles o faziam para si mesmos, ouvindo as batidas do próprio coração.

De repente, os dois se mexeram. Não houve nenhum sinal, nenhuma palavra verbalizada, nada — mas ambos entraram em ação no mesmo segundo. Lady Ciu correu em direção a Jerome no exato instante em que ele levou a mão ao coldre. Ela brandiu a espada, ele apontou a arma. Os movimentos foram quase rápidos demais para que Irene pudesse perceber.

A espada de Lady Ciu bloqueou a bala.

O ruído do disparo se fundiu ao som da bala contra o aço, e o tiro acertou o piso de mármore. A lâmina de Lady Ciu cortou de alto a baixo conforme Jerome atirava pela segunda vez.

Eles ficaram parados por um momento como duas estátuas. Em seguida, Lady Ciu vacilou, apertando o ombro — mas Jerome tombou. O sangue se acumulou em torno do feérico, preto contra o chão de mármore branco.

Caído ali, ele estremeceu e sussurrou:

— Ainda não...

Lady Ciu tirou a mão do ombro. Estava suja de sangue.

— Você é o primeiro homem que conseguiu me ferir em sessenta anos — disse ela. — Meus parabéns.

Jerome deu um ligeiro sorriso, depois ficou imóvel. Seus dedos soltaram a arma.

Lady Ciu se voltou para Irene e os demais.

— E então? Vão se render ou terei de ir atrás de vocês?

Irene virou o rosto para longe do corpo de Jerome, como se estivesse em estado de choque — o que não deixava de ser verdade —, para sussurrar no microfone sem ser vista.

— Indigo, quando eu der o sinal, dispare todos os alarmes do prédio no volume máximo. Consegue fazer isso?

— Se eu disparar o alarme, o museu será cercado — retrucou a dragoa.

— Dispare mesmo assim. Precisamos da van aqui. Imediatamente. — Em seguida, ela se voltou para Kai, murmurando: — Faça com que todos tampem os ouvidos. Agora.

Lá embaixo, Lady Ciu deu um suspiro.

— Que assim seja — disse a senhora, caminhando na direção deles com a lâmina ensanguentada em punho.

— Agora — ordenou Irene no microfone antes de começar a correr, acenando com urgência para os outros.

257

Ela havia subestimado o barulho que os alarmes do prédio inteiro eram capazes de produzir. Urnas balançaram em nichos. A estátua de Teseu esfaqueando um centauro estremeceu. Poeira se desprendeu do teto, caindo em cima deles numa névoa sufocante. O som era ensurdecedor: deixou-a arrepiada até os ossos e penetrou em seu crânio. Os alarmes não tinham sido concebidos para disparar ao mesmo tempo e naquele volume — muito menos na presença de humanos.

Ou de feéricos.

E menos ainda de dragões.

Se já foi doloroso para Irene, era muito pior para Lady Ciu. Ela caiu sobre um joelho, com as mãos pressionando a cabeça — porém, mesmo com toda a dor, não largou a espada. Os óculos escuros se soltaram e caíram e, por um instante, Irene pôde ver a larga faixa de cicatrizes em seu rosto, como uma máscara antiquada de baile à fantasia. *A visão é o sentido que menos importa para mim...*

Não havia tempo para ficar boquiaberta. Atordoados sob a turbulência do som, ela e os colegas de equipe desceram a escada aos tropeços, acertando a estátua de Teseu com a lona — Irene até estremeceu — antes de descerem o último lance de degraus e saírem no saguão central. Kai foi o mais atingido pelo barulho, seus sentidos dragônicos aguçados duplamente castigados pelo volume, mas de alguma forma continuou de pé e em movimento.

Não havia tempo para recuperar o corpo de Jerome. Irene só esperava que ele estivesse falando a verdade quando afirmara que era aquilo que queria — e que não tivesse ficado desapontado com sua aposta final.

Mesmo com todo o barulho, Lady Ciu permaneceu alerta. Sua voz era inaudível conforme balbuciava palavrões, mas a fúria era evidente.

Uma luz pulsou em torno da mulher.

Ela vai assumir a forma dragão, percebeu Irene, horrorizada. *Um saguão de entrada deste tamanho tem espaço suficiente para fazê-lo...*

A equipe de carregadores de lona vacilou. Era bem possível que Felix e Ernst nunca tivessem visto um dragão assumir sua forma natural antes. Kai obviamente já vira, o que lhe dava ainda mais motivos para hesitar antes de seguir em frente. Irene agarrou Felix pelo ombro, puxando-o consigo. Mal conseguiu ouvir o som dos pneus cantando sob o alarido dos alarmes.

— Continuem andando! — Irene gesticulava, gritando tão alto a ponto de a garganta doer. — Não parem!

Lady Ciu completou a transformação assim que passaram por ela — em seu lugar, surgiu uma *dragoa* enorme e serpentina, chicoteando a imensa cauda e esticando as asas. Sua cor natural parecia ser o marrom-amarelado opaco do arenito, mas, sob o luar, ela era uma massa de sombras inconstantes, um fluxo de músculos sob a pele ondulante. As cicatrizes também marcavam seu rosto naquela forma, um entalhe de linhas prateadas como seda bordada. Ela abaixou a cabeça, girando o pescoço comprido à procura dos seres minúsculos que passavam por ali.

Eles só tinham meros segundos antes que Lady Ciu desistisse de tentar encontrá-los e bloqueasse a saída. Irene se jogou contra os portões cerrados e gritou:

— **Portas, destranquem-se e abram-se!** — Elas a ouviram, mesmo que ninguém mais tivesse, e se escancararam. Irene só esperava que Lady Ciu não notasse nada sob o barulho dos alarmes.

Mas seria impossível não ouvir o baque da madeira pesada assim que as portas se abriram. Com um rosnado retumbante de fúria, a dragoa girou o corpo para atacar.

Irene se atirou pelas portas e desceu os degraus do lado de fora, saindo no ar frio da noite e quase caindo ao escorregar pelo piso de mármore. A van deles estava bem ali, com o motor ligado. Felix vinha logo atrás dela. Ernst, carregando praticamente todo o peso das telas, saiu cambaleando como um arremessador profissional com a maior lança do mundo nas mãos. A lona cedeu em ambas as extremidades enquanto ele descia os degraus e a arrastava até a parte de trás do veículo.

Ótimo, pelo menos um de nós tem o bom senso de se ater ao plano, pensou Irene. Mas ela não podia tirar os olhos do museu. Só depois que Kai saísse são e salvo.

A enorme espiral do corpo da dragoa saiu pela porta, fazendo com que Irene pensasse numa jiboia apertando sua presa. Kai ainda não aparecera.

— Vem logo! — berrou Felix.

Ela tinha metido Kai naquela encrenca. Ele só entrara na missão por sua causa. Irene se recusava a deixá-lo lá dentro. As palavras na Linguagem que equivaliam a *tijolo, argamassa, mármore* e *desmoronar* passaram por sua cabeça conforme ela se preparava para demolir a entrada do museu para tirá-lo de lá. Qualquer que fosse o custo.

Foi então que Kai se lançou por cima de Lady Ciu com um salto suave de acrobata, rolando de cabeça escada abaixo e dando uma cambalhota graciosa.

Irene engoliu as ordens que já estavam na ponta da língua. Seu alívio foi tão grande que não conseguiu dizer nada, o que para uma Bibliotecária era algo inédito. Ela correu até Felix, que estava subindo na parte de trás do veículo, pulou ao lado dele e estendeu a mão para Kai. Apertaram-se no espaço restrito, já cheio dos computadores de Indigo, com o rolo de lona atravessado como um charuto enorme e inconveniente.

O grito dragônico de raiva frustrada de Lady Ciu abafou o som dos alarmes e sacudiu o vidro das janelas. A estátua de bronze da imperatriz Maria Teresa na praça no exterior do prédio tremeu em cima do pedestal. Em seguida, a dragoa saiu pelas portas escancaradas do museu com as asas coladas ao corpo.

Tina pisou no acelerador e a van deu uma guinada em velocidade vertiginosa, sacolejando pela trilha do parque e saindo para o asfalto.

As ruas de Viena estavam um caos. O tráfego era intenso nas principais vias da cidade, atingindo a velocidade máxima quando podia e diminuindo até quase parar próximo a barricadas da polícia e da CENSURA. O veículo roubado dava certa vantagem ao grupo de Irene — a polícia lhes permitia passar sem a menor hesitação —, mas também era absurdamente chamativo.

Irene apertou a mão de Kai, mais do que aliviada por ele ter escapado são e salvo do museu, e se voltou para Indigo.

— Estão nos seguindo?

— Pela CENSURA? Ainda não. Por Lady Ciu? Olhe pela janela e me diga você.

Tina estava abraçada ao volante, balançando no assento enquanto conduzia a van entre dois carros numa brecha incrivelmente apertada. Sob o breve clarão dos postes de luz, Irene viu que, com um sorriso maníaco, ela mascava chiclete como se sua vida dependesse disso.

Felix passou para o banco do passageiro na frente do veículo. Abriu a janela, deixando entrar uma rajada de fumaça e barulho da rua, e pôs a cabeça para fora com cuidado — depois, num ímpeto só, puxou-a de volta para dentro.

— Temos um problema — disse ele. — Há *dois* deles lá em cima.

— O outro dragão é azul ou cinza? — perguntou Indigo.

— Acinzentado? Eu não estava segurando amostras de tinta para saber a cor com certeza.

— Então é Shu Fang. Pode ser um baita problema.

— O vento está ficando mais forte — replicou Felix, esperançoso. — Deve atrapalhar as duas, não?

— O vento está ficando mais forte *porque* Shu Fang está lá fora — disse Kai, entrando na conversa. — É o elemento dela. E mesmo que Lady Ciu não consiga nos localizar no meio do tráfego, Shu Fang certamente vai. Não deve haver muitas vans da CENSURA perto do museu.

— Mas que porcaria. — Tina virou o caminhão à direita, e todos se agarraram em alguma coisa para não cair. Indigo praguejou baixinho, firmando o teclado. Buzinas soaram lá fora em protesto, e vozes encorajadas pela noite e pelo anonimato do trânsito berraram insultos ao veículo da CENSURA. — Jamais chegaremos ao túnel Kaisermühlen se elas continuarem bem em cima da gente. Fica do outro lado da cidade, a uns dez minutos daqui... no mínimo.

Na primeira versão do plano, Tina conduziria a van entre os mundos da mesma forma que haviam chegado ali. Porém, se fossem seguidos pelas dragoas, ou seriam encalçados de um mundo para o outro, ou ficariam presos àquele mundo devido ao "peso" metafísico delas. Por isso, decidiram usar um longo túnel, onde Tina poderia trocar de mundo sem ser vista. O problema disso, que se tornava evidente, é que dependia de saírem na dianteira.

Irene olhou para Felix. Parecia incerto, indeciso, como se quisesse um lugar para se esconder. Se a van não estivesse voando pela estrada a 130 quilômetros por hora, ele provavelmente teria pulado e saído correndo dali.

Muito bem. Eu dou conta... Já está na hora de assumir o controle.

— Indigo, você consegue denunciar as dragoas à CENSURA como ameaça sobrenatural? Assim, a central faria o *trabalho* dela para variar.

— Acha que já não tentei? — disparou Indigo. Os dedos ligeiros reluziram sob a luz dos monitores e os olhos faiscaram com um brilho vermelho. — Alguém está na rede, trabalhando contra mim. Já está bastante difícil impedir que coloque a placa da nossa van como roubada.

— Mas quem... Hao Chen? Ou seus lacaios? — perguntou Irene, lembrando-se da ligação de Hao Chen com a CENSURA. A organização o deixara ir embora durante o incidente no cassino. — Deve ser por isso que ele não está lá em cima com Lady Ciu e Shu Fang. — Ela percebeu outro fato indesejável. — E a CENSURA vai detectar caso você tente liberar eletronicamente o tráfego entre nós e o túnel. Se os dragões *estiverem* de conluio com eles, saberão para onde estamos indo...

— Então faça alguma coisa! — exigiu Indigo. — Eu estou fazendo a *minha* parte do trabalho. Faça a sua e arrume uma vantagem para nós. Senão, ficaremos presos aqui. Eles vão nos deter e avistar antes que possamos ir embora.

— "Eles vão nos avistar e deter" é a ordem mais provável — salientou Ernst.

— *Não* me corrija! — Os postes na rua iluminaram a careta no rosto de Indigo. — Não serei capturada com vida.

Uma rajada de vento atingiu a lateral do veículo com força suficiente para fazê-lo balançar nas rodas. Em seguida, num estardalhaço de buzinas e berros, algo desceu sobre o teto. A van tremeu sob o peso, e Tina soltou um monte de palavrões conforme lutava contra o volante. Guinchos de garras raspando o metal vieram de cima quando a dragoa começou a cortar a lataria.

Irene pegou uma arma de choque do cinto, e Ernst sacou um revólver.

— Segure firme! — gritou Irene para Tina. Pelo menos, ninguém se meteria no caminho de uma van com uma dragoa empoleirada, mas não era um grande consolo.

Algo no teto do veículo cedeu com um estalo, e um dedo com uma garra de aço brilhante na ponta perfurou a lataria.

Armas de choque só serviam para incapacitar humanos, como Irene sabia muito bem. Mas a Linguagem podia dar um jeito nisso.

— **Arma de choque na minha mão, dispare sua carga total na carne desta dragoa!**

O disparo flamejante iluminou o interior da van lotada com um clarão ofuscante que delineou tudo, lançando sombras no piso. Com um grito, a dragoa agarrada ao teto se soltou, sacudindo o veículo danificado com tanta força que quase se desprendeu das rodas. Eles foram jogados quando Tina pisou fundo no acelerador.

— Foi pura sorte que sua idiotice não tenha fritado meus computadores — rosnou Indigo, com o autocontrole de uma mulher prestes a cortar a cabeça de alguém. — Por que você não me *avisou*?

— Não deu tempo. Desculpe. — Irene se voltou para o grupo heterogêneo. — Alguém sabe o que podemos fazer agora? Ainda não saímos deste mundo.

De repente, um dos computadores de Indigo apitou e a voz de Hao Chen veio em alto e bom som.

— Boa noite para quem hackeou os computadores da CENSURA. Gostaríamos de ter uma conversinha com vocês. — Ele fez uma pausa. — A menos que prefiram a morte.

CAPÍTULO 21

— Como é que ele está falando com a gente? — perguntou Felix.
— Por meio de uma transmissão no canal da CENSURA — explicou Indigo. — Vamos responder?
— Você não pode contra-hackear o computador dele e fazê-lo explodir ou algo do tipo?

A expressão de desprezo absoluto de Indigo era mais corrosiva do que o ácido sulfúrico.

— Não é *assim* que se invade um computador.
— Ora, deixa para lá então — murmurou Felix. — Alguém tem outra ideia brilhante?

Os olhos de Kai estavam fixos em Irene.

— Se eu sair pelos fundos e assumir a forma de dragão, poderei distraí-los — sugeriu ele. — Não vão conseguir me identificar só pela minha cor...

Irene não podia correr tal risco, pelo bem do tratado — e de Kai. Por que será que Lady Ciu estava tão interessada em saber se Jerome fora contratado por um dragão ou um feérico? Por que os dragões iriam querer roubar aquele quadro? Se Kai aparecesse e confirmasse a ela que havia um dragão envolvido, não escaparia facilmente. Isso se escapasse.

— Não — disse ela com firmeza, organizando as ideias.
— Tina, você precisa de um bom impulso para fugir por causa da carga que está transportando, certo? Dois dragões e uma Bibliotecária, bem como três feéricos e o próprio veículo.
— É, exatamente — respondeu Tina, desviando de dois carros que tinham batido no meio da rua. — Sem querer ofender, mas vocês são bastante pesados.
— Eu sei, é por causa de tanta torta sacher. — Irene se voltou para Indigo. — Você consegue abrir um canal temporário para Hao Chen e cortar a conexão assim que eu der o sinal, para que ele não possa nos ouvir?
— Moleza — respondeu Indigo.
— Tenho outra ideia — sugeriu Felix. — Se subirmos num lugar bem alto e Tina pisar no acelerador, será que ela conseguiria fazer uma transferência para o próximo mundo, *antes* de acertarmos o chão?
— Não numa van — retrucou Tina, sem se abalar. — A bordo de um avião, sim. Já fiz isso numa asa-delta. Mas não num negócio desses. Além disso, não resolveria o problema das dragoas atrás de nós.
— Tudo bem — disse Irene. — Felix, temos que ganhar tempo. Vamos bancar o policial bom e o policial mau pela conexão de áudio? Eu sou a linha-dura, você é o conciliador que quer negociar.
Felix assentiu.
— Sem problema. Mas vamos ganhar tempo para *quê*?
— Precisamos chegar à garagem subterrânea mais próxima. Sei que há uma aqui nas redondezas...
— Há, sim, mas lá dentro não teremos impulso suficiente para fugir — explicou Tina. — Mesmo que nos tire do campo de visão das dragoas.

— Teremos, sim — rebateu Irene. — Contanto que alguns de nós desçam do veículo.

— Conexão concluída — disse Indigo, apertando uma tecla. — Vocês estão no canal.

O vento lá fora voltou a sacudir a van. Irene ergueu o tom de voz.

— Olá, CENSURA! Somos a associação independente de magos e seres sobrenaturais e exigimos que cessem todas as operações contra nossos semelhantes imediatamente!

Houve uma pausa.

— Vocês são *o quê*? — perguntou Hao Chen.

— A associação independente de magos e seres sobrenaturais — repetiu Irene. — Ainda não temos uma sigla bacana como a sua. Exigimos a libertação imediata dos nossos colegas de seu campo de prisioneiros... e uma reforma na lei!

Hao Chen bufou em desdém.

— Não seja idiota. Sabemos muito bem quem são vocês. Estou aqui para negociar sua rendição. Ou morte.

— Espere! — Felix conseguiu transmitir um pânico genuíno na voz. — Podemos ser mais razoáveis. Sei que o quadro é importante para vocês. Que tal fazermos um acordo?

— Idiota! — vociferou Irene para Felix, fazendo sua melhor imitação de uma aristocrata irritada. Lorde Silver teria ficado orgulhoso. — Essa gente só dá ouvidos a demonstrações de força. É melhor queimarmos o quadro. Agora mesmo.

— Alguém a contenha! — ordenou Felix para o nada. — Olha, seja lá quem estiver aí, você disse que está disposto a discutir uma rendição. O que tem a nos oferecer?

— Bem, suas próprias vidas, para início de conversa — começou Hao Chen. — E se foram pagos por esta tentativa de roubo, então...

Irene fez um sinal para Indigo silenciar a conexão.

— Certo — disse Indigo enquanto Hao Chen continuava a oferecer liberdade, dinheiro e possíveis oportunidades de emprego. — Ele não pode nos ouvir. O que você quis dizer com "alguns de nós desçam do veículo"?

— Você, Kai e eu descemos da van assim que chegarmos à garagem. Isso bastaria para aliviar a carga, Tina?

— Com certeza. — A feérica deu uma guinada à esquerda, seguindo na contramão do tráfego, e mudou o chiclete de um lado da bochecha para o outro. — Mas o que vocês vão fazer?

Lá fora, no céu noturno açoitado pelo vento, uma das dragoas deu um rugido. O som reverberou por toda a cidade, ecoando nos ossos dos humanos lá embaixo. Um uivo apavorado de freios e alarmes de carros soou em resposta, e todos os feéricos estremeceram a bordo da van.

Irene olhou à sua volta para aquela equipe improvável. Tina, só interessada na rua adiante; Kai, excessivamente seguro, totalmente confiável; Ernst, inescrutável como sempre por trás do arquétipo de bandido; Indigo, concentrada no trabalho, brilhante e instável como um relâmpago; e Felix, agitado no assento.

— Kai e Indigo podem voar comigo para longe daqui. Eles não vão procurar por três pessoas a pé, e poderemos partir assim que despistarmos as dragoas. Mas vocês terão de esperar por nós... e uma promessa seria imprescindível.

— Já identificamos o veículo — declarou Hao Chen pelo canal aberto, sem se dar conta de que os ouvintes tinham parado de responder. — Estamos bloqueando vias com forças da CENSURA neste exato momento. Vocês não poderão dirigir por Viena para sempre. É melhor considerarem um acordo enquanto ainda estamos dispostos a negociar...

— Concordo com seu plano — disse Tina. Quando Felix se virou para encará-la, ela deu de ombros, com os olhos fixos na rua. — Não estou dizendo que fiquei contente, mas nem eu vou conseguir dirigir bem essa coisa se uma dragoa resolver pegar carona no teto de novo. Quanto tempo você quer que a gente espere? E como vão nos encontrar?

— Kai vai ficar encarregado disso — respondeu Irene, grata por pelo menos uma pessoa compreender a noção de *confiança*. — Seis horas devem ser o suficiente.

— Posso suportar esta ideia — murmurou Ernst —, o que quer dizer que não gosto dela. Mas faz sentido. Como você vai nos encontrar, dragãozinho? Já farejou a gente?

— É bem mais metafísico — replicou Kai com dignidade.

Indigo voltou a olhar para os monitores.

— Também aprovo o plano — disse.

Felix tinha uma expressão sombria no rosto e, por um instante, Irene pensou que o feérico fosse protestar. Então, para sua surpresa, ele deu uma risada.

— Só lamento não poder ver a cara deles depois que tivermos desaparecido. Trato feito, Irene. Faça um juramento na sua Linguagem, e eu farei na minha.

— **Juro que isto não é uma traição e que pretendo me juntar a vocês mais tarde, depois que saírem daqui em segurança, para que todos possamos fugir** — falou Irene. Uma pontada de cautela a fez acrescentar: — **E reivindicar a recompensa que o sr. Nemo nos prometeu.** — As palavras ecoaram com mais ênfase do que deveriam.

— E eu juro por meu nome e natureza que, quando estivermos num local seguro e antes de levarmos a tela para o sr. Nemo, esperaremos seis horas para que vocês se juntem a nós — prometeu Felix. — Têm a minha palavra. Ernst?

— Certo. Também prometo. — Ele ofereceu a mão a Kai.

— Aqui, dragãozinho. Aperte bem a minha mão para ter

certeza de que vai conseguir me encontrar outra vez. Não queremos que você se perca.

Kai tinha uma expressão ligeiramente confusa ao apertar a mão de Ernst.

— A esta altura, acho que conseguiria encontrar vocês não importa onde estivessem — comentou. — Mas agradeço o gesto. — Havia algo em seus olhos que parecia dar ao momento um significado mais profundo. *Uma mão estendida, um gesto de confiança entre um feérico e um dragão...*

— Alô? Alô? Temos um acordo? Estou esperando uma resposta — disse Hao Chen pela conexão.

— Vamos nessa — disse Irene. — Quanto tempo falta até chegarmos ao estacionamento, Tina?

— Três minutos — respondeu a motorista. — Talvez dois.

Irene fez um sinal de *ligue-o-áudio-de-novo* para Indigo, e a dragoa assentiu.

— Como vamos saber se podemos confiar em você? — perguntou a Bibliotecária a Hao Chen. — Talvez seja mais um truque.

— Foram vocês que invadiram o museu — respondeu ele. — Como vamos saber se podemos confiar em *vocês*?

— Eeeee... bloqueio logo adiante — disse Tina num tom inexpressivo. — Segurem firme, a viagem vai ficar turbulenta.

Felix deu um berro e cobriu o rosto com o braço. Irene espiou a rua à frente — cheia de carros de polícia e homens armados — e se jogou no chão. Com o canto do olho, viu os outros a imitarem. Todos se agarraram a alguma coisa. Até mesmo Indigo.

A van atingiu a barricada e passou por ela com um estrondo avassalador. O para-brisa estilhaçou; Tina abaixou a cabeça no instante que uma bala atravessou o vidro, saindo pela parede de trás. Ela diminuiu a velocidade e o veículo inclinou para o lado, depois voltou a acelerar, com o ruído de vidro e metal rangendo em seu rastro. O som das balas ficou para trás.

Irene ponderou que, assim como mantiveram Hao Chen na linha enquanto fugiam, *ele* montara o bloqueio enquanto "negociava". Olhou à sua volta. Nenhuma baixa. Perfeito.

— Acha que vai nos convencer a nos rendermos desse jeito? — perguntou Irene pelo canal aberto.

— Encarem isso como um tiro de advertência — retrucou Hao Chen. — Vocês foram identificados lá de cima. Não vão conseguir passar pelo próximo bloqueio. A rendição é a única maneira de saírem dessa com vida.

— Acha mesmo que a CENSURA vai atirar em nós em vez de atirar em *dragoas*? — perguntou Felix. — Quais são as prioridades deles?

— Pelo que a CENSURA sabe, vocês são um grupo de magos terroristas responsáveis por convocar as dragoas — respondeu Hao Chen. — Assim que forem detidos, elas vão desaparecer num passe de mágica.

— Pode até ser, mas as duas estão nos atacando! — salientou Felix. — Como isso se encaixa na sua narrativa idiota?

Irene quase conseguiu ouvir o encolher de ombros do outro lado da conexão.

— Todo mundo sabe que magos são loucos e perversos. Quem se importa se suas próprias armas se voltarem contra eles? Aliás, preciso agradecer pela publicidade pró-CENSURA. Faz anos que não temos algo tão bom assim. A maior dificuldade em conseguir financiamento para a organização é a falta de atividade sobrenatural por aqui. Mas vocês já sabem disso, não? Também não são deste mundo.

— Então, há quanto tempo você administra a CENSURA? — perguntou Irene. Agora que encaixara todas as peças, a revelação foi menos chocante do que poderia ter sido, mas se sentiu enojada mesmo assim. Tanto medo, tanta paranoia, e tudo baseado numa mentira elaborada para manter o controle daquele mundo. Talvez não existisse um padrão universal de moralidade, mas aquilo sem dúvida era *errado*.

Hao Chen riu.

— Você está tentando fazer com que eu me entregue num canal aberto? Não sou tão burro assim. A conexão é segura. Mesmo que distribuísse uma gravação, quem acreditaria em vocês?

Tina sinalizou para que Indigo cortasse o áudio.

— Cinco segundos — avisou ela. — Na próxima curva.

— Preste atenção na via, mulher! — rosnou Ernst.

— Certo, certo. Todo mundo que vai descer da van: se prepare. — Ela girou o volante abruptamente e pisou no freio. O veículo virou com um guincho feroz, balançando para a direita. Um dos monitores de Indigo finalmente se desprendeu do suporte e saiu voando. Ela soltou um palavrão antiquado.

Irene pegou um dos pacotes de explosivos de Ernst. Poderia vir a calhar: afinal de contas, ainda teriam de cuidar de dragões inimigos *e* da CENSURA.

Kai avançou até a parte de trás da van, mantendo o equilíbrio apesar do balanço do veículo, e estendeu a mão para Irene.

— Vou descer primeiro — sugeriu ele — e depois a seguro.

— Não vai se oferecer para me segurar? — indagou Indigo. Ela apanhou sua pasta indefectível, balançando no interior escuro da van conforme se punha de pé.

— Você é uma dragoa dura na queda — salientou Ernst antes que Kai pudesse dizer algo de que fosse se arrepender mais tarde. — Vai ser mais difícil se machucar do que uma Bibliotecária franzina. O dragãozinho entende bem as próprias prioridades.

— Há uma cancela em frente à garagem — disse Felix, ainda encolhido e com um braço protetor na frente do rosto. — Deve estar fechada a esta hora da noite.

— Estacionamento 24 horas para nós! — exclamou Tina, e a van disparou ladeira abaixo até a entrada. O poste da cancela se curvou sob o impulso do veículo, depois cedeu e se soltou, voando pelo concreto. Por trás deles, veio o rugido furioso de uma dragoa vendo sua presa escapar.

O estacionamento estava bem iluminado por dentro — através do para-brisa quebrado e sobre os ombros de Felix e Tina, Irene pôde ver as colunas de concreto pintado que pareciam universais a todos os mundos que desenvolveram carros e precisavam de um lugar para estacioná-los. De repente, ouviu um estalo vindo lá de cima, e a van se sacudiu quando alguma coisa acertou o telhado do prédio.

— Vou virar à esquerda e deixar vocês descerem — informou Tina, concentrada. — Então, estaremos prontos para partir.

Enquanto falava, ela girou o veículo em outra curva brusca e os pneus voltaram a cantar, acompanhando o rugido das dragoas do lado de fora do prédio. A van desacelerou por um momento. Kai abriu as portas traseiras e saltou para fora, aterrissando quase sem cambalear.

O salto de Irene foi bem menos gracioso que o dele — e o de Indigo. Mas ela pousou sem quebrar nada nem torcer o tornozelo, riscos subestimados ao se saltar de um veículo em movimento. A porta traseira ainda estava aberta quando Tina pôs a van em movimento outra vez. Ernst deu tchauzinho. O veículo avançou por entre as fileiras de carros estacionados, deixando para trás um rastro de vidro e um retrovisor quebrado.

O estardalhaço de sua passagem foi abafado pelos sons vindos da entrada. Irene e os dois dragões se voltaram para olhar, então começaram a correr para *bem longe* dali.

Shu Fang estava se contorcendo na entrada numa comprida espiral de escamas e músculos cinzentos como a chuva, suas asas pressionadas junto ao corpo. O vento a acompanhava em rajadas que sopravam com força nas janelas dos carros e espalhavam o lixo pelo chão. Dezenas de alarmes de carros começaram a disparar com a perturbação, acrescentando novos sons à cacofonia. Shu Fang se movia numa velocidade surpreendente, nem um pouco desacelerada pelo espaço restrito.

Indigo seguiu na dianteira conforme fugiam, sua preciosa pasta balançando em meio à correria. Kai segurava Irene pelo pulso com tanta força que a deixaria toda roxa, arrastando-a consigo. Os três seguiam na direção oposta à da van, desviando de uma fileira de carros após a outra. Irene adoraria saber quem Shu Fang estava perseguindo — a van ou *eles* —, mas não ia esperar para descobrir.

Então, de um segundo para o outro, o guincho constante dos pneus sobre o asfalto desapareceu — assim como a van. Indigo parou no meio do caminho, os olhos arregalados de medo, e fez um sinal para que Kai e Irene buscassem abrigo.

Os três se agacharam atrás do carro mais próximo — um elegante Renault, notou Irene com a distração do pavor, e de propriedade de alguém com família, a julgar pelos brinquedos espalhados no banco de trás. Ficaram à espera ali. Podiam ouvir o ranger pesado dos movimentos de Shu Fang, que roçava a barriga no concreto. Suas garras e asas arranhavam as colunas e carros por onde passava, e o lamento dos inúmeros alarmes parecia um canto fúnebre insuportável.

Pelo lado positivo, refletiu Irene, esperançosa, *só há uma dragoa aqui, então talvez não caibam duas? Ou quem sabe Lady Ciu não goste de barulho...*

Nem pensar que ela ficaria parada esperando o elevador com uma dragoa furiosa por perto; aquele tipo de estacionamento costumava ter uma saída de incêndio. Eles podiam seguir para a escada.

Kai lhe puxou o braço sem dizer nada, apontando para uma coluna ao longe. Havia uma placa de saída de incêndio ali, com o desenho de uma porta. Ela assentiu e cutucou Indigo.

De repente, os três ficaram paralisados quando a voz de Shu Fang ecoou pela garagem subterrânea, reverberando por cima do alarme dos carros e ecoando com uma cadência de gelar os ossos. Irene perdeu o fôlego de tanto medo.

— Pequeninos... por que perdem tempo fugindo de mim? Já os farejei.

Irene não tinha pensado nisso. Não havia a menor chance de ela perder o rastro deles.

— Rendam-se — ordenou Shu Fang num tom de voz que parecia mais uma cascata de sinos de vento — ou irei atrás de vocês.

Irene tirou a pistola do coldre do uniforme roubado.

— **Deslize pelo chão assim que eu a jogar e prossiga até bater na parede** — sussurrou para o objeto. Em seguida, lançou a pistola sob a fileira de carros mais próxima. A arma deslizou pelo chão, movendo-se com um impulso muito maior do que um arremesso seria capaz de fornecer, e continuou até sair do campo de visão de Irene.

O vento fazia as roupas esvoaçarem e as antenas dos veículos tremerem e zumbirem. Sob o abrigo do carro, os três observaram Shu Fang passar, seguindo o ruído da arma sobre o concreto. Os olhos dela eram como duas pedras de ônix, e seu corpo, uma nuvem de tempestade que reluzia sob as lâmpadas de neon como um rio de inverno em tempos de cheia. Deveria parecer ridícula no ambiente de concreto, mas em vez disso era absolutamente apavorante, uma criatura saída da mitologia capaz de destruir o mundo moderno.

Agora, antes que ela perceba que é uma distração e destrua todos nós... Irene programou o detonador do explosivo de Ernst para cinco segundos e o colocou debaixo do tanque de combustível do carro ao lado. Em seguida, os três correram para a saída.

Shu Fang veio logo atrás, avançando na direção deles como uma locomotiva. O vento soprou à frente, atingindo as costas de Irene e fazendo-a tropeçar. Em pânico, ela se perguntou se deveria ter acionado a explosão mais cedo ou mais tarde, ou se teria algum efeito...

E então tudo explodiu. O barulho no lugar fechado foi devastador, abafando o som dos alarmes e até o rugido de fúria de Shu Fang. As chamas começaram a crepitar atrás deles conforme se amontoavam na saída — ainda bem que existiam portas corta-fogo e regulamentos contra incêndio. Os três conseguiam ouvir os carros explodindo conforme corriam escada acima.

— E se a CENSURA estiver lá fora? — indagou Indigo.

— Nesse caso, você está "presa" e vamos levá-la para ser interrogada — respondeu Kai, apontando para a blusa de seda comum e a calça jeans que Indigo vestia. — Apenas seja você mesma que conseguiremos convencê-los.

Indigo deu um muxoxo.

— Ele aprendeu a trapacear assim com você? — perguntou a Irene.

— Foi — ofegou ela, desejando estar em boa forma como os dragões. — Acho que sim. Bom trabalho, Kai. Vamos nessa.

CAPÍTULO 22

Ao seguirem a trilha do restante da equipe, os três foram para bem longe do mundo Alfa-327 — e de seus dragões hostis. O inverno no deserto era mais frio do que em Viena: o vento soprava pelas colinas e vales desabitados, infiltrando-se pelo casaco de Irene como se ela não estivesse vestindo nada. A paisagem lá embaixo era dividida por uma única estrada — que a atravessava como o traço de uma caneta cuja tinta secara, indo do preto brilhante para um cinza poeirento. De cada lado, a terra se elevava em morros sucessivos em tons de rosa, cinza e laranja. O único ponto de referência era uma construção solitária ao longe, com uma van bastante familiar estacionada do lado de fora.

Voar em Kai — algo que Irene fizera cerca de cinco vezes — continuava sendo algo espantoso. Em sua verdadeira forma de dragão, ele era uma maravilha azul-escura cintilante. Suas escamas brilhavam como safiras e sua voz trovejava, mas ainda era reconhecível. Ela se sentou nas costas dele, logo atrás dos ombros, conforme Kai cortava o céu num voo mais sobrenatural do que físico. Ele não batia as asas, deslizava pelo ar com a fluidez de um tubarão na água. Apesar da agitação do vento, conseguiam se ouvir bem o suficiente para entabular uma conversa.

— Você está apoiando um regime injusto — disse Indigo com ardor, pela milésima vez. Ela estava sentada atrás de Irene nas costas de Kai, com uma graciosa indiferença que indicava como não se preocupava nem um pouco em cair dali.

— O tratado não serve para nada além de confirmar o *status quo* dos dragões. Se as alianças políticas mudam, por que um novo regime deveria honrar os compromissos de seu antecessor? Com os feéricos *ou* com a Biblioteca?

— Você diria que o regime político dos dragões é injusto se estivesse no poder? — perguntou Irene, sarcástica.

Indigo não perdeu a calma.

— Se eu quisesse o poder, era só continuar na linha de sucessão de meus pais. Seria fácil. Mas você já se viu numa situação em que sentiu que *precisava* fazer algo a respeito do *status quo*? Que sua ética exigia isso? Ou os Bibliotecários não se importam com essas coisas?

— Você ainda não me disse o que defende — rebateu Irene. — Só o que é *contra*. Mas, se está disputando a autoridade dos monarcas, o que pretende colocar no lugar deles? Ou você é uma anarquista?

— Uma elitista — respondeu Indigo. — E não estou sozinha nessa. Longe disso.

— Então, você e seus aliados pretendem instituir um regime em que os dragões continuem detendo o poder sobre os humanos... só que com *outros* dragões no comando?

Indigo parecia não ter a menor vergonha do que dizia.

— A definição de elitista, tal como a entendo, é que quem é superior deve deter o poder. Sou uma pessoa sensata. Mostre humanos que sejam tão competentes ou inteligentes quanto os dragões e eu os colocarei no governo também.

Por algum motivo, Irene não esperava que Indigo não consideraria nenhum humano "superior". Nem mesmo Kai, que estava disposto a admitir que Bibliotecários, humanos e até feéricos poderiam ser competentes e úteis, defendia a democracia — a vontade do povo de escolher seu próprio governo. Quanto a si mesma... Bem, ela fizera um juramento à Biblioteca, comprometendo-se a servir a uma organização hierárquica. Se desobedecesse às suas ordens, seria punida.

Mas Indigo parecia determinada a desafiar a própria espécie.

— E se você não puder mudar o *status quo*? — perguntou Irene.

As faíscas que cintilaram nos olhos de Indigo pareciam o prenúncio de um raio.

— Tudo pode ser mudado se você realmente se dedicar à causa, Irene. Se for forte o suficiente. Você e eu somos duas mulheres fortes. Se não alcançarmos nossos objetivos, não poderemos culpar nada nem ninguém além de nós mesmas.

De repente, Kai inclinou o corpo para baixo, descendo do céu num mergulho suave.

— Chegamos — avisou ele num tom de voz tão grave que Irene o sentiu nos ossos. — Vocês estavam tão ocupadas discutindo que não quis interromper.

— É melhor tomar cuidado ao nos aproximarmos — disse Irene. — Não chegamos a descrever sua forma natural para o grupo. Eles vão ver um dragão como qualquer outro.

— Pouse a certa distância e a gente segue o restante do caminho a pé — sugeriu Indigo.

Kai desceu, e Irene tentou não pensar na rapidez com que a estrada e a terra se erguiam para encontrá-los. Não gostava *nem um pouco* de altura. Era impossível não pensar em quedas, impactos e respingos de sangue.

No entanto, o parceiro pousou de modo suave ao lado da estrada, a cerca de cinquenta metros da construção. Àquela distância, Irene pôde examiná-la com mais atenção. Parecia um restaurante abandonado no meio do nada. Talvez a região tivesse sido habitada um dia. Uma velha placa acima da porta principal estava tão empoeirada que era impossível distinguir o que dizia, e a ampla vitrine estava coberta por persianas puídas. Se os feéricos estavam lá dentro, não sairiam correndo para cumprimentá-los.

Atrás dela e de Indigo, um clarão reluziu por um instante, lançando uma longa sombra no chão de terra. Em seguida, Kai apertou o ombro, de volta à forma humana.

— Quem vai entrar primeiro? — perguntou.

No mesmo momento, Ernst apareceu cheio de cautela na porta da lanchonete e acenou.

— Já não era sem tempo — murmurou Indigo, passando à frente deles. Irene e Kai a seguiram num ritmo mais devagar.

Kai não parecia disposto a se apressar. Esperou até que Indigo não pudesse mais ouvi-lo.

— Ainda bem que você não caiu naquela propaganda antimonárquica ridícula dela — disse baixinho.

— Não tenho a menor intenção de me juntar à cruzada de Indigo — afirmou Irene. — Nem de ninguém.

Kai pareceu mais tranquilo.

— Sabia que você era sensata demais para isso. Não teremos que conviver com ela por muito mais tempo.

O que significa que em breve ficarei longe da influência perniciosa dela?, pensou Irene, sarcástica. Em voz alta, porém, disse:

— Sei muito bem *o motivo* da sua irritação: não tivemos de fingir que prendemos Indigo. Você perdeu a oportunidade de algemá-la.

Kai reprimiu uma risada assim que se juntaram aos demais.

— Bem, quando você coloca as coisas dessa maneira...

Ernst havia tirado o casaco do uniforme da CENSURA e agora vestia uma camisa de flanela xadrez surrada, mas também apertada.

— Bom trabalho! Mas, da próxima vez, descreva sua forma de dragão para que eu não precise ficar procurando um lançador de mísseis.

— Já usaram mísseis contra mim — alertou Kai sem rodeios. — Não deu muito certo.

Era bem provável que dependesse do tamanho do alvo, pensou Irene consigo mesma. Por acaso, já vira mísseis serem utilizados com relativo sucesso contra dragões menores. Mas será que era sua função dar a ambas as partes uma melhor compreensão das capacidades militares de cada um? Não mesmo.

— Tina e Felix estão bem? — perguntou ela.

— Razoáveis, mas Felix vai ter uma bela ressaca assim que acordar. O proprietário deste lugar guardava uísque no porão. Felix e eu apostamos no cara ou coroa para decidir quem ficaria de vigia, mas eu gosto mais de vodca, por isso não me importei quando ele trapaceou.

A curiosidade de Irene finalmente chegou ao limite — agora que estavam quase fora de perigo, com o fim da jornada à vista.

— Ernst... posso fazer uma pergunta?

— É claro — respondeu Ernst, melancólico. — Todo mundo acaba perguntando, mais cedo ou mais tarde. Vamos nos afastar para que não me ouçam.

Kai lançou um olhar inquisitivo aos dois.

— Vou ver se há outros suprimentos neste lugar. Adoraria tomar uma xícara de café.

— E eu, de chá — disse Indigo, seguindo o meio-irmão para o interior.

Irene torceu para que a cozinha sobrevivesse à presença dos dois antes de se voltar para Ernst.

— Por favor, compreenda que não tenho a menor intenção de insultá-lo. Mas sua caracterização como "russo"... o vocabulário, a atitude, até a referência à vodca... parece meio exagerada, mesmo tendo em conta o princípio dos arquétipos dos feéricos. Fiquei imaginando qual seria o motivo.

— Se você percebeu, então preciso trabalhar mais no meu arquétipo — resmungou Ernst. — Veja bem, garota da Biblioteca, há certos padrões que devem ser respeitados. Eu nasci em... bem, você não deve conhecer pelo nome. Foi numa cidade pequena num país que não existe mais, num mundo que tem pouco além de guerras para torná-lo interessante. Consegue adivinhar como saí de lá?

— A máfia russa? — chutou Irene. — A *Bratva*?[6] Os *vory v zakone*?[7]

— Exatamente. E em tal lugar, era melhor agir como alguém de dentro do que como um forasteiro. Melhor ser russo do que... bem, de onde eu era.

— Entendi — disse Irene. — Mas você sempre soube que era um feérico?

— Não. Mas, ao fim de dez anos, comecei a trabalhar para um chefe feérico, e ele enxergou o meu potencial. Mos-

---

[6] *Irmandade*, em russo. Denominação genérica para o crime organizado russo. [N. T.]
[7] *Bandidos dentro da lei*, em russo. Denominação usada para indivíduos em altos postos do crime organizado russo. [N. T.]

trou as diferentes esferas e me ensinou a passar de uma para a outra. Além disso, me disse que eu devia ter a ascendência apropriada em algum lugar da família, pois foi fácil me tornar... — Ele procurou a palavra certa. — O que eu era. O que sou.

— Obrigada pela explicação — disse Irene.

Ernst deu de ombros.

— Não foi nada. Você não fez a pergunta que eu estava esperando.

— Bem, não gostaria de ser *tão* intrometida assim, mas qual seria?

— Por que estou fazendo isso. Todo mundo já perguntou. Até mesmo o dragãozinho, embora eu não tenha contado a ele. Acho divertido deixá-lo meio desconfiado.

— Bem, não gostaria de ser deixada de fora... — sugeriu Irene, arqueando a sobrancelha. — Posso lhe contar qual é o meu motivo se você me revelar o seu.

Eles começaram a caminhar rumo ao restaurante.

— Estou agindo sob ordens — respondeu Ernst. — Meu chefe tem um acordo com o sr. Nemo, por isso faço o que me mandam. Não é só por minha causa. Meu marido não está bem de saúde e meu chefe paga os cuidados médicos dele. Fazemos o que for preciso, não é mesmo?

— Lamento muito por isso. — Irene ficou surpresa ao saber que o corpulento feérico tinha um envolvimento emocional com alguém, mas era bem-educada demais para mencionar uma coisa dessas. — Estou aqui por causa de um livro que o sr. Nemo possui e que a Biblioteca deseja... E já que estamos sendo sinceros, ou ao menos espero que sim, o livro é importante para a estabilidade de um mundo com o qual me importo. Um lugar onde estudei e que pertence ao *meu* passado.

— As coisas nunca são simples — concordou Ernst. — Sempre há alguma complicação. — Ele fez uma pausa. — Falando em complicações, acabei de lembrar: antes de começar a beber, Felix desenrolou a lona. Ele queria ver o segundo quadro, que estava atrás do primeiro. Está ali do lado, na garagem — concluiu, apontando com a cabeça.

— Você não quis ver?

Ernst coçou o nariz, pensativo.

— Até que quis, sim. Mas então pensei: e se meu chefe me perguntar se vi o quadro misterioso, eu responder que sim e acabar levando um monte de tiros nas costas? Sabe como essas coisas são.

— Eu... entendo o que quer dizer — disse Irene. E entendia muito bem.

Mas a decisão de *não* olhar também seria problemática. Por que aquele quadro era tão importante para os dragões? Tão importante a ponto de tomarem o controle da CENSURA — quem sabe até terem criado a organização — e colocarem *três* representantes naquele mundo para ficar de olho nele, dispostos a matar a fim de protegê-lo. Eles sequer haviam incluído aquele mundo no tratado como seu território, talvez para que ninguém se perguntasse por quê...

Pelo bem da Biblioteca, recomendou Irene a si mesma, ela precisava descobrir.

— Felix falou alguma coisa sobre a tela depois de vê-la?

Ernst deu de ombros.

— Só que não significava nada para ele. Tina não ficou interessada. Afinal de contas, não dá para *dirigir* um quadro. Talvez tenha algum significado para você ou para os dragões. Devo pedir ao dragãozinho para lhe levar uma xícara de café?

— Seria muito gentil de sua parte. — Irene sorriu. — O trabalho está quase terminado.

— Até agora, foi uma transação razoavelmente tranquila — concordou Ernst. — Exceto pela perda de Jerome. Mesmo assim, sem aquela distração, talvez não tivéssemos nos saído tão bem. Vou brindar a ele mais tarde.

Irene estava tentando não pensar em Jerome.

— Eu também.

A porta da garagem se abriu com um rangido. Claro que não havia a menor necessidade de silêncio — estavam no meio do deserto, sem ninguém em um raio de quilômetros. Mas o impulso a fez querer andar na ponta dos pés, calada, para que pudesse ocultar sua presença ali mais tarde.

Talvez meu inconsciente saiba de algo que não quer me contar...

Irene ligou o interruptor e piscou com o clarão repentino. A lona estava aberta no chão diante dela. Em seguida, piscou de novo, surpresa ao ver o que havia no segundo quadro.

CAPÍTULO 23

À primeira vista, a tela parecia um rascunho de *A balsa da Medusa*, apenas as pessoas pintadas por inteiro. Ela conseguia distinguir um grupo reunido numa balsa inacabada que mal chegava a ser um esboço de tábuas de madeira, com um oceano agitado e um céu trovejante. Mas não eram as mesmas pessoas do quadro original. (*Se é que poderia ser chamado de original*, pensou Irene. *Qual dos dois fora pintado primeiro?*) Havia apenas nove figuras, e não as quinze ou mais do quadro "público" — um termo mais adequado. Seus rostos eram instantaneamente reconhecíveis também: dragões em forma humana. Pior, Irene *conhecia* alguns deles. Os Reis dos Oceanos Leste, Sul e Norte. A Rainha das Terras do Sul. Os desconhecidos eram tão parecidos com os que ela já conhecia que imaginou que poderiam ser irmãos — o quarto rei, as outras rainhas...

E quem era a nona figura, um homem com a mesma aparência familiar dos quatro reis, só que mais velho? Ele olhava para o nada, com um misto de determinação e desespero.

Ondas tempestuosas se curvavam sobre a borda da balsa vagamente esboçada, e o céu estava repleto de nuvens que pareciam se inclinar até a embarcação improvisada, tentando puxá-los de volta a seja lá do que tivessem escapado. Era isso, decidiu Irene — não era apenas um quadro de um grupo desesperado de sobreviventes, mas um retrato deles *fugindo* de alguma coisa. Mas do quê? E por que motivo?

Aproximou-se para examinar as nuvens agrupadas em segundo plano e as figuras ocultas dentro delas, só visíveis após um olhar mais atento. Outros dragões, que seguiam atrás do barco... mas com uma aparência meio estranha. Irene já vira dragões várias vezes — poderia ser considerada uma das especialistas da Biblioteca no assunto —, mas os daquele quadro pareciam ser mais *primitivos* do que os que ela conhecia. Seus olhos não possuíam nenhuma expressão ou inteligência, só uma ferocidade vazia. Seus contornos pareciam fundir-se com o vento e a água rodopiantes de onde vinham. Talvez estivesse sendo imaginativa demais, mas eles pareciam representar as forças indiferentes da destruição que ameaçavam os poucos fugitivos deploráveis ali na balsa. Era como se estivessem tentando alcançar o pequeno grupo para arrastá-lo até o fundo do mar e acabar com ele...

Irene estremeceu ao perceber sua reação emocional ao quadro. Mas não era isso que a verdadeira arte deveria provocar? Tentou analisar suas percepções do que estava retratado ali da forma mais objetiva possível. As pessoas na balsa não estavam tentando escapar apenas do oceano, mas também fugindo de outros dragões. Uma espécie diferente? Ou... uma variante mais antiga? Por mais que Irene preferisse pensar que se tratava apenas de ficção, por que os dragões tinham se esforçado tanto para manter o quadro oculto?

A questão do poder dragônico era que devia ser absoluto, imutável e totalmente inquestionável. Os próprios monarcas dragões eram imortais; ninguém sequer imaginava a possibilidade de que pudessem morrer algum dia. Por definição (a deles, pelo menos), os dragões eram poderosos demais para ter uma fraqueza dessas, e seus governantes eram a perfeição personificada. Portanto, ou aquele quadro era um insulto a todos os monarcas dragões ou representava uma verdade que jamais revelariam por vontade própria. Se fosse a última opção, será que era uma metáfora para alguma época de angústia e desastre ou uma representação genuína de uma fuga de verdade? Não havia nenhum rei e rainha imortais ali, mas sim um grupo de viajantes desesperados, lutando juntos e em perigo de morte. Eles fugiam para se salvar de algo tentando destruí-los.

Às vezes, um fato histórico se transformava em ficção com o passar do tempo e uma história podia conter uma referência a eventos havia muito esquecidos. Por ser uma Bibliotecária, Irene sabia disso melhor do que ninguém. Até se lembrava de um conto de fadas dos irmãos Grimm que fazia uma referência direta à história da Biblioteca — e que continha um segredo que algumas pessoas estariam dispostas a matar para que ninguém mais descobrisse.

É claro que aquele quadro também poderia não passar de uma calúnia cuidadosamente elaborada — uma sugestão de que os monarcas dragões já tivessem lutado por seus tronos ou enfrentado um perigo grave a ponto de ameaçá-los. Mas, nesse caso, por que preservar a prova? Por que não queimar a tela, em vez de mantê-la escondida, guardada e vigiada?

Irene não sabia quase nada a respeito da história dos dragões. Às vezes, Kai deixava escapar alguma menção a guerras contra o caos — tanto passadas quanto atuais — e à ascensão e à queda de certas famílias importantes. Mas não era a mesma coisa que uma cronologia definitiva. Ele deixara claro que perguntas mais profundas também eram desencorajadas entre os próprios dragões. Era esperado que aceitassem o que lhes era dito e não pedissem mais detalhes. Na história humana, mais cedo ou mais tarde, governantes morriam e eram substituídos por uma nova geração em teoria mais progressista. Mas o que acontecia com dragões praticamente imortais? O que existira *antes* dos reis e rainhas dragões chegarem ao poder?

E quão perigoso era saber as respostas para essas perguntas?

A porta rangeu atrás dela. Irene se virou, deparando-se com a silhueta de Indigo contra a luz da manhã. Mais algumas peças se encaixaram no quebra-cabeça na cabeça da Bibliotecária. Ela esperou que a dragoa dissesse algo.

— Não vai falar nada? — inquiriu Indigo. — Você costuma ser tão precipitada em dar sua opinião.

— Não sabia que isso a incomodava tanto — retrucou Irene. — Por outro lado, sou *apenas* humana. — Ela considerou suas opções como se fossem o baralho de Jerome. Fingir ignorância da situação? Ou admitir suas suspeitas e encarar as consequências? — Kai está demorando com o café.

— Não espere que ele venha tão cedo. — Havia um divertimento selvagem na voz de Indigo. — Somos só nós duas agora.

— Devo ficar preocupada com ele?

— Kai é importante para você? Além de politicamente, quero dizer.

— Vamos dizer que saber se ele está ou não em perigo vai afetar como reajo à situação. — Irene manteve o tom tão sereno quanto seu rosto, não querendo dar a Indigo a vantagem de saber o *quanto* significaria para ela se Kai estivesse em perigo... e como poderia afetar o que faria com a dragoa.

— Ah, fique tranquila. Já percebi que você gosta dele, e ele de você. Fico até esperançosa por Kai. — Indigo se aproximou. — Não chega a ser uma esperança *imediata*, mas a longo prazo, talvez. Então me diga: quando começou a perceber que havia algo estranho neste trabalho?

Como se eu fosse contar tudo a Indigo só porque ela perguntou...

— O problema de ter a reputação de inteligente é que todo mundo presume que sei de tudo. Você está me pedindo detalhes. Mas só sei que acabou de me confirmar que há *algo* suspeito nesta história. Aliás, obrigada.

— Dá um tempo. Use o cérebro. Diga alguma coisa que você viu, algo que não consegui esconder e que despertou suas suspeitas.

— Bem... — hesitou Irene, fingida. Por que Indigo parecia tão apressada, andando impacientemente pela garagem? Será que Irene deveria tentar ganhar tempo? — Eu devia ter me dado conta de que havia algo estranho logo no começo, quando o sr. Nemo mandou fazer os passaportes para nós dois. Só alguém conectado à rede de computadores deste mundo poderia tê-los preparado, e sabemos como seria difícil para quem não tivesse acesso. Você era a única pessoa na equipe capaz disso, mas afirmou que nunca visitara este mundo antes.

— Podia ter sido um feérico — rebateu Indigo. — Alguém com conhecimento de informática. Aposto que existe uma criatura assim.

— Nesse caso, por que não contratar um feérico no seu lugar? — Irene deu a volta ao redor da tela, aumentando a distância entre ela e Indigo. — E por que havia um jogador na equipe? Nós presumimos que era porque Jerome tinha sorte e estava habituado a lidar com apostas de alto risco. Mas a verdade é que *alguém* sabia tudo a respeito de Hao Chen e queria um jogador por perto, para que tivéssemos mais probabilidade de distraí-lo. A pessoa com mais chances de conhecer suas fraquezas seria outro dragão. Por fim, você sabe o que é *isto* aqui — concluiu, apontando para a tela. — Não ficou nem um pouco surpresa ao ver o quadro agora há pouco.

Indigo deu de ombros.

— Talvez eu consiga esconder as emoções melhor do que você.

— Ao ver seus próprios *pais* neste quadro?

— Ah. — Indigo fez uma pausa. — Quer dizer que você os conheceu?

— Só o seu pai, e não por escolha minha. — Irene preferiria evitar a atenção de Ao Guang pelo resto da vida. Ser o objeto de interesse de um rei dragão não era nada seguro. Ainda mais se ele pensasse que você poderia ser útil.

— Então você tem uma boa ideia do que está em jogo aqui. Até agora, você tinha sido só um peão. — Indigo caminhou até a borda da tela, de frente para Irene. — Não gostaria de ser uma jogadora?

Irene conteve a vontade de revirar os olhos. Por que todo mundo supunha que ela queria ser uma gênia do mal manipuladora — e colocava isso em termos de *xadrez*? Era tão... clichê.

— É agora que você vai me oferecer uma posição ao seu lado, para quando seus tios e tias forem derrubados do poder?

— Seria um bom começo. — Indigo contornou o quadro, e Irene a acompanhou, mantendo-o entre as duas. — Você está fugindo de mim?

— Preservando minha independência — replicou Irene.

— É o que faria se aceitasse minha proposta, só que numa escala maior: preservaria a independência e o status da Biblioteca, só por manter uma aliança com a minha facção. Imagine qual seria sua posição se eu chegasse ao poder e você não estivesse entre os meus aliados. Podemos conseguir uma trégua com os feéricos por conta própria. Não seria melhor se nós e a Biblioteca tivéssemos... uma relação amigável?

Irene olhou para a dragoa que andava em círculos e teve uma lembrança bastante vívida dos tubarões do sr. Nemo.

— É verdade — concordou, cautelosa. Imaginou que uma declaração fervorosa do tipo "NÃO, jamais trabalharei para você!" não cairia muito bem. — Manter boas relações com você e seus amigos não seria nenhuma violação de meu juramento. Posso lidar com isso... e meus superiores também, se eu explicar do jeito certo.

— São as vantagens de uma meritocracia — disse Indigo, apontando para a tela entre elas. — Ao contrário da estagnação provocada por meros acidentes de nascença. Uma escravidão imortal que *nunca* vai mudar.

— Este quadro é "verdadeiro"? — Irene procurou a palavra mais exata. — No sentido de representar algo que realmente aconteceu? Ou simboliza algum desastre passado?

— Aí... eu já não sei. Embora saiba mais do que a maioria dos dragões por ter dois pais da realeza e ser uma pessoa curiosa. Não tenho a mínima vergonha de ter ido tão longe e de tudo que fiz para desenterrar o passado. Por vezes, às custas de minha própria família. Você deve simpatizar com a curiosidade, creio eu. Aposto que entende como é querer *saber das coisas*.

Indigo olhou para o quadro como se ela fosse uma lupa, e ele, um material inflamável.

— Pouquíssimos dragões vão tão longe assim. A história oficial conta que os reis e rainhas são eternos, imortais ou algo do tipo, e que descendem de um Primeiro Dragão incrivelmente antigo, ou algo tão cósmico e inexplicável quanto isso. Pelo que entendi, todas as lendas a respeito dos governantes dragões imortais na mitologia são releituras ou interpretações errôneas de sua realidade. É claro que são meus amados pais e tios que escrevem nossos livros de história, por isso podem dizer o que bem entenderem. Não há um ditado sobre isso? "Quem controla o presente, controla o passado."

— "E quem controla o passado, controla o futuro"[8] — completou Irene. Era verdade. Os poderosos eram capazes de ditar qual "verdade" era transmitida, e seus filhos cresciam acreditando nisso. — Você pretende provar que as versões aceitas do passado estão incorretas?

— Dinheiro não foi a única coisa que roubei de meu pai. Levei informações também, o que é bem mais valioso. Informações sobre *este* quadro e onde estava escondido. Se ele soubesse de tudo que eu sabia... Ora, ainda bem que não fazia a menor ideia. Tive que negociar com o sr. Nemo para obter os recursos e apoio necessários para o trabalho, mas nós duas sabemos muito bem que às vezes é preciso lidar com o inimigo quando há algo importante em jogo.

— Indigo apontou para a tela. — Isto aqui é um vespeiro em que tenho toda a intenção de mexer.

---

[8] Referência ao livro *1984*, de George Orwell. [N. E.]

— Que metáfora mais confusa — observou Irene.
— Não desperdicei minha vida estudando metáforas. Eu me ocupei de modo bem mais útil. — Indigo deu de ombros. — Aliás...
— O que foi?
— Você pode até achar que os dragões são curiosamente ignorantes a respeito das próprias raízes, mas o quanto sabe sobre a história da Biblioteca?
— É um bom argumento — admitiu Irene. — Mas você acha que uma... bem, uma obra de arte como esta possui o mesmo peso de um registro histórico? Foi você mesma que disse que uma pintura não passava de padrões de cor e sombreado num pedaço de tela.
— Infelizmente, nem todo mundo vê as coisas do meu jeito. No entanto, são tais pessoas que *vão* acreditar na história retratada neste quadro. Quanto à questão de expressão artística versus registro histórico... pode ser que eu jamais venha a descobrir o que aconteceu há milhares de anos. Mas o quadro prova que o reinado glorioso dos dragões nem sempre foi tão pacífico quanto *eles* reivindicam.
— Ela praticamente cuspiu o pronome, os olhos faiscando com o brilho vermelho dragônico. — É a única maneira de provocar uma mudança. Já está na hora de fazermos perguntas. E de *exigirmos* respostas.
— Não sou seu público-alvo — disse Irene antes que Indigo pudesse fazer um discurso ensaiado previamente. — E gostaria que me deixasse fora disso.
Era provável que a maioria das pessoas não fosse se importar nem acreditar que o quadro retratava a história dos dragões. Mas Indigo achava que os *dragões* acreditariam e que isso teria um efeito avassalador em sua sociedade — e devia saber muito bem do que estava falando. Aquele qua-

dro era uma bomba-relógio, e Irene queria estar bem longe antes que explodisse.

— *Eu* é que não vou impedir que você suma de vista — disse Indigo, tranquila. — Receba o pagamento do sr. Nemo e vá para casa.

Era uma oferta tentadora. Aquilo não era da conta da Biblioteca. Só havia um problema...

— E o que vai acontecer quando começarem a perguntar *quem* roubou o quadro, depois que for exposto e tiver o efeito que você espera?

— Ah. — Indigo examinou as próprias unhas. — Pois é, suponho que seria bastante inconveniente para você se eu contasse que havia uma Bibliotecária envolvida. Certas pessoas talvez rastreassem o crime até a Biblioteca. Conluio com os feéricos a fim de se apossar de um objeto que prejudicaria a reputação dos monarcas dragões... Não preciso nem mencionar as possíveis consequências, não é mesmo?

Irene poderia até achar que Indigo estava blefando, mas tinha certeza de que não era o caso — e a dragoa sabia disso. Mesmo que a Biblioteca tentasse salvar a própria reputação alegando que Irene agira por conta própria e sem permissão (como certamente faria), o estrago já teria sido feito. O medo e a raiva deram um nó no estômago dela quando se deu conta de como aquilo poderia ser péssimo.

— Você está brincando com a reputação e até mesmo a continuidade da Biblioteca — disse ela, com a voz fria como gelo. — Está se apresentando como uma inimiga perigosa.

Irene *precisava* encontrar algum modo de deter Indigo. Aquela situação surgira do nada e estava ficando cada vez pior. A paz recém-forjada era frágil e havia pessoas em ambos os lados que ficariam felizes em acreditar no pior a respeito da Biblioteca. Além disso, Irene tinha de levar a tela para o sr. Nemo para não perder o livro de que tanto precisava. O mundo de sua infância estava em jogo. Portanto, não podia ameaçar destruir o quadro. Será que a Biblioteca esperaria que ela silenciasse a dragoa de modo permanente? Estremeceu só de pensar nisso. Por fim, havia o sr. Nemo... O que será que ele sabia e qual seria seu envolvimento real nessa história — estava no comando ou era cúmplice de Indigo? Seria capaz de provocar a mesma ruptura na sociedade dos dragões que a cruzada de Indigo, mesmo que ela não estivesse presente para inspirá-la? Seria esse o objetivo dele também?

— Ótimo — disse Indigo, indiferente à ameaça implícita de Irene. Para uma dragoa, talvez não passasse do latido de um cachorrinho zangado e ela só precisasse tirar os tornozelos do caminho. — Você está levando isto a sério.

— Garanto que estou levando *muito* a sério. — Irene passou a pensar em aspectos práticos. Já que não podia se desfazer do quadro, talvez pudesse imobilizar Indigo e, em seguida, pedir a ajuda da Biblioteca, ou mesmo de seus "colegas de trabalho". Os feéricos do bando ficariam do seu lado. Embora pudessem até acolher a ideia de uma revolução dos dragões talvez acompanhada de regicídio, Irene suspeitava que não fossem gostar nem um pouco de terem sido usados como meros peões. E menos *ainda* de terem alvos nas costas por causa de seu envolvimento no roubo. — Creio que o próximo passo desta dança é dizer quais são suas exigências.

— Não tenho nenhuma exigência... ainda. — Indigo voltou a se aproximar dela, e Irene voltou a recuar. Se a dragoa pusesse as mãos nela, Irene não conseguiria dizer nada na Linguagem além de "ai". — Estou disposta a manter seu envolvimento em segredo se você me fizer um favor no futuro. Ou dois.

— Ou vários — observou Irene. — Esse tipo de acordo não costuma ter uma data de término formal.

— Você é um recurso valioso... que eu não gostaria de *desperdiçar*. Seria burrice.

Talvez ela estivesse dizendo a verdade, mas ser usada não soava muito bem para o recurso em questão.

— Quanta gentileza de sua parte — murmurou Irene.

— Você é muito bem-treinada — disse Indigo. Não foi um elogio. Vindo dela, era uma simples constatação da verdade.

— Por causa desse seu colégio, suponho. Eles a ensinaram a espionar e arrombar fechaduras lá também?

Irene pestanejou, surpresa ao ouvir a súbita referência ao seu velho colégio. Como *Indigo* sabia disso? A única vez que falara do passado acontecera havia pouco com Ernst ou... com Kai, na ilha do sr. Nemo. Quando estavam sob vigilância. *Era isso.* Indigo fora a própria personificação do ressentimento naquele jantar, mas devia ter recebido um relatório completo do sr. Nemo nos bastidores. A referência ao colégio era mais uma demonstração do quanto ela sabia sobre Irene — para afirmar quanto poder detinha na situação atual.

Não podia deixar que Indigo soubesse de seus sentimentos verdadeiros, por isso deu de ombros.

— Por aí.

Mas as lições mais importantes tinham sido aprender a confiar em outras pessoas, a cooperar com elas, a aceitar que quem não era um Bibliotecário também merecia respeito e tratamento justo — quer fosse humano, feérico ou dragão...

Indigo pareceu meio desapontada que o golpe não tivesse surtido efeito.

— É uma proposta melhor do que a maioria dos dragões lhe faria. Prefere ser a *minha* aliada... ou a escravizada *deles*?

— Não quero nem imaginar quantas gravações de vigilância você tem de nós planejando o roubo — disse Irene em vez de responder à pergunta, com o coração apertado só de pensar. Não era apenas material de chantagem contra Irene e os feéricos, mas também contra *Kai*. — Não é à toa que você não largava aquela pasta.

Por um instante, Irene pensou ter visto um brilho de irritação nos olhos de Indigo. Talvez não esperasse que ela pensasse nisso.

— Pelo menos, não deixei nada naquele mundo. Não se preocupe com Lady Ciu e seus lacaios. Eles não podem provar nada. Sequer suspeitam do envolvimento da Biblioteca. Por enquanto.

Será que sou forte o suficiente?, perguntou-se Irene. *A ponto de matar Indigo para silenciá-la? Prefiro não fazer isso...*

Mas, se fosse necessário, a parte mais fria de Irene sabia que faria.

— Preciso de uma resposta imediatamente — disse Indigo. — Uma confirmação geral de sua disposição em cooperar comigo já basta.

— Se eu quiser manter o envolvimento da Biblioteca em segredo, terei de concordar com seus planos... — disse Irene, preparando-se para fazer uma coisa que nunca tentara antes. — Sou obrigada a admitir. Só posso dizer que **você percebe que estou aqui concordando com seus termos pelos próximos cinco minutos.**

O esforço por usar a Linguagem se manifestou numa pontada de dor de cabeça e num aperto no peito. Nunca tentara usar o truque do "você percebe" num dragão antes. Eles eram criaturas da ordem em forma humana, por isso afetá-los com a Linguagem era como fazer uma cachoeira correr morro acima. Muito difícil mesmo.

Mas não impossível.

Ela conseguiu dar um passo para trás, embora a cabeça doesse como se fosse rachar ao meio. Indigo continuou olhando para onde Irene estava antes — e, mais importante, não pareceu ter notado que a Bibliotecária se esgueirava em direção à porta. O sorriso nos lábios dela indicava que sua imaginação fornecia todos os detalhes que poderia desejar da rendição de Irene. Porém, assim que o efeito passasse...

Irene saiu da garagem para o vento cortante e gelado. Prioridades. Destruir a pasta de Indigo e seus computadores. A equipe não tinha visitado nenhum lugar de onde a dragoa pudesse enviar as informações. Encontrar Kai. Convencer os feéricos a ficar do seu lado — e certificar-se de que Indigo não tivesse mais *nenhuma* vantagem. Tudo isso em cinco minutos.

Ernst estava no salão principal do restaurante, segurando uma xícara de café preto. Pestanejou de surpresa.

— Você está bem?

— Temos alguns probleminhas — respondeu Irene. — Há algo que precisamos discutir. Antes disso, você viu onde Indigo deixou a pasta?

Ernst acenou com a cabeça melancolicamente e largou o café, apontando para trás de si.

— As coisas sempre acabam ficando complicadas. Já estava com medo disso. A pasta está atrás do balcão.

Irene acenou com a cabeça em agradecimento. Quanto mais cedo fritasse tudo naquela pasta, melhor se sentiria.

— Irene? — chamou Ernst.

— Sim?

O punho do feérico acertou a barriga dela, tirando seu fôlego antes que pudesse dizer qualquer coisa. Um golpe na nuca a fez girar e cair no chão, inconsciente.

Porém, conforme a escuridão se fechava ao seu redor, pensou ouvir um "desculpe".

CAPÍTULO 24

Irene acordou com um ímpeto de autorreprovação.
Para piorar as coisas, estava de biquíni. E salto alto.
Tentou avaliar sua situação de olhos fechados, algo que lhe era irritantemente familiar, reprimindo a vontade de gritar e atirar objetos à sua volta. O aspecto mais preocupante — dentre muitos — era o peso que sentia na garganta. Havia uma espécie de coleira em torno de seu pescoço. Era difícil pensar em qualquer circunstância em que aquilo pudesse ser algo *bom*.

Fora isso... seja lá onde estivesse, o lugar era silencioso, embora desse para ouvir um zumbido de ar-condicionado ao fundo. O local cheirava a desinfetante, e ela estava deitada em algo acolchoado, mas não macio como uma cama ou colchão. A qualidade da luz, até onde podia perceber com as pálpebras fechadas, indicava que a lâmpada era fluorescente.

Decidiu que teria mais a ganhar se espiasse à sua volta, então abriu os olhos e se sentou devagar. Estava numa cela acolchoada. Sem cama nem outros móveis. Uma faixa de luz fluorescente se estendia pelo teto, fora de alcance. A porta também era acolchoada por dentro e continha um olho mágico — que, dada sua sorte, com certeza daria uma visão completa da cela. Não teria como se esgueirar e pular em cima dos guardas assim que entrassem ali. Droga.

Um painel — também acolchoado, é claro — deslizou para trás na parede, revelando uma televisão. Bem, aquilo respondia à pergunta de onde ela estava. Como se já não suspeitasse.

O sr. Nemo surgiu ali. Ele estava sentado atrás de uma pesada mesa de ébano encimada por uma pilha de folhetos. Atrás dele, uma janela dava vista para o fundo do mar. Um polvo flexionou os tentáculos, deslizando pela água com a lentidão de uma bailarina. Era simbólico demais para o gosto de Irene.

— Srta. Winters! — exclamou o sr. Nemo alegremente. — Que bom vê-la acordada. Por favor, não tente falar: a coleira em volta do seu pescoço lhe dará um choque elétrico se fizer isso. Inclusive se usar sua Linguagem.

Irene ergueu as mãos para explorar a coleira. Infelizmente, a tela não lhe permitia ver o próprio reflexo. Sentiu os aros de metal ao redor do pescoço, como uma enorme correia de relógio, e um disco mais intrincado na base da garganta.

Talvez fosse um blefe hilário e bem-elaborado. Por outro lado... talvez ele estivesse falando a verdade.

O sr. Nemo pareceu tomar o silêncio dela como um sinal de concordância, embora suas opções de resposta fossem limitadas.

— Agora, suponho que você esteja se perguntando o que está fazendo aí. Bem, garanto que não será por muito tempo. Estou no meio da organização de um leilão bastante exclusivo, para nobres feéricos e monarcas dragões. Até *cogitei* mandar um catálogo para a Biblioteca, mas eles poderiam se sentir na obrigação de interferir. E já que não assinei o tratado de paz, posso fazer o que bem entender. Os próximos dias vão ser muito interessantes. É claro que não posso permitir que ninguém venha aqui nem me encontre cara a cara, apesar de este leilão ser *particularmente* importante, mas há maneiras de contornar isso.

Irene se levantou num salto. Esboçou um retângulo com as mãos e balbuciou: "O quadro?".

— Exatamente! E mais algumas coisinhas também. Seria uma pena não tirar proveito da ocasião. — Ele inclinou a cabeça para o lado, e gotas de suor brilharam nas rugas de seu rosto. — Agora, suponho que você esteja se perguntando por que está em uma prisão de segurança máxima...

Com uma das mãos, Irene fez um gesto exagerado para que ele prosseguisse.

— Meu pequeno leilão pode ter certas consequências. — Ele encolheu os ombros, a personificação de um homem pesaroso por todas as coisas terríveis que poderiam vir a acontecer. — Não sou signatário do tratado, de modo que não tenho restrições em relação ao *meu* comportamento. Mas *você* pode sentir-se na obrigação de fazer alguma coisa, mesmo sem ordem expressa de seus superiores. Por isso, estou afastando-a temporariamente da situação. Pense que está de férias na praia, srta. Winters! Férias de qualquer responsabilidade.

Irene fez menção de dizer alguma coisa, mas quando a primeira palavra escapou de seus lábios, a coleira apertou-lhe o pescoço e um choque elétrico percorreu o corpo dela. A Bibliotecária se viu de joelhos, tentando arrancar a coleira, ofegante. *Certo. Não é um blefe.* Uma parte de sua mente continuou a pensar friamente, embora as lágrimas escorressem pelo rosto. *A coleira me impediria de dizer mais de uma palavra... mas será que uma só não bastaria?*

305

— Eu estava esperando que isso não fosse necessário — disse o sr. Nemo. — Por favor, tente relaxar, srta. Winters. Você só vai ficar aqui por mais um ou dois dias. Creio que deve estar preocupada com o príncipe Kai, mas ele está muito bem de saúde... embora em condições semelhantes. Ambos ficarão sob vigilância constante, é claro. Minha rede de câmeras estende-se por toda a ilha. Mesmo que consiga sair da cela, não há nenhum lugar em que eu não possa encontrá-la.

Irene percebeu que o sr. Nemo começara a se vangloriar. Todo arquétipo feérico, incluindo o de gênio do crime, tinha suas fraquezas e pontos fortes. Por exemplo, manter inimigos aprisionados no meio de uma base secreta não era uma boa jogada. Recorrendo à língua de sinais, por falta de uma ideia melhor, ela sinalizou: "E quanto ao que você nos prometeu?".

Ele aninhou o queixo em uma das mãos, pensativo.

— Você deve estar me perguntando sobre o pagamento pelo quadro. Infelizmente, não consigo entender nada em língua de sinais. Mas não se preocupe, srta. Winters, sempre cumpro com meus acordos. Assim que você se apresentar a mim e pedir o pagamento, de uma maneira que eu *consiga* entender, terei o maior prazer em entregá-lo e deixar que você vá embora daqui. Mas — ele acenou com os dedos na direção dela — por ora chega, minha cara.

A tela desligou sozinha e o painel voltou a deslizar sobre ela. Mas Irene entrou logo em ação. Sua prioridade era obter algo afiado. Ela atacou a televisão com o pé, usando o calcanhar. Usaria aqueles sapatos ridículos para saltar (sem trocadilho) para fora dali.

O salto perfurou a tela, provocando uma teia de aranha de fissuras por toda a superfície. O painel continuava tentando fechar, bloqueado pelo pé de Irene, mas por sorte o sistema de segurança o impediu de amputá-la. Equilibrando-

-se numa perna só, ela tirou o sapato direito e o arrastou pela tela quebrada, arrancando alguns pedaços de vidro. Alguns caquinhos caíram no chão quando o painel finalmente se fechou.

Irene cerrou os dentes, para não fazer nenhum barulho que pudesse acionar a coleira, e usou um caco afiado para cortar o antebraço. Operando o dedo como caneta e o sangue como tinta, conseguiu rabiscar uma única palavra na Linguagem na coleira: **desativar**. É claro que havia câmeras ligadas, mas ela ainda tinha alguns segundos. Tirou o outro sapato com a ajuda do calcanhar, retesou o corpo e dirigiu-se à porta:

— **Destranque-se e abra.**

Para seu alívio, não recebeu nenhum choque quando a porta se abriu.

Agora, ela tinha uma última cartada na manga. A câmera que a vigiava devia estar ligada a todas as outras. Não importava se a conexão fosse simbólica ou física, a Linguagem era muito *boa* com isso. Se ao menos uma câmera estivesse gravando e ouvindo naquele instante...

Ela respirou fundo, preparou-se e disse com toda a clareza:

— **Dispositivos de vigilância na minha presença e todos os dispositivos de vigilância conectados a eles, fiquem com defeito!**

A Linguagem funcionava bem em mundos de alto caos — de certa forma, até bem *demais*, cumprindo os desejos de seu usuário de modo quase exagerado. Infelizmente, exigia algo em troca. O caco de vidro caiu da mão de Irene quando ela ficou tonta e teve de se apoiar na parede para se manter de pé. Sangue escorreu de seu nariz, e ela o enxugou com as costas da mão. Irene já realizara certas proezas em ambientes de alto caos, tais como explodir um barco, empenar uma escada e congelar um canal, mas nunca tentara mexer em algo tão abrangente como toda a rede de vigilância de uma ilha secreta. Fechou os olhos por um instante conforme pontinhos brancos lhe percorriam a visão. Se o comando tinha consumido tanta energia, então devia ter provocado *alguma* coisa. Na ausência de qualquer sinal de sucesso — afinal de contas, as câmeras eram ocultas —, precisava acreditar que a enxaqueca significava que conseguira.

O sangue escorria por seu braço enquanto Irene cambaleava pelo corredor, acelerando o passo à medida que seu senso de urgência aumentava. *Preciso de um curativo*, pensou. Ainda não estava tão desesperada a ponto de querer usar o biquíni para isso. *E tenho que tomar cuidado com as piscinas de tubarões e piranhas.* Ela estava numa área mais simples, de bastidores, ao contrário das partes mais visitadas do covil do sr. Nemo. Cada corredor parecia tão cinza quanto o seguinte. Se fosse um cenário de filme, um corredor poderia representar o complexo inteiro. Podia até imaginar os protagonistas de James Bond sendo perseguidos ali pelo vilão do momento, rumo ao desastre. Só esperava estar do lado vencedor daquele arquétipo feérico específico.

Começou a correr.

Dez minutos depois, Irene se escondeu atrás de um canto enquanto a terceira dupla de guardas passava por ela. Seus sarongues floridos podiam até ser bonitos e coloridos, mas suas armas eram de verdade. Por sorte, não eram muito bons de busca. Aquele era o problema de conseguir esconder uma ilha de todo mundo: seus guardas não tinham experiência nenhuma contra inimigos reais.

Irene precisava de informações. Saiu do esconderijo assim que eles passaram e deu uma tossida para chamar a atenção. Quando os guardas deram meia-volta, tentando descobrir para onde apontar as armas, ela disse rapidamente:

— **Vocês percebem que sou seu superior.**

Os dois assumiram posição de sentido.

— Relatório! — acrescentou ela. — Qual é a situação atual?

O homem da direita pareceu envergonhado.

— O Sujeito L continua à solta, senhor. Os outros hóspedes se encontram em seus respectivos locais de detenção.

— Certo. — Irene precisava de mais informações, mas seria difícil explicar certas perguntas. Por exemplo: "Onde ficam esses locais de detenção?" — Ótimo. Novas ordens, rapazes. Acompanhem-me numa visita à hóspede Tina. O sr. Nemo tem mais um trabalho para lhe passar e, com o Sujeito L à solta, precisamos garantir que ela esteja em segurança.

— Sim, senhor!

Os dois homens bateram outra continência e marcharam na frente. Irene seguiu logo atrás, sentindo-se chamativa demais com seu biquíni. Ela esperava que a influência da Linguagem se mantivesse pelo tempo necessário para chegar até Tina. É claro que queria encontrar Kai, mas o sr. Nemo esperaria que Irene fosse direto até ele. Sua amizade — apego — não era nenhum segredo. Devia constar dos arquivos dos dois numa dezena de locais secretos, incluindo as sedes de espionagem dos feéricos e dos dragões.

Por fim, chegaram ao que Irene considerava a face "pública" da ilha — incluindo os corredores que ela e Kai haviam percorrido antes, com suas enormes janelas do tipo aquário. A porta para a outra seção ficava bastante evidente daquele lado, mas correspondia a um simples painel de parede discreto no lado público. Na verdade, já tinham ido bem mais longe do que Irene achou que seria possível quando um dos guardas parou, sacudiu a cabeça e disse:

— Espere aí...

Irene deu-lhe um soco na região dos rins, acertou-o na nuca quando o guarda dobrou o corpo ao meio e tirou-lhe a arma do coldre. Estava bastante satisfeita com seu progresso até o momento; às vezes, o truque de percepção da Linguagem passava rápido demais.

— Pois muito bem — disse ela enquanto o outro segurança a encarava de olhos arregalados. — Onde os hóspedes feéricos estão detidos?

— Senhor? Mas... — Ele pestanejou, tentando aceitar a realidade, e ficou lívido. — Meu Deus, você é *ela*. O Sujeito L.

Irene ficou imaginando o que disseram aos guardas a seu respeito. A reação dele pareceu exageradamente dramática.

— Eu fiz uma pergunta — disse a Bibliotecária num tom velado de ameaça, a fim de tirar proveito do medo dele.

— Não vou contar nada para você — murmurou o guarda. — Sou um soldado leal e fiel.

— Veja bem — começou Irene com paciência —, o sistema de câmeras continua desligado. Ninguém pode ver nem ouvir você, e não há ninguém aqui além de nós dois... e do seu amigo, que está inconsciente. Não prefere que eu vá embora e o deixe em paz? Em vez de atirar em você ou de dar nós no seu cérebro?

— Tem certeza de que as câmeras estão desligadas? — perguntou ele, hesitante.

— Se não estivessem, haveria um monte de guardas aqui e eu já estaria presa na minha cela — garantiu Irene. — Dou a minha palavra. Diga logo o que quero saber, e prometo que não o matarei nem torturarei...

— Desça o corredor, vire à direita e depois na terceira à esquerda. Os três hóspedes feéricos estão em quartos um ao lado do outro — explicou o guarda tão rápido que quase chegou a balbuciar. — A sra. Tina, depois o sr. Felix e por fim o sr. Ernst.

— Bom trabalho — disse Irene. — Agora me diga o que você vê lá ao fundo do corredor.

— Não estou vendo...

Irene o golpeou na cabeça com a coronha do revólver bem no meio da frase. Afinal, não prometera que não faria algo assim. Quando ele desmaiou, ela saiu em disparada.

Não havia nenhum guarda postado em frente às portas indicadas. O sr. Nemo devia achar que ela não pediria ajuda aos feéricos da equipe. Bem, é claro que não pediria nada a Ernst, e Felix estava fora de combate no momento, mas...

Irene cruzou os dedos e bateu na porta que esperava ser do quarto de Tina.

— Vá embora! — O rosnado que veio lá de dentro era de Tina, sem dúvida alguma. — A menos que tenha vindo me dar permissão para cair fora desta ilha. Nesse caso, entre logo.

Irene tentou virar a maçaneta. A porta estava trancada. "Hóspedes" coisa nenhuma. A Linguagem cuidou disso.

Tina estava empoleirada numa poltrona de frente para a porta. Bitucas de cigarro, embalagens de chiclete e aviões de papel estavam espalhados por todo o chão. Havia uma curiosa sensação de expectativa no modo como ela estava sentada, como se fosse um carro com o motor em ponto-morto, prestes a entrar em movimento. A feérica arregalou os olhos ao se deparar com Irene.

— O sr. Nemo já entregou sua recompensa? — perguntou Irene.

Tina girou um molho de chaves de carro novinhas em folha em volta do dedo.

— Tudo pronto para a coleta. Você não iria gostar nem um pouco.

— No entanto, você continua aqui.

— Estou meio que esquentando o motor aqui, esperando para pegar a estrada — admitiu ela a contragosto.

Irene assentiu com a cabeça.

— Nesse caso, talvez eu possa ajudá-la... Vim aqui por causa de uma coisa que Kai já mencionou a você. Um trabalho pago. — Era um plano B que Kai e Irene haviam elaborado alguns dias antes, enquanto comiam torta sacher em Viena. Ela rezou para que os deuses da estrada ficassem do seu lado durante aquela negociação com a devota deles.

Tina abriu um sorriso bem devagar. Era como ver uma paisagem se iluminar com o nascer do sol.

— Sabe, eu estava só esperando que você me dissesse isso. — Ela praticamente vibrava, agarrada à beirada da poltrona com os nós dos dedos brancos pelo esforço de se manter naquela posição. — Então, o que é que vou transportar e para onde?

Irene deu um suspiro de alívio.

— Vou te dar um nome e um endereço...

CAPÍTULO 25

Enquanto saía com Tina da suíte, Irene se parabenizou por ter conseguido fazer *ao menos* uma coisa. Foi um erro. Logo que o pensamento começou a se cristalizar, as outras duas portas do corredor se abriram.

Ernst foi o primeiro a sair, arqueando as sobrancelhas ao ver os trajes de Irene.

— Perdi alguma coisa? — perguntou ele.

Felix estava parado na soleira da porta, com uma arma pendendo da mão. Apesar desse apoio, ele parecia cansado e ansioso — como se ainda não tivesse recuperado seu arquétipo.

— Vou embora daqui — disse Tina, saindo de trás de Irene e dando tchauzinho para os dois homens. — Boa noite, durmam com os anjinhos, cuidado com os mosquitos.[9] Já estou farta deste lugar. Vão tentar me impedir?

— Estou pensando — resmungou Ernst.

— Duvido — retrucou Irene. Ela tentou parecer imponente, apesar do biquíni, mas não pôde deixar de se lembrar do soco rápido e forte de Ernst. — O que foi mesmo que o sr.

---

[9] Verso de uma popular cantiga de ninar estadunidense. [N. T.]

Nemo disse? Que nos deixaria ir embora, livres e desimpedidos, na hora que bem quiséssemos? Você não deveria impedir alguém de sua própria espécie.

Ernst deu de ombros, todo filosófico.

— O sr. Nemo nem sempre tem razão. Às vezes, a melhor solução é nocautear todo mundo primeiro e conversar depois. Grandes pensadores dizem a mesma coisa de forma mais elegante, mas prefiro do meu jeito. Além do mais, o meu jeito é menos letal.

Ernst era uma causa perdida. Já Felix... Irene pensou numa isca à qual ele não conseguiria resistir.

— Fico feliz de vê-lo tão bem — disse a ele. — A princípio, não estava certa de que seu plano daria certo, mas parece que as coisas estão se saindo exatamente como você disse...

O rosto de Felix assumiu uma expressão ligeiramente confusa, embora tentasse ao máximo não demonstrar. Um trapaceiro jamais admitiria não saber o que estava acontecendo.

— Não foi nada — respondeu depois de um instante, cheio de falsa modéstia.

Dividido entre os dois alvos em potencial, Ernst hesitou e sugeriu:

— Explique-se.

Irene deu de ombros, fingindo ignorar a arma de Felix e os punhos cerrados de Ernst. Atrás das costas, fez um sinal frenético para que Tina fugisse imediatamente dali.

— Você já deve ter reparado que as câmeras de vigilância estão desligadas — disse a Ernst. — Essa era a *minha* parte.

— Ela apontou com a cabeça para Felix. — E você fez a *sua* parte garantindo que eu me infiltrasse no coração da fortaleza do sr. Nemo como uma prisioneira inofensiva. Ou, devo dizer, aparentemente inofensiva? — Ela forçou um sorriso.

— Agora estamos na fase do plano em que não há vigilância, todo mundo está correndo por aí como um hamster assustado, e a extensa coleção do sr. Nemo está à disposição para quem chegar primeiro. — Ela olhou fixamente para Felix. — Como eu disse antes: ótimo plano.

A cena foi uma inversão daquele momento na biblioteca da Universidade de Viena em que fora confrontada por Ernst e Felix. Só que desta vez Felix estava disposto a ouvir e Ernst era o desconfiado. E Felix *estava* prestando atenção. Irene conseguia ver a empolgação em seus olhos ao pensar num roubo de tamanha escala.

Ernst tossiu, lembrando a todos de sua presença imponente.

— Felix. *Não é* uma boa ideia. Qual é o plano? Cadê o mapa? E a rota de fuga? Ou *qualquer coisa*, pois só vejo uma Bibliotecária cheia de lábia.

Felix se virou para encarar o outro feérico. Ao fundo, Irene ouviu Tina se retirar em debandada. Perfeito.

— Ernst. Lembra que você me deve um favor, por Galway? Pois vou cobrá-lo agora.

Ernst assumiu uma expressão da mais absoluta desaprovação.

— Você vai se arrepender — pressionou ele, abandonando o sotaque habitual.

— Talvez. Mas, às vezes, você tem que fazer algo de que vá se arrepender mais tarde. Espere quinze minutinhos, Ernst. Só isso. É o favor que lhe peço. Então, estaremos quites.

Ernst olhou de Felix para Irene e deu um suspiro.

— Quinze minutos. Não assumo nenhuma responsabilidade pelo que acontecer em seguida — respondeu ele, voltando para o quarto e fechando a porta atrás de si.

Irene mal podia acreditar que tinha sido tão simples assim.

— Você deve ter feito algo bastante impressionante por ele — comentou ela.

— Arrombei uma fechadura — disse Felix sem rodeios.

— Uma fechadura muito importante. Agora, você vem comigo neste roubo ou tem seu próprio alvo?

— Meu próprio alvo — respondeu Irene. Tina contara a ela onde Kai estava. — Tenho uma pergunta: você viu o segundo quadro?

— Vi, sim — admitiu Felix. — Fui eu que desenrolei a tela. Mas não faço a menor ideia do que significa. Suponho que seja um material de chantagem ou algo do tipo?

— Algo do tipo — concordou Irene. Estava tentada a ir embora e resgatar Kai, mas um ímpeto de moralidade a deteve. — Vou lhe dar um conselho, cá entre colegas de trabalho temporários. Imagino que você vai querer que todos saibam como roubou o quadro de três dragões. Mas isso não acabaria muito bem. De jeito nenhum.

— Obrigado pelo aviso — agradeceu Felix alegremente, e Irene sabia que ele não tinha ouvido uma palavra sequer. — Vejo você por aí.

Ele saiu em disparada e Irene também.

Vários corredores adiante e alguns andares para cima, ela encontrou a área que Tina descrevera. Era uma mistura de prisão e enfermaria. A primeira porta fechada se abriu para um quarto vazio. A segunda também. Já a terceira...

Kai estava deitado numa maca de hospital no meio do quarto, inconsciente. Havia uma máscara médica e um tubo de gás presos ao seu rosto, e ele estava conectado a dois monitores que apitavam com regularidade. Não havia nenhum guarda por perto, nem fios de disparo, feixes de alarme infravermelho ou pedais de pressão no chão... muito embora o objetivo de tais armadilhas fosse que os intrusos não conseguissem vê-las.

Além disso, não havia nenhum guarda *à vista*. Qualquer capitão de guarda competente, depois da fuga de Irene, teria designado segurança adicional para seus possíveis alvos. Porém, se quisesse tirar Kai dali, ela teria de correr o risco.

Irene caminhou com cuidado, sem fazer nenhum barulho com os pés descalços no piso de ladrilho, e chegou até Kai. A respiração dele era calma e tranquila. Ela reprimiu um suspiro de alívio. Tirou a máscara de respiração de seu rosto delicadamente, removendo a fita cirúrgica que a fixava no lugar com uma careta de solidariedade. Ouviu a pulsação. Estável. Ótimo. Ela não fazia a menor ideia do que haviam dado a ele, mas não ia cheirar o gás para descobrir.

Uma porta oculta na parede oposta à entrada se abriu em silêncio. Foi a mudança no clima que alertou Irene assim que uma corrente de ar frio roçou em sua pele descoberta. Ela ergueu o olhar e se deparou com Indigo parada ali, sorridente, com um controle remoto na mão.

A dragoa apertou um botão.

O chão desapareceu sob os pés de Irene. Ela tentou desesperadamente se agarrar a alguma coisa, até que conseguiu alcançar a borda do painel sobre o qual estivera de pé — e que havia se retraído. Ao balançar sobre uma escuridão abissal, seus braços já tremiam pelo esforço. Não sabia por quanto tempo conseguiria se segurar ali. O quarto era uma armadilha, e ela caíra como uma patinha.

Irene se esforçou para erguer o corpo do buraco, mas não conseguia se firmar na beirada do chão; precisava de tempo e apoio, mas não tinha nenhum dos dois.

Naquele instante, Indigo pairou sobre ela com a silhueta delineada contra a luz.

— E então? — perguntou.

— E então o quê? — retorquiu Irene. Agora conseguia ver os inúmeros painéis e alçapões que se cruzavam e cobriam o piso inteiro, com as bordas delineadas pela luz do quarto de Kai. Não tivera a menor chance. Também ouviu o som da água lá no fundo. A memória lhe forneceu uma imagem a cores da última pessoa que caíra numa das piscinas de tubarões do sr. Nemo. — Devo implorar para que me tire daqui? — Suor escorria das mãos.

— Você está tentando me provocar? — questionou Indigo. Ela falou com calma, mas seus olhos ardiam de fúria.

— Você não é uma feérica — disse Irene entre dentes.

— Então, imagino que não esteja aqui para se gabar. Se vai me oferecer uma mãozinha... quais... são as... condições?

— Ah. — Indigo pousou o controle remoto do painel na cama do adormecido Kai. — Em circunstâncias normais, eu entraria no jogo. Gabar-se de uma vítima indefesa é a típica perda de tempo mesquinha e ineficaz em que os feéricos adoram se atirar em seus piores momentos.

— Em circunstâncias normais? — repetiu Irene. Aquilo não soava nada bem.

— Você cometeu certos erros. — Havia um brilho vermelho nos olhos de Indigo. — Para começar, e *não* tente fazer isso outra vez, usou suas habilidades de Bibliotecária para *me* iludir. — O ar começou a vibrar de estática, e o cabelo de Indigo crepitou junto. — Você teve a audácia de interferir no funcionamento do meu cérebro. A *audácia*.

Irene sentiu um aperto no peito. Pelo jeito, fugira usando a maneira que mais enfureceria a dragoa.

— É você que está de conluio com os feéricos — disse a Bibliotecária, com os dedos doendo pelo esforço de segurar a borda. — Sabe muito bem o que eles são capazes de fazer com as emoções e percepções dos outros. Por que está tão aborrecida *comigo*?

— Porque eu esperava mais de você — respondeu Indigo friamente. Ela colocou o bico do sapato sobre os dedos da mão esquerda de Irene e começou a pressionar.

Irene reprimiu um gemido de dor. Foi forçada a se soltar, ficando suspensa por uma mão só sobre o abismo. O mar lá embaixo pareceu soar mais alto. Mais faminto. Será que a Linguagem poderia ajudá-la? Mas Indigo jamais a deixaria completar uma frase.

— Erros... no plural? — conseguiu dizer, com o braço direito ardendo.

— Você veio atrás dele. — Indigo apontou para Kai, deitado atrás dela. — Quando poderia ter ido procurar o quadro. Ou então fugido. Ambas as ações seriam um uso bem mais lógico de seu tempo e energia. Em vez disso, resolveu vir rastejando até ele, uma decisão pateticamente *emocional*. Kai não é tão poderoso assim; você não deveria esperar que ele a salvasse. Além disso, sabe que o sr. Nemo o manteria a salvo, para usá-lo como moeda de troca. Ele não está em perigo. No entanto, você está aqui. Foi uma perda de tempo tentar convencê-la por meio da razão. Você não vale a pena.

— Mesmo assim, você continua aqui, se gabando. Como uma feérica.

— Acho tão terapêutico explicar a alguém como essa pessoa entendeu tudo errado. — Indigo abriu um sorriso e moveu o pé em direção à outra mão de Irene.

— Não vai me oferecer a oportunidade de me juntar a você em troca da minha vida?

— Não. Você iria mentir para mim.

Irene devia confessar que Indigo estava certa. A dragoa tinha a vantagem. A vantagem, a melhor posição e o pé letal.

Quando seu oponente tiver o controle total do tabuleiro de xadrez e as coisas não puderem ficar piores para você, às vezes a resposta é piorar tudo para todo mundo...

— Vou procurar um Bibliotecário mais cooperativo para apoiar nossa facção, se for preciso — continuou Indigo. — Não sentirei sua falta. Na verdade, depois do seu *sumiço*, será bem mais fácil botar a culpa em você.

— Diga-me uma coisa. — Irene arfou. — O que você sabe?

Indigo hesitou.

— Do que você está falando?

— Você já sabia. Sobre o quadro. Faz alguma ideia de seu significado? Sabe o que existia antes... dos monarcas dragões?

Indigo repuxou os lábios num sorriso cruel.

— Só porque você está prestes a morrer, acha que vou lhe contar todos os meus segredos? Grande erro. Não sou uma feérica. Sou um dragoa. E muito em breve serei uma governante.

Ela abaixou o pé.

Irene não conseguiu mais se segurar. A dor era intensa demais. Mas, enquanto sua mão escorregava, ela gritou:

— **Painéis, alçapões, abram-se!**

Indigo arregalou os olhos de surpresa. Já tinha entrado em ação quando Irene pronunciou a segunda palavra, atirando-se em direção à porta. Mas ela estava bem no meio do quarto, e todos os painéis e alçapões se abriram ao mesmo tempo. Com o sumiço do chão, tudo que havia dentro do quarto desabou no abismo — Irene, Indigo, Kai, a maca e tudo o mais.

Ao cair, Irene bateu num tipo de calha e ouviu Indigo dar um grito de raiva lá de cima. Houve estrondos e um baque, talvez da maca de Kai — e a luz desapareceu assim que os painéis voltaram a se fechar. Irene já adivinhava o que viria a seguir. Prendeu a respiração.

Avistou uma luz — uma chama elétrica, violenta, ofuscante —, seguida pelo ar livre. E depois, a água.

O impacto foi desorientador. Irene sentiu o corpo afundar, mas estava tonta demais para saber ao certo. Forçou-se a abrir os olhos e estendeu os braços para retardar a queda. Estava flutuando na água do mar — no meio do oceano? Não, numa piscina fechada, mas enorme. Acima dela, podia ver duas silhuetas desfocadas na água. Uma tinha cabelo comprido que flutuava ao seu redor e a outra descia como uma boneca de pano em câmera lenta. Ao longe, sombras suaves se moviam pela água, chegando cada vez mais perto.

O corte que Irene fizera no braço se abriu durante a queda e um rastro de sangue escorria dele. A Linguagem não seria muito útil debaixo d'água: a fala não funcionaria se não conseguisse respirar.

Ela moveu as pernas desesperadamente em direção a Kai, conseguindo um ritmo que teria impressionado os salva-vidas mais entusiasmados de seu velho colégio. Indigo também nadava na direção dele, mas ficou claro que a água não era seu elemento. Pela primeira vez, o traje inadequado de Irene funcionou a seu favor. Era muito mais fácil nadar de biquíni.

Ela podia ver os tubarões se reunindo com o canto do olho. Aproximavam-se cada vez mais, enormes e letais com seus corpos cinza-metálico e branco-mármore, os olhos como brasas apagadas observando-a e avaliando o valor dela em carne e osso. Talvez estivessem habituados a ter presas para o jantar e soubessem que podiam demorar o tempo que quisessem.

Suas voltas se estreitaram. Um deles passou atrás dela, tão perto que Irene conseguiu sentir sua passagem na água, uma força física que a empurrou para o lado. Acelerou as braçadas; o pavor dava-lhe força e velocidade. Só não lhe daria uma armadura, e a qualquer segundo...

Ela fechou a mão em torno do braço de Kai.

Ele abriu os olhos.

Sob a influência de sua vontade, a água envolveu os dois à medida em que uma onda se formava com tanto ímpeto que jogou os tubarões para trás. Um tentáculo de água se enrolou em torno de Irene e Kai para levá-los à superfície, carregando-os com a mesma rapidez até a margem. Kai passou o braço em volta da cintura da parceira, apoiando-a enquanto ela arfava, ofegante. Um tênue padrão de escamas marcava sua pele, tão elegante quanto a matemática e tão perfeito quanto a geada.

Encontravam-se à beira de uma imensa piscina de água salgada, com cerca de cinquenta metros de largura, dentro de uma caverna de teto baixo. Uma escotilha lá no alto mostrava por onde haviam entrado, e lâmpadas elétricas penduradas no teto brilhavam com luz fluorescente. O ar frio a fez tremer, indicando que havia uma camada espessa de rocha entre eles e o quente ar tropical lá fora.

— Você está bem? — perguntou Kai. Ele saltou para a beira da piscina e a ajudou a sair dali, arqueando as sobrancelhas ao ver os trajes e o estado em que ela se encontrava.

Irene abriu a boca para responder, mas, quando começou a falar, a coleira foi ativada de repente. Ela arfou, tentando tirá-la do pescoço, e um choque percorreu seu corpo conforme caía no chão. *Ah, não*, pensou em meio à dor, *a água deve ter apagado a Linguagem...* Por um momento, imaginou que fosse desmaiar por causa da combinação de água e eletricidade.

Kai se ajoelhou ao seu lado. O rosto era a própria imagem da preocupação ao ver Irene se contorcendo de dor. Quando os espasmos começaram a passar, ela percebeu que Indigo estava saindo da água. A fúria estava estampada em cada curva de seu corpo e o cabelo se agarrava a ela numa massa encharcada. Era a primeira vez que não parecia tão elegante.

— Filho de Ao Guang — disparou ela —, você escolheu uma péssima hora para acordar.

Kai se pôs de pé.

— Se eu tivesse conseguido convencer os outros de que você era tão desleal quanto desonrada, não estaríamos tendo esta conversa agora. *O que você fez com Irene?*

— Eu? — Indigo espalmou as mãos. — Foi Ernst que deu um soco nela. E foi o sr. Nemo que a vestiu com este biquíni ridículo. Não fiz nada além de oferecer um conselho, que ela não teve o bom senso de aceitar.

Kai bufou de desdém.

— Acordei e encontrei nós três nadando numa piscina de tubarões, por isso vou presumir que você teve *alguma coisa* a ver com isso. Além disso, você estava bem atrás de mim quando fui atingido por uma arma de choque mais cedo. Suponho que também não tinha tido nada a ver com isso?

Irene tocou no braço de Kai, depois apontou para uma passagem na rocha. Com sorte, o sistema de vigilância do sr. Nemo ainda estava com defeito.

— Já vão embora? — perguntou Indigo calmamente. — Mas de jeito nenhum.

Kai fez um gesto livre, abrindo a mão num convite para o duelo como um lutador de artes marciais, e a água ondulou como se um vento invisível lhe tivesse tocado.

— Você ainda tem a algema do sr. Nemo no pulso. Mesmo se não tivesse, não tenho medo de suas tempestades aqui embaixo. A água é o *meu* elemento. A vantagem é minha, não sua. Mas, por favor, vá em frente. Me *desafie*.

Então, esse era o poder de Indigo — provocar tempestades ou chuvas. Mas ela teria que romper o teto para afetar as nuvens. Além disso, ainda estava usando aquela algema de metal... que *ela* dissera que bloqueava seus poderes, percebeu Irene com pavor. Ela tinha mentido sobre tanta coisa. Por que supor que dizia a verdade sobre aquilo?

Irene olhou para o teto da caverna para se certificar de que ainda estava ali. Estava, sim. Assim como todas as lâmpadas de alta potência penduradas nele para fornecer uma visão bem-iluminada das vítimas sendo comidas pelos tubarões. Uma suspeita preocupante começou a lhe ocorrer. Como será que uma afinidade elementar com tempestades funcionava?

Indigo deu um sorriso perverso. Abriu as mãos para mostrar que não havia nada nelas, e Irene foi tomada pelo pavor.

Todas as luzes faiscaram numa saraivada de explosões tão ruidosas quanto tiros. Choveu vidro, respingando no chão e na água. Em seguida, um raio saltou da fiação elétrica no teto e envolveu Indigo numa chama de fogo branco-azulado. Duas esferas de raios pairaram sobre suas mãos abertas.

— E então, irmãozinho? — provocou ela. — Quem é que tem a vantagem agora?

CAPÍTULO 26

Irene tinha plena ciência de que estava encharcada e de pé no chão molhado, e que a água era um excelente condutor de eletricidade. Kai hesitou, possivelmente chegando à mesma conclusão. Depois fez um gesto com a mão. Uma onda se elevou para fora da água até pairar sobre eles como o capuz de uma cobra, um escudo entre eles e a dragoa.

O rosto de Indigo estava iluminado pelo poder flamejante, parecendo uma máscara clássica esculpida em alabastro. Ela apontou um dedo para eles.

Antes que o raio pudesse saltar ao seu comando, a água envolveu Irene e Kai, arrastando-os para a passagem com um jato intenso. A onda os carregou uns vinte metros pelo túnel antes de perder a força, diminuindo até parar suavemente. Kai pegou Irene pelo braço e os dois começaram a correr túnel abaixo.

As lâmpadas fluorescentes iluminavam bem o caminho por onde seguiam — era um túnel para uso dos funcionários da ilha e não um dos corredores opulentos para convidados. Viraram várias esquinas até finalmente passarem por uma porta aberta e entrarem numa guarita. Lá dentro, dois guardas vestidos de sarongue aproveitavam uma pausa para fumar um cigarro.

Sem perder o ritmo, Kai agarrou um deles pelo pulso e girou seu corpo de encontro à mesa, nocauteando-o com um golpe certeiro no queixo. Irene pegou uma cadeira e a jogou em cima do segundo antes que ele pudesse sacar a arma. Kai pegou o guarda no rebote e o fez se juntar ao primeiro num desmaio temporário.

— Pois muito bem — disse, fechando a porta da guarita.
— Já vi que hoje é um dia *daqueles*.

Irene encolheu os ombros. *Mais um*, sinalizou, aliviada pelo fato de os dois terem treinado a mesma língua de sinais. Era bastante útil numa missão secreta. *Acha que ela vai nos seguir?*, perguntou.

— Sozinha, não. Ela não tem nenhuma vantagem aqui. Além disso, quanto mais longe formos, mais o caos vai se intensificar, enfraquecendo a nós dois... — Ele olhou com atenção para Irene, agora que tinham tempo para recuperar o fôlego. — É a coleira que está impedindo que você fale?

Irene fez que sim com a cabeça e Kai estendeu a mão para pegar uma gazua do bolso, pestanejando ao se dar conta de que estava em traje de gala. E molhado, ainda por cima.

— Que ridículo — disse ele.

Com um gesto, expulsou a água da roupa encharcada dos dois — um dos aspectos menos grandiosos, mas ainda assim úteis, de seus poderes elementais dragônicos.

Não existia um sinal para *feéricos*. Por isso, Irene assentiu mais uma vez e fez uma expressão compreensiva. Já que seria difícil encontrar gazuas espalhadas pelo chão, procurou outros utensílios — e roubou um clipe de uma pilha de relatórios.

— Pensei num método mais simples. Pode se virar, por favor? — Ele inspecionou a coleira. — Ah. É como imaginei. Tem uma trava aqui atrás, onde não dá para você ver. É uma engenhoca cara e complexa, sensível ao volume...

Ela ouviu um estalo. Em seguida, a coleira se soltou.

— E colocam uma fechadura barata — concluiu Kai, presunçoso. — Então, o que está acontecendo?

Irene o deixou a par das novidades, cheia de alívio, terminando com o quadro e o próximo leilão do sr. Nemo.

— E Indigo está de conluio com ele porque quer levar o quadro a público a fim de derrubar os monarcas.

— Avisei que não podíamos confiar nela — murmurou Kai.

— Admito que você tinha razão — disse Irene. — Toda a razão do mundo. Só não previu que ela estivesse trabalhando com o sr. Nemo, em vez de ser sua prisioneira.

Kai tirou o paletó e o colocou sobre os ombros de Irene. Ela percebeu que tinha começado a tremer de frio por causa das roupas nada práticas e deu um sorriso em agradecimento.

— *Precisamos* recuperar o quadro. Você conhece a política dos dragões melhor do que eu, mas tenho a impressão de que aquilo poderia incitar uma guerra civil. E aposto que há dragões que adorariam entrar em guerra. Indigo deu a entender que não estava trabalhando sozinha. Com ou sem tratado, os feéricos se aproveitarão de qualquer fraqueza. E mesmo que a Biblioteca evite tomar partido, os conflitos entre o caos e a ordem vão colocar os Bibliotecários em perigo ao tentarem estabilizar tantos mundos. Pode durar anos. Gerações inteiras. Todo o trabalho que tivemos no tratado não daria em nada.

Kai franziu a testa.

— Você *viu* o quadro?

— Vi — respondeu Irene. — E... olha, acredite quando digo que, se vier a público, o efeito será devastador. Você nem precisa vê-lo para acreditar nisso. Quero dizer, não seria mais *fácil* se pudéssemos devolvê-lo aos reis e dizer com toda a sinceridade que você sequer o viu?

Ele franziu a testa mais ainda.

— É tão ruim assim, Irene?

Na opinião dela, não havia motivo para se ter vergonha do desespero, mas muitos dragões jamais concordariam com a Bibliotecária.

— O quadro sugere que houve uma época em que os reis eram fracos. Que a história que passaram adiante talvez seja mentira... e quem sabe que verdade ela esconde? Além disso, Indigo acha que ela e seus aliados podem usá-lo a seu favor. — Houve um momento de silêncio. — Não estou pedindo que você não veja o quadro, caso queira realmente fazer isso. Mas, tendo em conta toda a encrenca em que já estamos metidos... — Irene não queria nem pensar nisso.

— Será que não seria melhor se ao menos um de nós pudesse dizer com sinceridade que só viu o verso daquela tela? — Ela tinha envolvido Kai naquela confusão, agora precisava protegê-lo. Como se ele tivesse concordado, Irene concluiu: — Enfim, você pode colocar essa coisa de novo em mim para eu parecer indefesa? Depois disso, temos que encontrar o sr. Nemo.

Ela bateu com a coleira eletrônica sobre a mesa, esperando ouvir algo essencial se quebrar. Mas Kai tirou a engenhoca de suas mãos com um olhar superior, apertou-a até se formar uma rachadura e pingou nela algumas gotas de água das poças no chão. A coleira podia até ter sobrevivido à queda numa piscina de tubarões, mas o circuito interno não sobreviveria *àquilo*.

— Onde vamos procurá-lo? — perguntou Kai, colocando a trava de volta no lugar. Seus dedos inumanamente fortes fecharam a coleira em torno da garganta de Irene. — O sr. Nemo pode estar em qualquer lugar da ilha.

— Vamos começar aqui embaixo — respondeu Irene. — Toda vez que lhe assistimos em vídeo, tinha uma vista do fundo do mar atrás dele.

Kai assentiu.

— Por que não? Ele deve estar na ilha; há muito caos acontecendo aqui para que esteja em outro lugar.

— Se conseguirmos falar com ele, podemos tentar fazer um acordo... e receber nosso pagamento.

Kai se aproximou de Irene e murmurou em seu ouvido:

— E Tina?

Os dois tinham plena ciência de que as câmeras de vigilância poderiam voltar a funcionar a qualquer momento.

Com o rosto encostado ao de Kai, ela sussurrou:

— Mandei que ela partisse, como tínhamos planejado. Mas não podemos contar com isso.

— Eu sei.

Ele ficou quieto por um instante e depois falou:

— Tem uma coisa que não contei a você. O sr. Nemo me fez uma proposta na primeira vez que viemos à ilha...

E foi nesse instante que os guardas entraram na guarita com armas em punho, num contraste com os sarongues floridos. Um deles gritou:

— Eles estão *aqui*, capitão! Nós os encontramos!

Irene cerrou os dentes ao se dar conta de como a vida podia ser inconveniente. Qual era a proposta que o sr. Nemo tinha oferecido à Kai? E por que ele nunca mencionara aquilo antes?

Ao menos, era óbvio que os guardas *não* esperavam encontrá-los ali. O que significava que o sistema de vigilância continuava fora do ar e que sua conversa não tinha sido gravada pelas câmeras. Por isso, ela ficou de boca fechada, fingindo não poder falar, e olhou de cara feia para os guardas.

Kai abriu um sorriso lânguido para os guardas, ignorando as armas.

— Eu esperava mesmo ver vocês. Gostaria de falar com o sr. Nemo. Imediatamente.

Os técnicos terminavam de ajustar a imensa tela que cobria metade da parede no momento em que os guardas conduziram Irene e Kai para a sala de reunião — com armas ainda em punho. Indigo estava sentada numa poltrona larga debaixo da tela, com o cabelo milagrosamente seco e as roupas arrumadas, e não se dera ao trabalho de usar a algema que dizia limitar seus poderes. Mas o brilho nos olhos dela sugeria que gostaria de atirar a ilha e todos os seus habitantes — principalmente os dois — num tanque de tubarões. Ernst pairava atrás dela com os enormes braços cruzados e uma expressão um tanto cansada.

A tela chiou e então ligou. O sr. Nemo continuava sentado atrás de sua mesa, mas parecia bem menos à vontade com o mundo.

— Príncipe Kai — disse sem rodeios. — Fiquei sabendo que queria falar comigo.

— Houve certas irregularidades — disse Kai, ignorando Indigo por completo. — Achei que seria mais fácil esclarecê-las pessoalmente, por assim dizer.

— Irregularidades, você diz... Minha rede de comunicação está quase inoperante. Há um *ladrão* à solta no meu depósito. E alguns dos meus animais aquáticos preferidos foram traumatizados. Traumatizados, sim! Por *você*!

— Ah — disse Kai casualmente, mas com firmeza. — Eu também posso reclamar de ter sido atacado pela sua lacaia...
— Não sou *lacaia* dele — retorquiu Indigo. — Só uma aliada por conveniência.
— Exatamente — concordou o sr. Nemo. — Não posso ser responsabilizado por nada que minha aliada tenha feito por vontade própria.
E quanto a você?, sinalizou Irene, olhando para Ernst.
Ernst deu de ombros. Ou entendia a língua de sinais ou adivinhou o que ela queria dizer.
— Não sou oficialmente afiliado — respondeu ele. — Agi por conta própria, com base em opiniões pessoais. Mas nem foi tão ruim assim. Se quisesse, eu a teria machucado feio.
Irene tinha de admitir que era verdade — ao passo que o sr. Nemo e Indigo não se importavam em ferir as pessoas para atingir seus objetivos. Indigo era o tipo de pessoa que declararia que um milhão de mortes seria um preço justo a se pagar por uma revolução. Desde que *não* estivesse entre elas, é claro.
— Então, o que você queria falar comigo? — perguntou o sr. Nemo, entrelaçando as mãos num eco de sua antiga calma.
— Minha recompensa — disse Kai. — Você prometeu que, assim que voltássemos com o objeto que nos mandou roubar, poderíamos sair daqui com... o que era mesmo? Nossas respectivas recompensas, na mesma hora, sem hesitação, demora ou trapaça.
A tensão se dissipou nos ombros do sr. Nemo.
— Agora você está sendo razoável. Então, o que vai querer?
— Irene também precisa receber sua recompensa antes de partirmos. E eu quero *aquela ali* — respondeu Kai, apontando para a meia-irmã.

Indigo retesou o corpo na poltrona.

— Você perdeu a cabeça? — perguntou ela.

Kai deu o sorriso mais cruel que Irene já vira em toda a sua vida. Ele era um príncipe dragão, livre dos grilhões da moralidade humana.

— O sr. Nemo disse que poderia me dar os meios para mantê-la como minha prisioneira. Estou aceitando a proposta dele.

Irene se forçou a esconder o choque. Era *isso* que Kai pretendia contar a ela quando os guardas interromperam sua conversa? E será que aquele plano era viável? Se estivesse fora de jogo, Indigo não poderia usar o quadro para incitar uma revolução... e eles teriam tempo para escondê-lo novamente e evitar que o castelo de cartas político desmoronasse — e tudo que isso significaria para uma variedade de mundos. *Depois disso*, poderiam cuidar do sr. Nemo.

— Não é fácil negociar com você, príncipe Kai — disse o feérico calmamente. — Mas vou lhe dar sua recompensa.

Indigo se levantou, com os olhos faiscando de raiva.

— Você vai me entregar para esse moleque como se eu fosse uma *escravizada*? Até parece que tem tanto poder assim... Que negócios tem feito pelas minhas costas?

— Minha cara Indigo! — replicou o sr. Nemo depois de dar uma ordem baixinho para um guarda fora da tela. — Ou devo chamá-la de princesa Qing Qing? Foi você mesma que disse que não é minha funcionária; somos aliados por conveniência. Ambos temos total liberdade para fazer acordos com quem quisermos. Admito que tive uma conversa com o príncipe Kai sobre o futuro, num sentido amplo e indefinido. Pelo visto, ele fez uma escolha bastante específica com base nisso. E sou obrigado a cumprir com minha palavra, madame.

— Que conversa fiada — disse Indigo, tranquila. Ela começou a andar pela sala, movendo-se para bem longe de Ernst, notou Irene. Será que estava mais preocupada do que dava a entender? — Não sou propriedade sua. Você não pode me entregar. Se tentar fazer isso, além de violar nosso acordo, vou apagar os arquivos da sua rede de computadores. Acha que *ela* danificou seu sistema? — perguntou Indigo, apontando para Irene. — Ela só interferiu com o funcionamento de alguns dispositivos periféricos. Quando *eu* terminar, você não terá nada além de uma pilha de lixo cheia de vírus. E onde vai encontrar todas as informações para chantagens? Sem contar os registros de seus preciosos objetos de valor e sem iguais?

A ameaça foi proferida com tanta serenidade que ficou ainda mais impressionante. Contudo, o sr. Nemo limitou-se a sorrir.

— Tenho plena ciência de suas habilidades, madame. Afinal de contas, foi *por isso* que você foi para o trabalho de campo em vez desperdiçar seu tempo aqui. Mas nós dois sabemos que eu também poderia fazer uma enxurrada de ameaças em relação aos seus segredos tecnológicos e chaves de dados. Assim como sabemos que não vamos trair um ao outro a esta altura do campeonato.

Kai ficara paralisado ao ouvir a menção aos segredos de Indigo. Devia estar imaginando várias informações confidenciais sobre sua espécie — nas mãos de um feérico que as venderia pelo lance mais alto. Irene também não ficou nada entusiasmada com tal perspectiva.

— E a promessa que você me fez? — perguntou a ele.

— Sempre cumpro com minha palavra — respondeu o sr. Nemo —, mas você vai ter que esperar um ou dois minutos enquanto um dos meus funcionários pega algo no depósito.

Um silêncio desconfortável recaiu sobre a sala. Na tela, o sr. Nemo bebeu um gole de uísque. Indigo encarou Kai e Irene, imóvel como uma pintura, mas com um brilho nos olhos que sugeria violência. Ela estava de prontidão, preparada para agir caso as garantias do sr. Nemo se revelassem inúteis. Ernst — assim como todos os guardas na sala — continuava a postos, com a postura de um soldado acostumado a esperar.

Irene refletiu acerca da situação. Se o plano de Kai desse *certo* e o sr. Nemo estivesse pegando o livro prometido, os dois conseguiriam arrancar o sucesso das garras do fracasso. Por outro lado, Indigo não parecia muito preocupada com aquele revés do destino — ou seria apenas uma recusa em demonstrar medo? Será que ela deveria se preocupar com o fato de Indigo *não* estar preocupada?

Sua missão havia mudado. Além de salvar um mundo para a Biblioteca, também tinha de resgatar centenas ou até milhares de mundos de uma civilização dragônica em guerra consigo mesma. Se aquela jogada falhasse, não poderia contar com que Tina cumprisse sua missão a tempo. Havia outra carta que Irene poderia jogar, mas se fizesse isso...

No instante em que começou a pensar seriamente em inundar a base inteira, as portas se abriram atrás deles. Um guarda entrou com uma maleta pesada nas mãos enquanto outros dois arrastavam um Felix todo surrado e um quarto carregava um saco bem grande.

Era o típico saco de um ladrão. Irene não conseguia nem imaginar onde Felix conseguira aquilo. E estava cheio; ela ficou admirada com quanta coisa ele pegara em tão pouco tempo.

— Agora vou matar dois coelhos com uma cajadada só — disse o sr. Nemo, parecendo mais alegre do que nunca. —

Príncipe Kai, tenho o seu pagamento aqui. E a recompensa da srta. Winters também. Não sei como Felix sabia que deveria pegá-la, mas a encontrou de qualquer maneira. Assim como outros artigos de grande valor.

Felix deu de ombros, pendurado entre os dois guardas.

— Tenho meus métodos. Você deve ter mencionado o negócio antes ou talvez não seja tão discreto quanto imagina.

— Espancado, ensanguentado e capturado, mesmo assim com certo divertimento na voz. Embora estivesse temporariamente prejudicado, fazia parte de seu papel de mestre dos ladrões. Talvez, refletiu Irene, ser pego e levado diante das autoridades fosse um componente essencial do arquétipo.

Mas ela estava absorta demais, pensando na própria recompensa, para perder tempo analisando os tropos narrativos dos feéricos. Se o livro *estivesse* naquele saco, então a salvação do mundo com o qual se importava estava a menos cinco metros de distância. Aquele mundo era um refúgio para ela, o único lugar — além da Biblioteca — onde se sentia verdadeiramente segura. Irene estava tão perto que já podia saborear o sucesso.

— Você pretendia vender o livro para Irene antes de o apanharmos com a boca na botija? — perguntou o sr. Nemo.

— Ou ficar com ele só para que ela não pudesse tê-lo?

Foi como se máscaras passassem rapidamente pelo rosto de Felix — Ladrão Ambicioso, Ladrão Prático, Ladrão Indiferente — e fossem descartadas sem que nenhuma se tornasse realidade.

— Ainda estou pensando nisso — respondeu ele.

— Bem, o tempo para reflexão acabou. — O sr. Nemo voltou-se para Kai. — Aqui está seu pagamento, príncipe. Espero que agora possamos considerar o assunto resolvido. — As palavras tinham certo ar de formalidade.

O guarda abriu a maleta pesada e ofereceu seu conteúdo a Kai. Sobre um forro de veludo preto, havia uma coleira prateada conectada por correntes a um par de algemas. Ao contrário das algemas falsas de Indigo, aquelas estavam impregnadas de poder. O metal reluzia com a fluidez do mercúrio congelado, mas, ao observar com atenção, Irene pensou ter visto palavras entalhadas sob a superfície.

Kai estremeceu antes que pudesse se conter.

— Essas *coisas* são o meu pagamento?

— Prometi a você os meios para manter a princesa Qing Qing como prisioneira. Nada além disso. — O sr. Nemo pousou o copo em cima da mesa com um sorriso satisfeito no rosto. Tão genuíno quanto a realização pessoal de Felix. Os dois feéricos estavam muito contentes com a forma como encarnavam seus arquétipos. Os não feéricos presentes não passavam de coadjuvantes para eles, valiosos apenas porque forneciam deixas ou situações que permitiam que ocupassem o centro do palco.

— Mas... — Kai desviou os olhos das amarras para Indigo.

— Capturá-la é problema seu — disse o sr. Nemo. — E não meu. Acredito que a frase seja: "Quem vai colocar o guizo no gato?".[10]

Indigo não pareceu muito impressionada.

— Admito que são belas amarras. Agora podemos expulsar esses parasitas daqui? Temos outros assuntos a tratar.

— Mas é claro — respondeu o sr. Nemo. — E aqui está a recompensa de Irene: *O conto do náufrago*. Faça bom pro-

---

[10] Menção à fábula de Jean de La Fontaine sobre um grupo de ratinhos que decide colocar um guizo no gato para ouvir sua aproximação e fugir do ataque. [N. T.]

veito, minha cara. Creio que concluímos nossos negócios, não?

Irene respirou fundo. Sentiu Kai ficar tenso ao seu lado, sem saber o que ela tinha em mente, mas disposto a apoiá-la.

— Não — respondeu ela, com a voz ecoando pela sala. — Não concluímos, não. Mudei de ideia sobre a recompensa. — Ela sentiu o estômago embrulhar de desespero só de pensar no que estava cedendo e nas vidas que estava colocando em risco. Mas, se não fizesse isso, mais de um mundo ficaria em perigo... Por mais que aquele fosse muito precioso para ela, o colapso do *status quo* dragônico causaria reverberações em todo o cosmos e uma guerra que poderia durar milhares de anos. Era sua última chance de resolver aquela bagunça. — Como pagamento, sr. Nemo... vou querer o quadro.

CAPÍTULO 27

Raras vezes Irene conseguira reduzir uma sala a um silêncio tão estupefato. (Bem, houve aquela ocasião com um imitador de robôs e os cães da raça corgi que levitavam, mas o silêncio não durara muito. Afinal de contas, havia cães corgi na história).

Indigo foi a primeira a se recuperar.

— Isso está fora de questão.

Porém, no choque contido às pressas e no ligeiro tremor de mão do sr. Nemo, Irene viu a esperança e a possibilidade como enormes letreiros em neon. Parecia ridículo demais para dar certo. No entanto, tecnicamente, era um pedido admissível. Não havia nada no acordo sobre não mudar de ideia, e ela ainda não recebera sua recompensa. Ao se tratar das promessas de um feérico, os detalhes técnicos eram a alma do negócio.

— Acho que não ouvimos muito bem o que a srta. Winters falou. — Irene não deixou de notar a tentativa dele de agradar ao chamá-la pelo sobrenome. O sorriso estampado no rosto do sr. Nemo tentava em vão transmitir cordialidade. Era o tipo de sorriso generoso que acompanhava as ilustrações clássicas do Papai Noel, e estava totalmente fora de contexto.

— Você não queria uma edição específica de *O conto do*

náufrago? Fiz algumas indagações e descobri que o mundo em questão está caminhando para o caos, não é verdade? Sei muito bem como vocês, Bibliotecários, são com essas coisas. Certamente terei o maior prazer em ajudá-los...

Irene deu um passo à frente.

— Serei mais precisa — disse ela com firmeza. — Exijo que você me dê um item específico de sua coleção: o quadro que ajudei a roubar ontem em Viena. A tela oculta que retrata os monarcas dragões. Este é o item de minha escolha. Quero recebê-lo agora e ir embora daqui imediatamente, como foi acordado por você, "sem demora nem perigo".

O sr. Nemo parecia ter engolido um de seus bagres.

— Tem certeza?

— Absoluta — respondeu Irene.

— Você tem noção de que, se fizer tal pedido, não terei mais nenhum incentivo para lhe dar o livro em que está interessada? O livro que descobri ser único. — Havia firmeza na voz dele. — Na verdade, garanto que não o venderei nem negociarei com a Biblioteca sob qualquer circunstância.

Irene não precisou fechar os olhos para visualizar as lembranças do mundo onde passara seis anos de colégio — um mundo que amava. Para ser sincera, também o odiara às vezes, mas aquele mundo fizera de Irene quem ela era durante seus anos de formação, cuidando dela tanto quanto seus pais. Nunca precisara voltar lá: bastava saber que era um lugar seguro, um refúgio particular em sua mente toda vez que precisasse dele. Agora, por causa de uma batalha ainda maior pelo poder, aquele mundo poderia se perder em meio ao caos. Seus habitantes se tornariam coadjuvantes para os visitantes feéricos usarem em suas narrativas ou talvez também fossem transformados em feéricos. Arquétipos em vez de seres humanos, histórias em vez de pessoas reais — tão incapazes de mudar quanto o sr. Nemo era incapaz de quebrar sua promessa.

Sinto muito, pensou ela. *Vou tentar encontrar outra solução. Tem de haver outra solução.*

Não queria nem pensar no que aconteceria se não houvesse.

— Tenho certeza — afirmou ela. Porém, teve de usar todo seu treinamento para manter a firmeza na voz. E se recusou a olhar para o saco de itens roubados em frente a Felix.

— Não é possível que você esteja *cogitando* deixá-la ficar com o quadro — criticou Indigo.

O sr. Nemo parecia pálido e aflito, com o rosto contorcido pela pressão de seu juramento.

— Não tenho outra escolha.

— Você é melhor do que isso — insistiu Indigo. — Comportar-se dessa forma é ilógico. É como ser um animal. Ou um humano. Você não é como meus pais; é capaz de contornar a situação, encontrar outro jeito. Não deixe que uma mísera humana estrague tudo só porque está brincando com a promessa que você lhe fez.

Ao seu lado, Irene sentiu Kai se empertigar quando ouviu a comparação do pai com um feérico — não importava que feérico fosse. Mas ele teve o bom senso de manter a boca fechada.

— Não estou me rendendo — murmurou o sr. Nemo, com o rosto pálido. Ele respirou fundo, como um homem que se afogava aproveitando a última arfada de ar. — Não posso recusar o pedido dela agora. Quebraria minha promessa se agisse diretamente contra ela ou ordenasse que um de *meus lacaios ou aliados* agissem...

Indigo pestanejou, piscando as pálpebras como uma serpente. Um segundo depois entrou em ação, deslizando pelo ar como uma faca. Pegou uma arma do coldre do guarda mais próximo, apontou para Irene e atirou.

Foi a velocidade sobre-humana de Kai que a salvou, e não seus próprios reflexos. Ele colidiu com ela e os dois rolaram pelo chão. Em meio ao movimento violento, Irene viu os guardas empunharem suas armas, sem saber em quem atirar.

Havia poucos móveis na sala — nada além da imensa mesa de reunião e das cadeiras frágeis que a rodeavam — e nenhum lugar para se esconder. Uma bala pegou de raspão no braço de Kai, arrancando sangue, e ele arfou de dor.

Mas, desta vez, Irene estava preparada. Gritou:

— **Armas, emperrem**-se!

A arma de Indigo deu um estalo. Ela praguejou e a jogou no chão.

Kai se levantou.

— Se quiser pegar Irene, *irmãzinha*, vai ter que passar por mim primeiro.

— Você que sabe. — Indigo caminhou na direção deles como uma nuvem de tempestade. Mesmo que ela e Kai não pudessem assumir a forma de dragão devido ao caos local, havia algo inumano no modo como se enfrentavam. Ao olhar para seus rostos, Irene viu como eram parecidos: os dois eram a cara do pai.

Ao menos, fisicamente. Mentalmente? Aí já era outra história.

Indigo pulou em cima da mesa de reunião sem a menor dificuldade, avançando na direção deles. Kai subiu na mesa para encontrá-la, cortando o ar. Ela tentou dar um chute, mirando-o no queixo, mas ele pegou seu pé com os braços cruzados, jogando-a para trás. Ela deu uma cambalhota, caindo de pé, e o atacou outra vez, mas ele bloqueou o golpe — os movimentos dos dois eram tão rápidos que mais pareciam um borrão, tornando-se tão fluidos quanto uma demonstração ensaiada em vez de uma luta mortal.

Irene se afastou, saindo do alcance dos dois. Ela não era especialista em artes marciais, mas percebeu que o padrão de movimentos de Indigo era distintamente agressivo, ao passo que Kai se concentrava em contê-la. Como poderia usar a Linguagem para ajudá-lo sem que o tiro saísse pela culatra?

— Srta. Winters. — O sr. Nemo parecia sufocar com sua promessa não cumprida, mas continuava respirando. Infelizmente. — Vou considerar... — Ele tossiu, apertando as mãos. — Vou considerar qualquer tentativa de atacar meus homens ou danificar minha propriedade como o início das hostilidades entre nós. E tomarei todas as... medidas necessárias.

Em outras palavras, ele se sentirá à vontade para me matar na mesma hora.

— Quanto a você, Ernst...

— Não sou seu lacaio — resmungou Ernst. Sua linguagem corporal expressava um desejo sincero de estar bem longe dali. — Se me der ordens, isso me tornaria seu lacaio e você quebraria seu juramento.

O sr. Nemo bufou, ofegante.

— Seu chefe é meu amigo... Considere o que ele gostaria que você fizesse. — Ele se inclinou sobre a mesa, levando as mãos às têmporas como um homem que evita um enfarte por pura força de vontade.

Indigo tentou dar uma rasteira nos tornozelos de Kai, com o cabelo pairando em leque atrás de si. Ele deu um salto, girando a perna em direção à garganta da irmã num chute forte como um golpe de machado. Mas ela o bloqueou, pegando seu pé no ar e torcendo-o, fazendo com que Kai rolasse pela mesa. Ele girou o corpo e saltou sobre ela assim que Indigo se levantou. Os irmãos se aproximaram por um instante para desferir uma sequência de golpes curtos antes de rodearem um ao outro como dois predadores.

Havia um respingo de sangue na mesa, do braço ferido de Kai.

Ernst enfiou a mão no bolso e colocou algo pequeno nas orelhas. Com um aperto no peito, Irene se deu conta de que ele estava usando protetores de ouvido. Aquilo limitaria o que seria capaz de fazer com a Linguagem. E ele deixou sua escolha clara, por mais relutante que estivesse, quando atirou uma cadeira em cima dela — sabendo que Irene não poderia destruir a propriedade do sr. Nemo.

Irene se esquivou da cadeira, passando por alguns guardas. Eles estavam parados, à espera de ordens, com as armas em punho num convite para serem pegas e utilizadas. Felix observava a sala de olhos semicerrados, esperando a hora certa para entrar em ação. *Suponho que em sua narrativa pessoal de mestre dos ladrões, é nesta hora que boa parte dos coadjuvantes entra numa briga convenientemente confusa, permitindo que ele empreenda uma fuga...*

Porém, no que dizia respeito a Irene, *ela* era a protagonista da história. Tirou o paletó de Kai, enrolou o tecido nas mãos e o jogou em cima de Ernst conforme se afastava, gritando:

— **Paletó, enrole-se em torno da cabeça de Ernst e sufoque-o!**

A peça obedeceu, dando a Ernst uma bandana digna de uma modelo de alta-costura. Ele ergueu as enormes mãos para puxar o tecido e o arrancou dali sem o menor esforço, rasgando-o ao meio.

Indigo fez uma série de movimentos que terminaram com um golpe certeiro no peito de Kai. Ele saltou para trás, ofegante, e mal conseguiu se desviar do golpe seguinte na garganta.

— Que perda de tempo — comentou Ernst, livrando-se do restante do paletó.

Irene nem se deu ao trabalho de responder. Ele não a escutaria. Já tinha conseguido o que queria: estava bem perto da maleta que continha a recompensa de Kai. Antes de o guarda que a segurava poder reagir, ela pegou a maleta e tirou as algemas dali.

— Você não pode fazer isso! — gritou o sr. Nemo.

As amarras pesaram em suas mãos, tão sólidas e maciças como se fossem feitas de prata pura. Porém, o metal pareceu se contorcer assim que Irene o tocou, como se houvesse algo em sua carne que considerasse antitético ao seu propósito. Ela controlou a repulsa instintiva, respirou fundo e as arremessou em direção a Indigo, grata por saber o nome verdadeiro da dragoa.

— **Algemas, prendam Qing Qing!**

Indigo ouviu a frase. Seus olhos faiscaram com um brilho vermelho quando ela se lançou em direção a Kai e o derrubou no caminho das correntes. Mas Kai converteu o movimento num salto para trás e se abaixou sob elas conforme ondulavam pelo ar. A coleira e o par de algemas envolveram o pescoço e os pulsos de Indigo.

Ela deu um berro. O som ultrapassou as oitavas normais e chegou até o dó mais alto de um soprano. Vários guardas estremeceram, levando as mãos aos ouvidos, e uma rachadura partiu a tela do sr. Nemo. Na imagem da televisão, inclusive, a garrafa e o copo se estilhaçaram. Indigo arqueou as costas e caiu de joelhos no chão, contorcendo-se de dor e agarrando a coleira ao redor da garganta com as mãos acorrentadas. Pouco a pouco, seus movimentos ficaram mais lentos e seus olhos, vidrados.

Irene e Kai taparam os ouvidos com o grito, e ele deu alguns passos cautelosos até a beira da mesa. Irene pensou ter visto uma expressão de choque em seu rosto; seria a lembrança do tempo em que ele próprio fora capturado pelos feéricos, preso e algemado? Ou seria apenas por ver um dragão tão subjugado?

De repente, Ernst avançou com uma rapidez que pareceria impossível dado o seu peso. Ele fechou a mão ao redor do tornozelo de Kai e o puxou, jogando-o em cima da mesa com uma cambalhota desajeitada. Enquanto Kai tentava recuperar o fôlego, Ernst lhe agarrou o pulso, torcendo-o atrás das costas. Em seguida, passou o braço livre em torno da garganta do dragão, contendo-o com uma força impressionante.

O silêncio recaiu na sala. Até Felix permaneceu parado, impressionado demais com o drama que se desenrolava à sua frente para aproveitar o momento e fugir.

— E agora? — perguntou Ernst. — Você se rende, Irene? Por favor? Não quero ser obrigado a quebrar o pescoço do dragãozinho.

— Se matar Kai, a família dele vai acabar com você! — gritou Irene, desesperada. Foi então que lembrou que Ernst estava com protetores de ouvido.

A contração dos ombros de Ernst lhe disse que ele ao menos tinha visto o movimento de seus lábios.

— Você sabe que não posso ouvi-la. Coloque as mãos para cima para mostrar que desiste. E nada de frases compridas na Linguagem. Não confio nela.

Kai tentou recuperar o fôlego. Ele tinha um olhar furioso; não imploraria por misericórdia, mas sabia que estava em perigo. Num lugar de alto nível de caos e longe da água, não poderia invocar seu elemento nem assumir sua forma verdadeira... Estava preso como um humano — e poderia morrer como um. Mas, se ela se rendesse, será que o sr. Nemo pensaria que tinha desistido do quadro também?

Alguns pensamentos se formaram como uma ponte sobre um oceano de desespero. A Linguagem era poderosa em áreas de alto nível de caos. O que Kai não podia fazer por si próprio, Irene poderia *ajudá-lo* a realizar. Isso se a presença de dois dragões tivesse incutido ordem suficiente naquele lugar. Ela já fizera aquilo em outro lugar, em outro mundo e com outros dragões...

— Decida-se — ordenou Ernst, apertando o pescoço de Kai. — Agora mesmo.

Irene começou a levantar as mãos como se estivesse obedecendo a ordem dele. Mas a Linguagem não era usada para aceitar a realidade. E sim para *transformá-la*.

— Kai — ordenou ela —, **assuma sua forma verdadeira!**

Houve um clarão na sala quando Kai começou a se contorcer e *se transformar* sob as mãos de Ernst. O feérico tentou manter o controle, mas o arquétipo daquele tipo de conto de fadas — em que o protagonista segurava uma presa que se alternava entre leão, cisne, serpente, seja lá o que fosse — não era muito forte nele. Com um estremecimento e uma flexão das asas de escamas azuis como safiras, Kai derrubou o feérico no chão. O dragão se esticou e a mesa desabou sob seu peso quando jogou o corpo sobre ela, com os olhos ardentes. Ele virou a enorme cabeça com chifres e frisados para inspecionar a sala. Por um momento, não havia nenhuma inteligência em seus olhos.

Irene estava de joelhos. Não tinha forças para continuar de pé. Um pedaço do paletó de Kai estava ao seu alcance e ela tateou para pegá-lo, pressionando-o contra o nariz para estancar o sangue.

— Kai — sussurrou. — Sinto muito. — O que ela fizera com ele podia até ser necessário, mas não era certo. Era uma violação de seu corpo e poder.

O parceiro se voltou para ela, que viu a percepção surgir em seus olhos. Ele a reconheceu. Irene percebeu quando Kai notou a inconsciente Indigo, cercada por um anel de seu corpo serpentino. O dragão deu outra olhada pela sala, dobrando as asas contra o corpo, e se virou para encarar a tela da televisão.

— Alguém tem mais alguma *objeção*? — perguntou ele com uma voz de trovão.

O sr. Nemo levantou uma mão trêmula, falando como se fosse um esforço tremendo pronunciar cada palavra.

— Aceito o pedido de Irene Winters. Vou lhe dar o que quiser.

De repente, a sala inteira pareceu tremer. Os guardas abandonaram qualquer tentativa de serem eficientes e saíram correndo. Na tela do sr. Nemo, outro guarda apareceu.

— Dragões, senhor! Há dragões no céu! Sobrevoando a ilha!

O sr. Nemo apontou o dedo para Irene e Kai.

— Vocês já sabiam disso?

Irene adoraria se levantar de modo elegante. Em vez disso, rastejou até a mesa e se arrastou para conseguir ficar de pé.

— Francamente, sr. Nemo, está sugerindo que esperávamos uma traição de sua parte? Por isso mandamos alguém com a localização exata para que a família de Kai viesse nos encontrar aqui? — Ela encarou o feérico. — E que, como resultado, os dragões agora sabem exatamente onde você está?

Como o sr. Nemo aceitara o pedido dela, o poder da promessa afrouxara o domínio sobre ele e a paralisia começava a abandoná-lo. Já não parecia um doente à beira do colapso, mas sim um homem bastante preocupado que tentava — em vão — esconder o próprio medo. Por algum motivo, isso o tornou menos arquetípico e mais humano.

— Você chamou seus aliados para me atacarem? É *isso* mesmo?

Irene gostaria que sua cabeça não parecesse prestes a explodir. Tremores lhe sacudiam corpo inteiro. Ela precisava da mesa para se manter de pé. A Linguagem simplificava as negociações, mas sempre cobrava um preço alto.

— Não fiz *nenhuma* ameaça. O que os dragões fizerem será decisão deles. — Ela deixou aquela parte em aberto: furacões, tempestades, maremotos, terremotos... — Porém, se quiser aproveitar a oportunidade, aqui e agora, para assinar a trégua entre dragões e feéricos, então o príncipe Kai e eu teremos o maior prazer em sermos testemunhas. Poderemos dizer aos recém-chegados que, por ser um signatário da trégua, eles não podem atacá-lo nem tomar qualquer medida contra você ou seus bens. — Irene fez uma pausa significativa e continuou: — Antes de irmos embora daqui. Com o quadro.

O sr. Nemo respirou fundo e fechou os olhos por um breve instante. A rachadura na tela partira seu rosto ao meio, fazendo com que ele parecesse uma pintura surrealista. Em seguida, assentiu.

— De acordo. Vou pedir que o quadro seja entregue a vocês imediatamente. Por favor, príncipe Kai, volte à forma humana, será mais fácil para ir embora daqui. Uma declaração assinada da minha intenção de aderir à trégua é suficiente? O juramento me obrigará a cumprir a promessa.

— Sim, e informaremos os dragões na saída — assegurou Irene.

Felix veio se esgueirando por trás dela.

— Alguma chance de me darem uma carona para longe daqui? — perguntou, esperançoso.

O sr. Nemo olhou de cara feia para ele.

— Vou deixar que vá embora daqui inteiro, contanto que meus guardas possam revistá-lo primeiro.

Felix abriu um sorriso malicioso.

— Negócio fechado.

O corpo de Kai se iluminou outra vez, e ele voltou a ser humano, encolhendo os ombros de cansaço.

— E quanto a Indigo? — perguntou baixinho.

Irene não sabia como responder àquela pergunta. Se Indigo permanecesse inconsciente e eles a entregassem aos dragões, seria a mesma coisa que entregá-la à execução. E embora estivesse preparada para matá-la numa luta de vida ou morte, certa moralidade — algo que remontava àqueles longínquos tempos de escola — fazia com que estremecesse só de pensar nisso. Mesmo que Indigo estivesse mais do que disposta a matar Irene.

— A princesa Qing Qing é minha hóspede — anunciou o sr. Nemo, interrompendo o raciocínio de Irene. — Se meu território ficar sob proteção depois que assinar a trégua, você não vai ter o direito de forçá-la a ir embora daqui. Não é verdade? Só prometi ao príncipe os meios para mantê-la como prisioneira, nada além disso.

Irene e Kai se entreolharam. Abandonar Indigo ali, como uma prisioneira indefesa, não seria melhor do que entregá-la aos dragões. Ela seria um peão nos esquemas do sr. Nemo — ou de qualquer feérico a quem a vendesse —, a menos que fizesse um novo acordo. Mas Kai não parecia mais disposto em relação a Irene quanto a entregar Indigo para execução. Talvez trabalhar com ela nos últimos dias tivesse mudado sua percepção a respeito da irmã. Ou talvez só estivesse cansado.

— É aceitável — disse ele. — E o quadro?

— Está sendo levado para a entrada da praia — respondeu o sr. Nemo. — Meus guardas vão guiá-los até lá. O mais rápido possível.

— Mais uma coisa — interveio Ernst. Ele tinha tirado os protetores de ouvido e estava ouvindo a conversa. — E a minha recompensa? Também mudei de ideia.

O sr. Nemo deu um suspiro.

— Pois não. O que *você* quer?

Ernst foi até o saco de Felix e esvaziou seu conteúdo. Vários objetos quicaram pelo chão: uma estatueta de alabastro, um copo de barro, duas caixas de joias que derramaram diamantes num fluxo cintilante, um lençol de algodão dobrado, uma caixinha de quebra-cabeça de madeira e um pergaminho envolto por um plástico transparente.

— Isto aqui — respondeu ele, abaixando-se para apanhar o pergaminho. — *Este* é o livro de que vocês estavam falando, não é? O egípcio, o tal do conto do náufrago?

O sr. Nemo arregalou os olhos.

— É, sim. Para que *você* quer isso?

Irene sentiu o coração palpitar dentro do peito. Ver Ernst sacudir o livro bem debaixo do seu nariz era uma tortura e uma reviravolta para a qual ela não estava nem um pouco preparada. Se o feérico quisesse dá-lo ao chefe, Irene poderia negociar com ele. Talvez ainda tivesse a oportunidade de se apossar do livro e salvar o mundo de onde viera...

— Para mim mesmo — respondeu Ernst. — Tenho meus motivos. Aceita que o livro seja meu pagamento?

— Aceito — respondeu o sr. Nemo. Um sorriso malicioso surgiu em seus lábios. — Sugiro que cuide bem dele. Há ladrões por toda a parte hoje em dia.

— É verdade — concordou Ernst. — Mas meu chefe confia em meu julgamento. E quando eu lhe disser que usei o livro para comprar a boa vontade da Biblioteca, e que em troca prometi a ele a visita de um representante da organização para discutir a trégua, acho que concordará que agi com sensatez. — Ele ofereceu o pergaminho a Irene. — Fechado?

Irene sabia que tinha a mão trêmula quando a estendeu para pegá-lo, mas não pôde se conter. Sua boca estava seca.

— Uma visita minha? — perguntou a Ernst. — Ou de outra pessoa?

Ernst deu de ombros.

— Tanto faz. Mas se for sua, garota da Biblioteca, direi a ele para tomar cuidado. Você é capaz de convencê-lo a lhe dar as próprias roupas. Combinado?

— Combinado — concordou Irene, fechando as mãos ao redor do pergaminho.

— Agora, podem dar o fora daqui? — exigiu o sr. Nemo. Ele fez uma pausa e acrescentou, como o homem de negócios que era: — Mas se tiverem algum pedido no futuro, minha porta está sempre aberta...

Lá fora, na praia, um par de bandeiras brancas — uma tentativa de sinalizar sua intenção pacífica? — balançava ao vento com o tecido estalando como tiros. Dois dragões voavam alto no céu, pontos distantes de vermelho e verde-claro contra a crescente massa de nuvens escuras. O tio de Kai, Ao Shun, caminhava pela orla, seus sapatos impecáveis deixando pegadas pesadas demais para um ser humano. Sua amiga Mu Dan, a equivalente dos dragões a uma juíza e investigadora particular, mantinha um ritmo cuidadoso logo atrás. Ao Shun vestia um terno que poderia ter vindo da Viena que eles tinham acabado de deixar — supondo que o usuário fosse um milionário que só gostasse de preto. Mu Dan ainda estava com uma roupa apropriada para o mundo de Vale — um vestido carmesim com espaço suficiente nas mangas e saia para esconder facas e armas. Um grupo de guardas de sarongue tinha sensatamente deixado suas armas lá dentro e lhes oferecia espreguiçadeiras e coquetéis.

Kai avançou às pressas e se ajoelhou, tocando o punho direito no ombro esquerdo.

— Meu lorde tio! Peço desculpas pelo inconveniente que o trouxe até aqui.

— Levante-se — pediu Ao Shun. Seu tom não soou exatamente aborrecido, mas havia uma nota mal disfarçada de impaciência na voz. Irene sabia que aquele rei dragão em particular tinha disposição de aceitar certa liberdade de pensamento de seus servos. Tomara que estivesse de mente aberta naquele dia. — E você, Irene Winters. Vim aqui porque ouvi dizer que você se deparou com certo... objeto.

Irene se levantou após sua mesura. Fazer uma reverência de biquíni devia ter parecido idiotice.

— Vossa Majestade — cumprimentou respeitosamente. — Seu sobrinho e eu acreditamos que tal item deve pertencer ao senhor. O feérico que governa esta ilha ficou chocado ao descobrir que pode ter recebido um bem roubado. Ele nos pediu para devolver o item ao seu proprietário o mais rápido possível.

— Fiquei sabendo que ele assinou o tratado. Quando foi que isso aconteceu? — perguntou Ao Shun. O céu ficava cada vez mais escuro. Na ausência de luz solar direta, ele parecia uma estátua de ébano que tinha ganhado vida. O brilho vermelho-rubi nos olhos indicava o estado de seu temperamento, mesmo que controlado. Sob a sombra do rei dragão, Mu Dan desapareceu ao fundo, apesar de seu vestido elegante e da presença jovial. Mas Irene sabia que ela estava prestando atenção como a excelente juíza investigadora que era.

— Há uns dez minutos — admitiu Irene. — Talvez cinco.

Por sorte, antes que alguma explicação adicional pudesse ser exigida, um grupo de guardas chegou à praia, carregando a tela enrolada com muito cuidado. Ao Shun se voltou para eles.

— É ela?

— Sim, Vossa Majestade — respondeu Irene.

— Vou inspecionar o objeto. Esperem aqui. — Era uma ordem, não uma sugestão.

Enquanto Ao Shun mandava os guardas desenrolarem a tela, Mu Dan se aproximou de Kai e Irene.

— Tenho a mais extraordinária impressão de que deveria investigar... *alguma coisa* aqui — confessou ela. A dragoa deu uma olhada na praia, estreitando os olhos ao considerar cada detalhe. — Aposto que é por causa da maldita influência dos feéricos.

— Ainda bem que vocês chegaram aqui a tempo — respondeu Irene suavemente. — As coisas estavam começando a ficar meio complicadas.

Mu Dan encolheu os ombros.

— Não foi a convocação *mais* inusitada que já recebi, mas chegou perto. Jamais esperaria receber um bilhete seu das mãos de um feérico. Ainda bem que eu sabia que você conhecia Lorde Silver, pois não tenho certeza se teria acreditado que viera de você de outra maneira.

Kai tentou acompanhar sua linha de raciocínio.

— Por que você mandou que Tina entregasse a mensagem para *Silver*? — perguntou a Irene. — Não conseguiu pensar em ninguém mais confiável?

Irene deu de ombros.

— O problema era escolher alguém que ela conhecesse e aceitasse lhe fazer um favor, e que, por sua vez, pudesse entrar em contato com um dragão que conhecíamos e que arranjasse a ajuda de que *nós* precisávamos. Tina não poderia falar diretamente com seu tio. As forças de ordem na corte dele são altas demais para uma feérica. De qualquer forma, ela jamais receberia permissão para vê-lo. — Era o tipo de aposta arriscada que as narrativas feéricas amavam. Quer o plano tivesse ou não sido auxiliado pela influência dos feéricos, o importante é que dera certo.

— Também fico feliz por termos chegado a tempo — continuou Mu Dan. — Mas, pelo visto, vocês já tinham quase resolvido o problema...

— Só vim aqui para pegar um livro — retrucou Irene de forma autodepreciativa. Ela deu um tapinha carinhoso no embrulho debaixo do braço. Mais uma vez, sentiu uma emoção intensa. Ainda dava para entregá-lo a Coppelia. — Você chegou a conhecer Tina pessoalmente?

— Ah, sim. É uma pessoa muito interessante. Talvez use os serviços dela no futuro, apesar da natureza feérica. — Mu Dan sorriu ao ver a expressão de Kai. Os grampos de diamante em seu cabelo cor de mogno reluziram com um súbito clarão de luz do sol. Lá no alto, as nuvens de tempestade geradas pela chegada dos dragões, ou pelo mau-humor de Ao Shun, estavam começando a se dissipar. — Como Irene sempre me lembra, nossa situação é fluida, mas espero que esteja mudando para melhor, e estou disposta a reconhecer uma pessoa talentosa quando me deparo com uma. — Ela olhou pensativa para as colinas atrás deles. — A propósito, *quem* é o feérico que mora aqui?

— O sr. Nemo. Um... personagem interessante.

Mu Dan franziu os lábios e seus olhos faiscaram com o brilho vermelho típico dos dragões.

— Você está falando do sr. Nemo que é negociante de informações, ladrão, chantagista, criminoso, vendedor de bens roubados...— Ela se calou antes que pudesse dizer mais termos pejorativos, mas fechou as mãos em punho, talvez para conter a vontade de destruir aquele lugar.

— Tratado de paz, lembra? — interveio Irene.

— Você não me disse *quem* era! — vociferou Mu Dan. — Faz alguma ideia dos segredos criminais ocultos neste covil? E como ele pode estar conectado a casos antigos?

Irene olhou para Kai em busca de ajuda, mas ele preferiu ficar fora da discussão. A reação de Mu Dan não se devia à rivalidade entre feéricos e dragões: era a reação de uma investigadora ao saber que havia um criminoso notório ao seu alcance.

— Sinto muito por não poder entregá-lo a você — disse a Bibliotecária —, mas ele é um signatário do tratado e está se comportando bem a partir de agora.

— A partir de agora — murmurou Mu Dan, sombria, o que deixou Irene bastante curiosa sobre as interações anteriores dos dois.

Kai se espreguiçou.

— Quanto mais cedo pudermos nos afastar dessa história, melhor para nós.

— Espero que isso seja válido para *todos* nós — comentou Felix. Ele aparecera do nada, e o fato de não terem reparado foi realmente embaraçoso. — Vocês prometeram me dar uma carona para longe daqui.

— Você que pediu a carona; não é bem a mesma coisa. — Irene olhou de relance para Kai, que assentiu. — Mas não vejo por que não, dadas as circunstâncias. Só vou lhe dar um conselho. Não perturbe Sua Majestade Ao Shun.

— Nem precisa mencionar uma coisa dessas. E obrigado. Fico devendo um favor. A vocês dois.

Ao Shun fez um sinal para que os guardas enrolassem a tela. Ficou parado por um instante, como se estivesse fazendo uma análise de custo-benefício, antes de se juntar a eles.

— Sobrinho. Srta. Winters. Seus bons serviços foram notados e apreciados. Meus serviçais se encarregarão do quadro. — Ele fez um sinal com a mão, e os dois dragões no céu desceram em espiral até a praia. — Mu Dan, você foi bastante útil. Li Ming, meu secretário pessoal, conversará com você mais tarde. Vocês estão dispensados.

Vinda de um rei dragão, a frase "seus bons serviços foram notados e apreciados" era mais do que Irene poderia esperar. Além disso, sugeria que ela e Kai — e a Biblioteca também — tinham saído daquela encrenca sem manchas em sua reputação, o que era melhor ainda. Ela fez uma mesura, assim como os outros, mas Ao Shun já lhes dera as costas para supervisionar o transporte do quadro.

— Vou voar com você e Irene para longe daqui até poder deixá-lo em outro lugar — avisou Kai a Felix. — Mal posso esperar para tirar dos pés a areia desta ilha.

— E eu preciso chegar à Biblioteca o mais rápido possível — acrescentou Irene, dando um tapinha no livro debaixo do braço. — Tenho um assunto urgente a resolver.

CAPÍTULO 28

Uma batida à porta perturbou a concentração de Irene, que tirou os olhos do computador.

— Pode entrar! — gritou.

Era sua mãe, cujos olhos se voltaram para o bule de café em cima da mesa.

— Interessante — comentou.

— O quê?

— Em vez de voltar correndo para o mundo que lhe foi designado, onde estão seu trabalho e seu príncipe, você ficou na Biblioteca por tempo suficiente para tomar café. E não só uma xícara, mas um bule inteiro. Os últimos dias foram muito ruins?

— Foram bastante... agitados. — Irene apoiou o queixo na mão. — Vamos ter uma conversa mais longa que a da última vez ou uma de nós vai sair de novo às pressas para trabalhar?

— É de fato uma desculpa muito boa para escapar de uma conversa constrangedora — admitiu a mãe. Ela encontrou uma cadeira cheia de livros perto de Irene e colocou seu conteúdo no chão para se sentar ali, mas sem encarar a filha. — Nem eu nem você somos boas de conversa, não é mesmo?

— Faz tempo que as coisas são assim — respondeu Irene de forma neutra. Ela queria que a mãe ficasse e conversasse, para variar. — Como está meu pai?

— Numa nova missão. À caça de uma cópia expandida de *A discórdia de Loki*[11] no mundo G-39. Vou me encontrar com ele lá.

— Que interessante. — Era verdade. Depois dos últimos dias, a simples aquisição de um livro seria o paraíso.

Sua mãe respirou fundo e depois soltou o ar.

— Há um assunto que eu queria discutir com você.

Inúmeras surpresas desagradáveis vieram à mente de Irene, mas ela tentou reprimir o temor.

— Por favor, só me diga que é sobre o aniversário do meu pai. Sei que este ano preciso lhe dar um presente que não seja um dicionário.

— Bem, é uma boa ideia, mas o aniversário é só daqui a três meses. — A mãe se inclinou para a frente. Seu cabelo, reparou Irene, tinha mechas completamente brancas em meio aos fios grisalhos. — É difícil, Ray... Irene. — O uso do apelido de criança de Irene, algo que a mãe costumava evitar, era um sinal de sentimentos verdadeiros ou de que pretendia desestabilizar a filha. — Vou tentar ser sincera, e só Deus sabe como é duro para nós fazermos isso. Passamos tanto tempo sendo excelentes mentirosos; e essa é uma boa parte do problema.

— Continue — disse Irene. Não sabia muito bem para onde aquela conversa iria, mas já se sentia bastante desconfortável.

— Seu pai e eu amamos você. — Ela entrelaçou as mãos sobre o colo. — Mas não fomos necessariamente bons pais. Com o passar dos anos, quanto mais tentávamos nos aproximar de você, mais piorávamos as coisas.

— Entendo — disse Irene, sem saber o que dizer. Queria que a mãe conversasse com ela, mas não que desnudasse a

---

[11] Poema da mitologia nórdica. [N. T.]

própria alma daquele jeito. Era intenso, indigno e lhe dava vontade de chorar. — Vocês não têm culpa. É o que somos. Precisamos saber o que está acontecendo ao nosso redor para controlar as coisas; faz parte de ser Bibliotecários e espiões, mas...

— Mas não lhe demos escolha — interrompeu a mãe. — Não para valer. Apenas presumimos que você *gostaria* de ser uma Bibliotecária como nós.

— Mas eu *queria* — insistiu Irene. — Eu queria ser uma Bibliotecária, quero dizer.

A mãe deu um suspiro, inclinando o corpo para a frente na cadeira.

— Do jeito que você cresceu, como poderia querer outra coisa?

Irene procurou as palavras certas para convencê-la.

— Você poderia fazer essa pergunta para qualquer criança que admire o trabalho dos pais. A resposta seria a mesma. Não faz mal nenhum saber que seus pais fazem um trabalho importante. É perfeitamente válido usar essa informação para decidir o que fazer da própria vida.

— Porque você sofreu uma lavagem cerebral desde que era criança para acreditar que essa é a coisa mais importante que poderia fazer?

— Agora é você que está escolhendo palavras apelativas. — Irene se inclinou também. — Mãe, por favor, me escute. Se há algo que aprendi nos últimos anos é que *tudo* que as pessoas fazem é importante. Por acaso, decidi fazer isso da minha vida, e tive a sorte de ter tal escolha. Por causa de vocês. Entende? Jamais diga que me forçaram a isso. Não é verdade. Fui *eu* que tomei a decisão e, graças ao que você e meu pai me ensinaram, escolhi com plena consciência e total consentimento. — Ela tentou se lembrar de onde vinha aquela frase e então se deu conta: da definição católica de pecado mortal. Ora, ora. — Você pode se remoer por revistar o meu quarto, por exemplo, mas, *por favor*, não se sinta culpada por eu ter decidido ser uma Bibliotecária.

— Em um ano, você esteve em mais perigo do que eu e seu pai numa década inteira. Não quero que minha filha acabe morta! — Por um momento, a mãe perdeu a compostura e Irene viu o medo estampado em seu rosto.

Ela pegou as mãos da mãe. Pareciam tão... frágeis.

— Mãe — reconfortou-a baixinho. — Acho que todos os pais têm esse problema. Sejam Bibliotecários ou não. Assim como todos os filhos. Também quero vê-los em segurança. Mas não podemos prender uns aos outros numa torre. Seria uma nova versão de um velho conto de fadas, não é? A princesa prende os *pais* numa torre...

A mãe mordeu o lábio.

— Você está tentando me distrair.

— Acho que é mais uma reflexão. Estou acostumada a evitar esse tipo de coisa.

— Eu sei. Você nunca me conta *nada*.

— Ora, você sempre quer saber de *tudo* — começou Irene, mas se conteve antes que a queixa tomasse a forma habitual.

— Nós a ensinamos a não depender da tecnologia nem da magia, mas a confiar em si mesma e naquilo que sabe. Acreditamos que o conhecimento é capaz de nos manter em segurança. Que o conhecimento leva ao controle. — A mãe apertou-lhe as mãos. — E também acreditamos nisso em relação às pessoas que amamos... Mas não cometa os mesmos erros que nós cometemos, Irene. — Ela repuxou os lábios num sorriso. — Cometa novos erros.

A porta fugaz que se abrira entre as duas estava voltando a fechar. No entanto, Irene se sentia satisfeita. Tinham conversado o suficiente. Era algo com que ambas teriam de lidar a longo prazo — jamais *poderiam* manter uma à outra em segurança — e que não resolveriam numa simples conversa. Ainda assim, foi muito importante que a mãe tivesse lhe *dito* aquilo.

A mãe soltou as mãos dela e olhou para o computador.

— Em que você está trabalhando? Parecem hieróglifos egípcios do Império Médio. Seu pai vai adorar saber que você está estudando isso.

— Infelizmente, já esqueci o pouco que sabia — admitiu Irene. O pai sempre ficava decepcionado por ela não se interessar por aquela área. — É uma parte do livro que fui adquirir, *O conto do náufrago*. O trecho no qual a mística serpente que reina sobre a ilha fala de seu passado. Já entreguei o pergaminho, é claro. Mas li antes para saber qual parte divergia das outras versões e digitalizei o texto para estudar depois. — Ela deu de ombros. — Fiquei curiosa, mas superestimei minhas habilidades de tradutora.

— Quer que eu peça ao seu pai para dar uma olhada? — sugeriu a mãe. — Ele vai ficar muito interessado e pode mandar a tradução para você depois que terminar.

— Seria perfeito — respondeu Irene calorosamente. — Obrigada. Vou mandar o texto digitalizado por e-mail.

— Mas *por que* você está tão curiosa assim?

— É do mundo do colégio interno aonde vocês me mandaram. Não sei muito bem o que despertou tanto a minha curiosidade. Talvez porque nunca tenha encontrado nenhum livro exclusivo de lá antes.

Ou talvez fosse por causa de todo o trabalho que tivera para conseguir aquele texto. Seria bom receber uma recompensa pessoal — mesmo que apenas uma história nova.

Para uma Bibliotecária, entretanto, uma história nova nunca era *apenas* uma história. Sempre valia a pena.

— Bem, vou importunar seu pai até que ele termine a tradução. — A mãe se levantou, sacudindo as saias. — Tome cuidado, Irene. Sabe que fico preocupada com você.

Irene sentiu um nó na garganta e engoliu em seco.

— Pode me chamar de Ray — disse. — Não tem problema.

A mãe abriu um sorriso.

— Sei que você se importa, mas agradeço mesmo assim. Mande nossos cumprimentos ao príncipe Kai. E volte logo antes que *ele* comece a ficar preocupado.

— A vida era tão mais fácil quando eu não tinha que me preocupar com a preocupação dos outros — murmurou Irene.

— Ser adulta é assim, querida. É o que acontece quando se continua viva.

Ao voltar, Irene se deparou com Kai pensativo, também tomando um bule de café e esparramado na poltrona favorita junto à lareira. Ele a cumprimentou com um aceno de cabeça distraído.

Irene se acomodou na poltrona em frente à dele.

— Em qual dos nossos problemas você está pensando? — perguntou.

— Eu poderia estar pensando em qualquer coisa — respondeu ele, malicioso. — Planos para o futuro. Reflexões acerca de questões diplomáticas.

— Nesse caso, estaria tomando chá. Você só toma café quando saímos para comer... ou quando está aborrecido. — Ela esperou um pouco. — Estou errada?

— Não. Mas também não está certa. Não estou aborrecido, só... — Ele procurou pelas palavras certas. — Fazendo uma autoanálise.

— Quer conversar sobre isso?

Kai relaxou o corpo na poltrona, agradecido.

— Sim, eu ficaria bem mais tranquilo. Sei que não sou mais seu aprendiz, Irene, mas você tem mais experiência do que eu. E bom senso também.

— Meti a gente nessa confusão porque não acreditei quando você me disse que Indigo era perigosa — salientou Irene. — Meu bom senso também não é lá essas coisas. Talvez seu tio possa ajudar.

— Já conversei com meu tio. Ele passou aqui hoje cedo.

— Ah. — Irene imaginava que isso fosse acontecer. Ao Shun certamente iria querer um relato mais detalhado dos acontecimentos; ela não achou que ficara satisfeito. — E... como foi? — Não devia ter sido tão ruim assim; afinal de contas, Kai ainda estava ali, e Londres também...

Ele encarou o fogo em vez de olhar para Irene.

— Concordou que não tínhamos como saber que o quadro era um objeto de valor pessoal para ele... e para os outros reis. Não nos culpa por isso. Acredita que agimos bem ao forçar o sr. Nemo a assinar a trégua. Mas... achou tudo muito *divertido*. — Havia uma nota distinta de amargura na voz de Kai. Era o tom de uma criança, não, de um adolescente, que tinha passado pelo inferno e recebido um tapinha na cabeça de um adulto que dissera que a história não fora tão importante assim. — Pensou que estivéssemos brincando. Ele disse que você fica bonita de biquíni. E...

— Ele estava mentindo — interrompeu Irene, categórica.

Kai se empertigou.

— Não diga isso do meu lorde tio — ordenou.

Irene tentou pensar em como explicar aquilo de um jeito que Kai não fosse rejeitar imediatamente.

— O que eu quis dizer foi que ele mentiu para você por motivos políticos — esclareceu. — E não pessoais.

Aquilo dissipou um pouco da raiva de Kai.

— Como assim?

— Kai, considere as ações de Ao Shun, em vez do que ele disse após o ocorrido. A partir de uma mensagem *minha* sobre o quadro, entregue por uma *feérica*, seu tio largou tudo e foi imediatamente investigar. Ele estava disposto a destruir a ilha se não tivéssemos resolvido as coisas... uns cinco minutos antes. Acha mesmo que ele considerou a questão trivial e divertida?

— Não — admitiu Kai. Ele franziu a testa, pensando melhor. — Então, o quadro *é* importante. E perigoso.

Irene pensou nos próprios pais, em conhecimento e controle.

— Talvez seu tio acredite que a melhor maneira de protegê-lo seja mantendo-o ignorante de sua importância.

— O que está retratado no quadro? — perguntou Kai. — Você sabe que não cheguei a vê-lo.

Irene poderia ter perguntado a Kai: "Tem certeza de que quer saber?". Mas só adiaria o inevitável. Os dois sabiam que ele queria.

— Parecia *A balsa da Medusa* — respondeu —, mas não era igual. Havia uma balsa no meio do mar, mas as pessoas retratadas eram os monarcas dragões: seu pai, seus tios e um homem que não reconheci, mas que parecia ser da família, além de Ya Yu e outras três mulheres. Estavam todos em forma humana, mas consegui reconhecê-los de imediato. Eles estavam fugindo de, bem, *outros* dragões.

Kai ficou imóvel.

— Meu lorde pai e os demais monarcas *sempre* estiveram no poder. Diz-se que são a origem das histórias a respeito dos reis dragões celestiais em certos países. Por que alguém afirmaria algo diferente? Ou pintaria um quadro que sugerisse o contrário?

A questão mais significativa permaneceu entre eles como uma granada não detonada, sem que nenhum dos dois estivesse disposto a tocar nela. Por que um quadro desses seria tão importante — para Ao Shun, para todo mundo — se não houvesse alguma verdade nele?

Irene respirou fundo.

— Nosso trabalho já acabou. Se seu tio prefere que você se esqueça disso, então deve ser a coisa mais segura a fazer. — Ela viu um brilho rebelde surgir no olhar de Kai à menção da palavra *segura* e retificou a sugestão. — Deve ser o que ele *gostaria* que você fizesse.

— Pode até ser — concordou Kai. — Mas não quer dizer que eu vá concordar em esquecer o assunto.

— Isso é entre vocês dois — contemporizou Irene. Não era problema dela e nem podia dar algum conselho a Kai. Sequer sabia se tinha um conselho para dar a si mesma.

— Embora um ponto me venha à mente...

— Qual?

— Você fica *mesmo* bonita de biquíni.

Irene deu um muxoxo.

— Não creio que isso seja relevante.

Kai relaxou e curvou os lábios num sorriso.

— Acho que preciso parar de pensar em trabalho. Há algo que vem me incomodando.

— O quê?

— Há uma questão em que não consigo parar de pensar. Quando seus pais a deixaram no colégio interno, que identidade falsa usaram naquele mundo? Colecionadores de livros itinerantes? Diplomatas? Cientistas?

Irene sentiu o rosto corar.

— Você tem que me prometer que não vai contar a ninguém.

— Ah, que *interessante*. — Kai se inclinou para a frente. — Espiões? Aventureiros? Detetives disfarçados e agentes secretos?

Irene respirou fundo.

— Para falar a verdade... missionários.

Kai ficou em silêncio por um instante. Em seguida, deu uma gargalhada.

— Era um disfarce bastante válido para os padrões locais! — protestou Irene. — Permitiu que eu entrasse no colégio sem mais perguntas... Além disso, memorizar versículos da Bíblia foi um bom treino mental!

Kai apenas olhou para ela.

— Missionários.

A campainha tocou.

— Seus pecados *não* serão perdoados — murmurou Irene antes de se levantar. — Tente se controlar antes que eu traga alguém para cá.

Havia uma pequena delegação à porta. Lorde Silver. Sterrington. E Vale também — seu amigo detetive parecia surpreendentemente alegre. Se os feéricos o tivessem levado até ali para seus próprios fins, ele estaria aborrecido. A única coisa que o deixaria de bom humor em que conseguia pensar era uma investigação de assassinato. *Ah, não, mais uma, não...*

— Pode nos convidar para entrar, srta. Winters — disse Silver alegremente. Ele estava bem desperto, pois já eram quatro da tarde, e vestido para matar... ou pelo menos festejar. — Temos boas notícias!

Com certa relutância, Irene permitiu que todos entrassem.

— Alguém morreu? — perguntou ela, nervosa.

— Não — respondeu Sterrington, tirando a capa e passando-a para Irene. — Deveria ter alguém morto?

— De modo geral, acho as pessoas vivas mais divertidas — observou Silver. Ele acrescentou sua capa e chapéu à pilha em crescimento nos braços de Irene. — Podemos conversar em algum lugar? Eu estava falando sério. Acho que você vai gostar do que temos a lhe contar. Seu principezinho também devia estar presente.

— Por aqui — orientou Irene, ajeitando a pilha de roupas no cabideiro.

A presença iminente dos feéricos trouxe Kai de volta à sua persona bem-educada de costume.

— Como podemos ser úteis? — perguntou ele, assumindo um papel diplomático conforme todos se acomodavam.

Silver acenou para Sterrington.

— Quer começar?

— Não, não, fique à vontade — respondeu Sterrington. Ela parecia... satisfeita, decidiu Irene. Como se tivesse se dado bem num negócio. A paranoia acionou inúmeros sinais de alerta e ergueu mil defesas na mente de Irene.

Silver deu início à conversa.

— Você deve estar ciente de que houve um certo debate entre os de minha espécie sobre qual de nós deveria assumir a terceira cadeira no triunvirato do tratado.

— Seria difícil não saber — disse Irene secamente. — Na verdade, levantei a questão para você alguns dias atrás. — Parecia mais um discurso ensaiado da parte de Silver, feito para uma plateia. Foi por isso que Vale fora levado para lá?

— Acho que você não compreende como minha posição é complicada, minha ratinha. É claro que todas as partes envolvidas têm pontos de vista perfeitamente razoáveis. — Silver olhou de soslaio para Sterrington antes de continuar:

— Após me encontrar relutante, devo dizer, na liderança de uma das partes, preferia não assumir o papel que vocês dois aceitaram tão virtuosamente. Ao mesmo tempo, um assento no comitê do tratado tem certo peso. A pessoa que o ocupar terá bastante... influência.

— E ninguém gostaria de abrir mão disso — concordou Sterrington. — Por sorte, conseguimos encontrar uma solução que satisfaça todo mundo.

— Todos os *feéricos*? — perguntou Kai.

— Ora, é claro — respondeu Silver devagar. — Embora acredite que você não ficará aborrecido com o resultado. Gostaria de explicar, madame Sterrington?

— Prefiro não interromper seu raciocínio — respondeu Sterrington.

Vale bufou de desdém.

— Eu, por outro lado, ficarei encantado em interromper Lorde Silver. Eles têm uma proposta para vocês dois, Winters e Strongrock, embora eu tenha de admitir que depende principalmente de Winters.

— Como foi que você se meteu nisso? — perguntou Irene, curiosa.

— Acho que vim para servir de testemunha. — Vale deu de ombros. — E você sabe que gosto de estar por dentro do que está acontecendo. Já que não tenho nenhum caso no momento, pensei em ser útil.

A expressão de Silver tinha azedado durante a interrupção, e ele entrou na conversa antes que Vale pudesse prosseguir.

— Faça o favor de ignorar o detetive. A minha, ou melhor, a *nossa* proposta é a seguinte: Sterrington assumirá o posto de representante dos feéricos no comitê do tratado. O chefe dela, o Cardeal, já concordou. Ao mesmo tempo... — Ele abriu um sorriso pecaminoso como de costume. — A srta. Winters tomará a minha sobrinha como aprendiz.

Houve uma pausa durante a qual Irene analisou a ideia por todos os ângulos. Infelizmente, seu processo mental sempre chegava à mesma conclusão.

— Presumo que sua sobrinha seja uma feérica assim como você — falou ela.

— Ora, é claro — respondeu Silver de forma presunçosa.

— E você quer que ela seja minha aprendiz?

— Exatamente. Fico feliz ao ver como você apreende os detalhes básicos tão rápido. — Silver inclinou a cabeça, e Irene sentiu seu olhar como uma carícia na pele. — Imagino o que a está incomodando. Garanto que ela não é nada parecida *comigo*, minha ratinha. É bem menos interessada em assuntos da carne e muito mais interessada em livros. E bem mais jovem.

Até que fazia sentido, politicamente falando. Tanto a facção de Silver quanto a de Sterrington ganhavam algo com o acordo, embora o investimento de Silver fosse a longo prazo. No entanto, ainda havia um problema.

— Não tenho a intenção de recusar a proposta logo de cara — disse Irene —, mas feéricos não podem entrar na Biblioteca.

Silver acenou com a mão enluvada e lânguida.

— Ah, não espero nenhum milagre. Pelo menos, não imediatamente. Estou disposto a lhe dar tempo para trabalhar nisso. Meses. Anos, até. Mas espero que tente. Só porque nunca foi feito antes não quer dizer que seja impossível.

— Ele tem razão — disse Kai, sem ajudar em nada.

Irene se voltou para ele.

— O que é que *você* acha? — Afinal, ele não gostava de Sterrington. Será que conseguiria trabalhar com ela?

— Acho que pode dar certo — respondeu Kai devagar. — Acredito que madame Sterrington esteja disposta e seja capaz de cooperar conosco. — Sterrington acenou com a cabeça graciosamente. — E sejamos sinceros: *não* ter um feérico no comitê do tratado é um problema sério. Se a sobrinha de Lorde Silver estiver mesmo disposta a se comprometer com a Biblioteca em vez de ser um peão a serviço dele...

— Depois de conhecê-la, você verá que ela é bem mais leal a qualquer coisa que possa ler do que à própria família — afirmou Silver. — E tê-la como aprendiz e residente aqui seria bastante útil para acabar com as insinuações de que certa Bibliotecária tem um *relacionamento* inapropriado com um dragão. — Ele olhou de Irene para Kai. — É claro que se *eu* tivesse decidido assumir o cargo de representante, suponho que poderíamos conseguir algo adequadamente bipartidário. Ou melhor, tripartidário, e *absolutamente* inclusivo... — concluiu ele, olhando de modo sugestivo para os dois.

Irene conseguia sentir Kai se empertigar de raiva na cadeira.

— Lorde Silver — disse ela em um tom ameno —, você não está colaborando. — Ela precisava de um momento para pensar. — Madame Sterrington, você ficaria feliz com tal arranjo?

— Certamente — respondeu Sterrington com firmeza. — Não dividirei um apartamento com vocês, mas ficarei nas proximidades. Apoio termos reuniões semanais para discutir o que for preciso, a menos que haja assuntos de maior urgência. Compartilhamento geral de informações. Creio que podemos fazer com que dê certo. *Gostaria* que desse certo.

Agora, o ônus estava nas mãos de Irene. Ela exigira uma resposta de Silver e Sterrington — e conseguiu uma.

— Pois muito bem — disse. — Estou disposta a aceitar o acordo. Com uma ressalva.

— Qual? — perguntou Silver.

— Meus superiores também precisam concordar.

Silver assentiu.

— Espero que faça o possível para obter a aprovação. Aceito seus termos e espero não ter que renegociar depois.

— Sou testemunha — interveio Vale. — Não fique tão inquieta, Winters. Quando começar os trabalhos, você vai gostar de treinar a sobrinha dele. Sempre achei que tivesse a alma de uma professora nata.

Irene não sabia de onde vinha tal *dedução*, mas resolveu aceitá-la como um elogio. Ela deu um suspiro.

— Obrigada por virem até aqui. Avisarei assim que tiver uma resposta.

Assim que todos saíram, ela se voltou para Kai.

— Nunca pensei que você fosse apoiar isso tão rápido.

— Ah, posso muito bem trabalhar com *ela* — disse Kai com uma alegria surpreendente. — Afinal de contas, é a agente astuta de um espião desonesto. Pelo menos sabemos com o que estamos lidando.

— E quanto à aprendiz?

— Por que está perguntando isso a mim? É você quem vai treiná-la. Se puder ajudá-la a ser diferente de Lorde Silver, até meu lorde pai concordaria que é uma ação virtuosa e louvável.

Era evidente que não conseguiria nenhuma ajuda dele.

— Ah, que seja — concordou Irene, abrindo um sorriso. — Vai ser interessante. Isso se for *possível*... Uma feérica morando na mesma casa de um dragão? Uma feérica se tornando uma Bibliotecária?

Kai apertou o ombro dela.

— O impossível jamais a deteve antes. Foi você que me ensinou isso.

EPÍLOGO

Querida Irene,

Gostaria de dizer todas as coisas de costume, tais como "Espero que esteja bem" e "Como vão seus amigos?". Mas, em vez disso, recomendo fortemente que apague este e-mail depois de lê-lo.

Você tinha razão: há algo incomum na versão de *O conto do náufrago* que acabou de recuperar. A parte sobre o marinheiro e a serpente... Bem, para ir direto ao assunto, a fera é descrita como uma serpente gigante alada em vez de uma serpente gigante normal (e sim, existem serpentes gigantes "normais"; pergunte à sua mãe sobre o incidente na Islândia algum dia desses). E o que uma serpente gigante alada nos sugere? Sim. Exatamente.

Na versão mais conhecida, a serpente conta ao marinheiro sobre uma tragédia pessoal — uma estrela caiu na ilha e toda a família dele foi queimada, embora às vezes a filha sobreviva. Esta não é mais mencionada na história, o que é bastante injusto com ela. Eu me interessaria por uma variante que lhe desse uma descrição e a própria perspectiva...

Sua mãe está debruçada sobre o meu ombro, me dizendo para ir direto ao assunto.

Nesta versão, a "serpente alada" (estou evitando certas palavras aqui) diz que ele e os quatro filhos (repare bem no número), assim como outros de sua espécie, fugiram rumo à ilha para escapar de uma catástrofe. A linguagem é bastante obscura aqui — é difícil distinguir uma descrição precisa de uma hipérbole meio sobrenatural. Mas este é o meu melhor palpite para traduzir a catástrofe:

> O ar se transformou em cristal e a terra fechou as mãos à nossa volta, bem onde estávamos. Nossos corpos mudaram até ficarmos como você me vê agora. Se não tivéssemos fugido, nossos espíritos teriam se tornado como o vento, a água e a terra. (A palavra usada para espírito é "ba", ou seja, a parte da alma que dá a uma personalidade seus aspectos singulares.) Deixamos a terra para trás e atravessamos o mar e o céu infinitos com nossas asas recém-criadas, para encontrar morada em outro lugar. Fomos perseguidos por outros que também foram afetados, mas que não podiam mais assumir a forma humana (isso é extraordinário!) e que teriam acabado conosco. Já não nos reconheciam como amigos e parentes; seus corações eram de pedra.

Se há alguma verdade em vez de ficção neste texto, não tenho certeza do quanto foi maculada pela minha tradução. Problemas com a narrativa podem ser devidos às dificuldades que qualquer ser humano encontraria ao tentar entender o que alguém não humano — ou não humano agora — está dizendo. Ou minhas dificuldades em decodificar o texto podem simplesmente se dever às várias recontagens da história. A transmutação de uma história a princípio oral? Por outro lado, talvez minha tradução seja precisa demais.

Em seguida, o texto basicamente volta à versão-padrão, com a serpente alada aconselhando o marinheiro a ter coragem — e prometendo que pelo menos ele voltará para a família. Neste momento (outra mudança da versão mais conhecida), o marinheiro pergunta a respeito da família da serpente alada. A serpente responde que seus quatro filhos se tornaram reis e que eles e suas companheiras (ou corregentes? Rainhas? Quatro irmãs?) governarão outros que fugiram de desastres idênticos. O termo aqui é o mesmo usado para a catástrofe anterior.

Mas a serpente diz que tem outra tarefa. Ele deve estabelecer uma aliança com seus maiores inimigos a fim de obter a restauração do equilíbrio. (A frase literalmente fala sobre a restauração de Maat. A parte que se segue é complexa, pois na mitologia egípcia seria uma referência à deusa Maat, indicando assim sua restauração. Ela personificava conceitos como honra, equilíbrio e justiça. Portanto, talvez não se trate da restauração da deusa em si, mas das qualidades que ela representava. Será que era uma tentativa de traduzir o que a serpente alada dissera para a terminologia local?) A serpente explica que não voltará à ilha, mas que renascerá em uma forma diferente. Ele termina com: "Meu destino será preservado pelos escribas", então talvez haja mais um registro por aí. É evidente que há mais nesta história do que está escrito neste conto.

Concordo que este texto suscita questões importantes. Contudo, são perguntas que não devem ser feitas, a menos que não tenhamos escolha. Todos merecem um pouco de privacidade, até mesmo as "serpentes aladas". (Eu mesmo estou bastante perturbado com tais revelações — mas você tinha de saber o mais rápido possível, e uma carta encaminhada pela Biblioteca me pareceu ser o método mais seguro de contato.)

Sua mãe está salientando (por cima do meu ombro outra vez) que, em primeiro lugar, parece ser um caso de história verdadeira relatada como ficção. Em segundo lugar, que é melhor enterrarmos isso a sete palmos de terra e não o mencionarmos a mais ninguém. Pode ser extremamente perigoso se alguma "serpente alada" descobrir que estamos investigando essa parte de sua história. Não estamos dizendo para você esquecer o que acabei de relatar — afinal de contas, conhecimento é controle, conhecimento é segurança —, mas, ao mesmo tempo, sugiro que apague este e-mail. E não mencione o conteúdo para Kai — para a segurança dele também.

Com muito amor,
Seu pai (e sua mãe)

Esta obra foi composta em Essonnes e impressa
em papel Pólen Natural 70g com capa em Cartão
Trip Suzano 250g pela Coan para
Editora Morro Branco em julho de 2023